Liaoning Literature

辽宁文学

2023 辽宁文学评论卷

李海岩 主编

北方联合出版传媒（集团）股份有限公司
春风文艺出版社
·沈阳·

目录 Contents ▶

文学与时代的回响

——评李铁的长篇小说《锦绣》

◎林 喦

有着几十年工人经历的作家李铁，其创作引起了文学界的广泛关注，在20世纪80年代登上文坛以来，其代表性作品《乔师傅的手艺》《我们的负荷》《杜一民的复辟阴谋》等以工厂的现实为背景，描写工厂、工人、改革者等人物之间纷繁复杂的关系链条以及职工内在精神，独特的叙事给工业小说已有的疆域送来了一股股清新的空气。尽管作家本人对于"工业题材"这种划分方式有着不同的意见，但不可否认的是，其以工人为叙事内容的小说，将以往局限于工厂热火朝天的"车间小说"转向工人的日常生活与精神世界，相较于分享艰难的苦难小说多了一些历史与思考的厚重，其新作《锦绣》则是一部描写共和国成立七十年以来风云变幻工业史的代表性作品。

一、时代变革下的现实主义坚守

《锦绣》分为锦绣、山河、前程三篇，以新中国成立为叙事时间的起点，围绕东北地区一个小型冶炼厂在20世纪50年代、新时期、新世纪三个重要的工业发展节点的时代处境进行叙述，以张大河不同时期研发钛白粉为观察点，真实地展现了七十年间工厂的生产建设、改革转轨、现代化科技建设等波澜起伏的现实状况，深刻地反映了我国工业在岁月征途中所经历的坎坷与成就，表现出我国工人阶级薪火相传的工匠精神，通过现实主义的创作方法，由点到面地全方位反映了时代的因袭沿革。

现实主义创作经历了百年的流变与建构。现实主义精神要求客观真实地再现现实生活，而何为"真实"，如何"真实地"把握现实，在不同作家的创作中有着不同的表达方式，尤其是从距今七十余年前的工业工厂的现实着笔，这种关于"被回忆的过去"的书写，正如阿斯曼所言包含着对当下的阐释与有效性的诉求，已然不能从工厂的螺丝钉与生产数字开始描写了，在坚守社会主义现实主义的创作基础上，可以看到李铁在文本中承接着现实主义叙事经验时，亦有着更深一步的延伸。

《锦绣》开篇从新中国成立时开始写起，全景式地展现了20世纪50年代的锦绣金属冶炼厂到80年代的锦绣图强金属股份有限公司、新世纪的南钢锦绣股份金属有限公司的艰难历程。从历史背景来看，新中国成立初期，我国工业建设成为现代化进程的中心任务之一，一批又一批工人分散到铁路、矿山、冶炼等众多生产区域，《锦绣》所描写的金属冶炼厂就是其中一支。李铁以国民经济建设三年恢复、三个五年计划、大炼钢铁运动以及苏联委派技术员等宏大历史与重要事件为背景，详细地展现了这个坐落于古河沿岸的锦绣厂建设的迫切性，由于新建于日本人古河冶炼所的原址之上，还处于"破烂不堪"的瘫痪状态，作家李铁并没有将厂内的困顿归因于时代的仓促，而是深入地挖掘了我国初期尚无成熟的工业经验的深层次原因。在党委领导的组织架构中，领导人员牛洪波并不懂技术，只能通过下达命令和标语式的口号鼓舞工人冶炼锰、硅、铬等金属元素，甚至还会出现刘英花式的领导干部，不顾科学将整个车间涂满充斥政治意义的红漆的情况，而厂里技术工人少、工厂设备百废待兴等情况使得这种转变展现得更为困难。值得注意的是，尽管整部小说的叙事时间跨越几十年，其间历经诸多重大事件，却没有渲染出宏大的声势，而是将工业冶炼的技术更新同一个个工人的家庭琐事、情感变化相辅相成，具有日常化的审美特点，并常辅之以厂志、安全简报、专业技术、日记等诸多素材进行补充式的说明与阐释，在诸多细节上产生令人信服的真实感。

如果说锦绣篇中通过热火朝天的技术研发与生产情况展现了50年代工人昂扬的"主人翁"意识，那么可以看到，在山河和前程篇中则更多展现了国有企业在市场经济的冲击下转轨与重建的艰难，同时也体现了作家介入现实、反思历史的勇气。从历史背景来看，李铁并没有回避80年代经济体制改革给国企和工人带来的震裂性碰撞，当国有企业由于利改税、拨改贷所产生的债务问题迫切需要申请政策性破产时，厂长负责制、承包制以及《劳动法》等政策和法规的出台，彻底地将原有的管理体制、生产秩序与工人关系等诸多方面进行了一次面对现代化市场的更新与改变。"在人员并轨中停止执行下岗职工基本生活保障制度，裁减人员按照《劳动法》规定，直接解除劳动关系"①，使得在单位制中生老病死、吃穿住行等都由国家保障的工人顷刻之间成为一纸合同中的被雇用者，由具有政治意义的"主人"转变为职业意义的"工人"，被动地卷进了历史发展的快车道中，其身份转变所带来的诧异后的心灵阵痛是难以想象的。对此深有感触的李铁刻画了大包、吴中凯、王建设三类下岗职工的思维感受与生活遭际，特别是王建设的形象象征性地展现了难以跟上时代的步伐的工人缩影，具有干预生活的反思品质；同时，李铁并没有囿于"分享艰难"式的苦难书写，还从领导者与决策者的视角中描写了摸索中探步的艰辛与市场经济带来的挑战与机遇，写张

---

① 李铁：《锦绣》，沈阳：春风文艺出版社2022年版，第151页。

怀勇公正地执行人员并轨方案与富有魄力地进行工厂融资改革，可以说《锦绣》对于七十余年工业发展历史的展现是多角度多机位的。

　　《锦绣》不仅清晰地反映了工业发展的时间链条，还有着难得的生态意识。相较于其他描写工厂工业的小说而言，通常书写充满政治热情的工人历经波折冶炼出金属产品，展现作为主体的人面对客体自然的精神伟力，而工业的附属物所造成的生态问题一直处于被遮蔽的状态，李铁似乎清醒地意识到这一点，他曾经赖以生存的工厂，曾为国家的现代化做出巨大贡献的工业，在现代化进程中亟待解决的问题是遗留给生态的问题，可以看到李铁对于工业发展有一定的反思，在文本中着力探索新型科学方法竭力减轻危害，以期人和自然和谐共存。

　　值得注意的是，无论是在20世纪50年代的百废待兴，还是在90年代的工业阵痛、新世纪以来的企业艰辛改革等时期，作家李铁都以充满昂扬的笔调描写了一代代领导者与工人在历史转折点中奋进的精神，无论是作为工人的张大河、姜连子、张怀双，还是作为领导层的牛洪波、张怀勇等人，一以贯之的是对于工业、生活前景的展望与信心，他们将一生的精力投向技术研究、工厂变革，这也是我国工业从制造大国到制造强国过程中工匠精神的体现，作家李铁坚守着现实主义创作的原则。

二、集体与个体意识下的人性思考

　　文学是人学，小说史是人性的展览史。优秀的作家不仅能够深刻地反映现实的波澜起伏，还能深入笔下人物内心的肌理，探索其深层隐秘的情感与思想意识，李铁显然有意地在人性之流中遨游，闭眼难见三春景，出水才看两腿泥，《锦绣》中贯穿始终的人物张大河在近来重构的20世纪50年代工人中可以说是一个较为成功的形象，不仅深刻地反映了50年代话语对人自身建构的影响，也体现出作家李铁对于时代意识的反思精神。

从文本的表层来看，张大河是20世纪50年代"又红又专"的典型工人阶级形象。首先从"阶级出身"来看，张大河有着最纯正的阶级血统：祖辈是贫苦农民，不仅在出身上根正苗红，还具有强烈的民族责任感与自尊心，李铁有意地设置了弱国子民被欺辱与主动反抗的情节，如张大河曾遭受日本师傅松本润的羞辱、苏联技术者的轻视，屈辱的经历与现实落后的境遇使得张大河有了成为技术大拿的情感动力，而怒扇日本师傅的一个巴掌与技术比试中略胜彼得罗夫一筹等情节，将个人的自尊心与民族自信心、工业发展紧密地联系起来。外貌上张大河亦有着工人阶级的典型形象，他身材魁梧，一张国字脸，浓眉大眼。这与工程师闫振邦"咋看咋好笑"的外貌形成鲜明的对比，显然落后于工人一筹。再次，张大河不仅在本职工作上兢兢业业，有着高超的冶炼技术，还具有服从组织安排的觉悟，如被刘英花劝诫从政治前途考虑后，随即与"资产阶级"的古小闲分手，与贫农身份的洛慧敏结婚。张大河无论是阶级出身，还是个性形象、服从意识都深深地体现了50年代典型人物的书写特征，并且内心充满集体意识，张大河的形象体现出作家对于十七年叙事经验的借鉴。

可如果仅仅是借鉴了十七年工业题材的叙事经验，将社会主义工人塑造为评论家所批评的梁生宝一样"为了理想，他们忘记吃饭，没有瞌睡，对女性的温存淡漠，失掉吃苦的感觉……甚至生命本身，也不值得那么吝惜……"①的话，那么张大河的形象就难以给人产生如此的真实感，有学者指出，"真实性主要来自对文本的融贯性认定，这意思是说，人判断真实性的标准之一，是文本中各元素的相互一致：逻辑上相关，各元素相互支持……文本的此种融贯性，也

---

① 赵毅衡：《文本内真实性：一个符号表意原则》，《江海学刊》2015年第6期，第23页。

必须与接受者的解释方式（例如他的规范、信仰、习惯等）保持融贯"。张大河的形象符合十七年的工人形象，同时也为现代"经济人"所接受，可以看到其中的话语缝隙在于作家李铁本人对于人性的追求，使得张大河形象本身存在着逻辑上的互洽，如果我们重返文本，会发现正如评论家所言的"有时候所谓'概念化'或'符号化'的人物或叙述，常常是小说最具政治张力的地方"。①

在20世纪50年代的历史事实与叙事话语中，在工人切身利益由国家承包的背景下，如何在物质水平匮乏时期鼓舞工人投入社会主义建设中来，如何建构工人的历史责任感便成为时代精神与文学创作意识，而高昂的主观能动性在现时呈现出脱离现实的方面，所以难免不会被现代"经济人"读者所认同，这也是十七年作品在如今评价不高的原因。实际上，无论是"社会主义新人"还是"经济人"都有共通的人性，作为政治上被定性为"有史以来最伟大的阶级"的工人阶级，从现实来看，其本身也有着人本身所携带的种种历史局限性，未必是道德良知的完美化身，也有着正常的利益与欲望需求。

张大河竭力学习冶炼本领，提高自身的技术能力，当看到"不懂行"的工人"瞎干活"时，认为有责任纠正他们，改变他们，这固然是作为有责任感的技术大拿对于国家工业发展的热忱与贡献，是个人话语与国家话语的合流，而在潜在层面，亦能读出其对于话语权的追求。"'话语权'是人们为了充分地表达思想、进行语言交际而获得和拥有说话机会的权利。"②而在福柯看来，话语作为一种具有自身连贯和前后相继的实践，是人们在日常交往中无所不在的权力实践，张大河意图通过技术知识与行政岗位完成对其话语建构，如文中多次写道：

---

① 蔡翔：《当代文学中的动员结构（上）》，《上海文学》2008年第3期，第87页。

② 冯广艺：《论话语权》，《福建师范大学学报（哲学社会科学版）》2008年第4期，第54页。

（老吴说）"你是厂里的名人，是技术大拿，都看得出来，领导们看重你，你说话，领导能听。"

张大河和刘英花闹过多次矛盾，起因都是生产。在领导生产上，刘英花闹出过不少笑话，毕竟是外行，难免瞎指挥。张大河眼里不揉沙子，每每遇到类似情况，他都会挺身纠正，和刘英花争辩。每次刘英花都气得脸红脖子粗，又因为自己不懂行，理亏，每次都败给了张大河。张大河美滋滋，常拿这些战绩炫耀。

（当妻子要求进厂里工作时）张大河表面同意，心里却在说，我牛个屁啊，核心组解散，我已经不是核心组成员了，就是一个摊长而已。

所以当张大河在核心技术组解散被分为"比班组长还小的摊长"时，作为"技术尖子""炼锰大拿""省级劳模"的他感到十分不服气，认为以前在厂里"管天管地"的权力丧失了，尽管这种情感动力来源于对于国家工业发展的责任感，而刘英花的劝导使得他只得败下阵来，这种情感动力与阐述话语之间的分歧不仅来自个人话语与集体话语的关系，也来自科层制与主人意识的分歧，但也无须苛责张大河对于正常话语权的追求，权力话语本身已如毛细血管一样分布在社会的方方面面，如果工人形象仅是与权、欲无关的利他主义者，那么那种"多善而近伪"的描写则与虚假无异。

同样，无论是"革命英雄"还是"技术英雄"都有"欲"的追求。在传统文学视域中常常出现"情与欲"分离的描写，如夏志清对于古典小说男女关系进行的研究："对好汉更重要的考验是他必须不好色。梁山英雄大都是单身汉。至于已婚英雄，他们婚姻生活方面的事书中很少提及，除非他们因为妻子遇到什么麻烦。"[①]这种叙事资源被新中国成立以来的革命书写所吸收，尽管邵荃麟曾谈到塑造正面英雄形象需要舍弃和主题无关的东西，他认为所舍弃的，一定

---

① ［美］夏志清：《中国古典小说史论》，胡益民等译，南昌：江西人民出版社2001年版，第88页。

是属于非本质的、和主题无关的不必要的东西，然而文本中同革命、解放主题无关的自由恋爱与性曾经是社会主义叙事的动力之一，是五四时期个性解放、身体解放，亦是人性中不可忽视的一部分。可以看到作家李铁在《锦绣》中对于阶级话语的反思。

所以我们可以看到，李铁首先从张大河的视角将"小资产阶级"古小闲和"贫农"洛慧敏在阶级成分、外貌穿着、脾气爱好上进行了反复的比较。结论是尽管"长得不算好看，也不难看"的洛慧敏"粗装俗脸"，但是从"勤快，不怕脏，爱种地"的过日子角度使张大河认可了洛慧敏的生活能力，配偶身份的"干干净净"使得张大河满足了根正苗红的阶级需求，而关于其婚姻选择的描写原本可以止步于此，作家李铁对于古小闲的喜爱显然溢于言表，花费了大量笔墨去描写古小闲的水灵长相和优秀品质，写张大河婚后夫妻有性无爱、话不投机的婚姻事实，显然这段阶级上的联姻未能触及个人深层次的幸福。其次，李铁写到两次梦境描写，如果说第一次的梦境作者刻意地说明了没有梦到古小闲，却梦到了松本润的隐在含义是呈现出国家话语对于个人欲望的遮盖，提升民族自尊心的欲望相比儿女情长占了上风，那么相隔几十年后关于呼喊古小闲的梦则是其深层欲望的展示，亦只能在梦里达成同在一处的愿望。张大河在特殊时期作为一名技术工人长久矗立在火热而冰冷的冶炼机器前，凝神静气地在"工人阶级""全国劳模"的头衔下承担着国家工业发展的光荣使命，而在这些身份之外还应有属于人的欲望与品性。李铁在张大河的人物建构上完成了国家话语与个人话语的组合，亦对于其中关系进行了有深度的反思，塑造出了一位可敬且可爱的工人形象。

三、现代化进程中工厂制度与文化的反思

《锦绣》在第三篇前程篇中，描写新世纪在充分物质准备与技术准备的条件下，终于将被国外长期垄断的氯化法钛白技术研制成功，

完成了老一辈工人未完成的夙愿，在感怀我国工人的刻苦钻研精神时，其中两代人对于同一事件的处理方式形成了鲜明的对比，20世纪50年代发生车间泥浆槽淤堵事故之后，为抢救车间停炉停工的损失，众多工人跳进带有腐蚀性的化学水中进行手动清淤，事件上了市报新闻，是受人敬佩的好人好事。而几十年后同样的事件再一次发生时，时任总经理的张怀勇却按照企业的规章制度，将未穿防护服就跳入泥浆槽的工人违规行为通报全公司，并扣除了每人的奖金引以为戒。

两代人不同的做法给人留下了令人回味的空间，尽管张怀勇所给出的理由是时代不同，要遵守现代企业规章制度，这以一种线性历史中科学的演变角度为惩戒提供了合理性的支持，然而时代究竟产生了怎样的不同？为何50年代工厂秩序被称为"不完善的"？如果不能理解这个问题，我们就难以理解张大河为何在获得全国劳模头衔后逐渐放松了曾经热忱的规章条例，在老年后不顾规章三次闯入公司大门的情节逻辑。显然，张怀勇所严格遵守的管理制度与50年代"天下为公"的主人身份产生了抵牾，是现代化进程中效率至上的规例与前现代话语资源的碰撞，实际上这种矛盾在青年张大河的心理中就早已显现，一方面自称为"工人阶级"的他认为工人就是工厂的主人，主人就要说了算，这表现出对自我身份与价值的自豪与认可；而当闫振邦主动搭话时，尽管知识分子闫振邦也自称是工人阶级，同样都是工厂"主人"的张大河却认为与他在身份上有着不可逾越的鸿沟，从文本的角度看，这并非单纯是由政治觉悟的高低所造成的"等级"关系，而是所居官职、科学知识所带来的"内部等级"。

显然，张怀勇所推崇的规章管理已与50年代的主人政治有所不同，为了使企业在市场中有条理高效率地推进生产，工人阶级也恢复了原有的职业意义，而规章制度只是进入现代化的一种手段，潜在上是一种新的生活方式和思维方式的深刻变革，所以我们不难理解 90 年代市场经济的后劲中，文学界描写下岗职工的生活苦难以及人们内心震动的作品汇成一股现实主义冲击波的大流，波及中国大大小小的城乡之间，因为它呈现在现代意义上是一种令人惊异的剧变，这正如吉登斯对现代的"断裂性"思考，即他认为历史并非像进化论所言是一种"总体性形式"，看起来在一条"故事主线"上的传统社会与现代社会实际上存在着巨大的断裂，工业发展作为其中的重要环节，在时空的抽象分离的背景下现代社会制度形式异于此前所有的秩序，在带来全新的机遇时，亦产生了比此前任一时期都更加剧烈的"现代性后果"，并且在高扬怀疑和批判旗帜的现代性中，难免会出现"倒洗澡水连同孩子一起倒掉"的情况，可以从曾被高度赞扬的乔光朴（《乔厂长上任记》）身上看到，尽管他雷厉风行、大刀阔斧地将破旧厂子进行了现代规章体制的改革，而这种不顾工人"尊严政治"的做法极易出现前期杜兵式的消极反抗。如何修复传统文化资源与现代管理体制中存在的断裂，如何对科层制进行因地制宜的改造并使其重新纳入社会主义理想的轨道，可以看到《锦绣》中李铁从不同角度对工业与工人的关系进行思考。

从组织架构的角度来看，《锦绣》中一以贯之的是中国共产党对于国有企业的领导，无论这个小型金属冶炼厂经历过几次更名，锦绣金属冶炼厂、锦绣图强金属股份有限公司、南钢锦绣股份金属有限公司，重用人才的党委书记牛洪波、文后着墨不多而意义重大的上级党组织在锦绣厂的发展方向、人员任用的选贤举能上起到了重要的掌舵作用，而一代代党委书记为企业呕心沥血地的缩影是共产党人共同的初心与使命的象征。

从企业文化的角度来看，《锦绣》中呈现了一种现代社会的信任关系。可以看到信任链条串联起整部小说的逻辑架构，如张大河与姜连子作为冶炼搭档之间的信任，维护了张大河的劳模名声；张怀勇在职工并轨中曾许诺将在企业经济利益好转时将重新吸纳下岗职工，职工并轨由此顺利进行；在内部出现机密泄露事件后，由于员工们相信张怀勇的品质，没有出现类似的"倒薛事件"，稳定了内忧外患的企业局势；由于党的信任与支持三次上马钛白粉工程，最终获得瞩目成功等。《锦绣》中工人内部、工人与企业之间呈现相互信任与承认的关系，超脱了以往根据血缘—宗族产生关联的前现代机制，费孝通在乡土社会中研究的差序格局已经转变为在现代的群体共有的伦理规范，由企业成员共享且自觉履行下持续性地稳定前进，篇末一个在"龙头"带领下"具有强烈集体荣誉感的个体"的缓缓蜿蜒，正是这种企业命运共同体关系的象征。另外，这种现代性的信任关系不仅体现在人与人之间，还体现在人与自我之间。在艾里克森看来对人的可信赖性不仅意味着对外在供养者的信任，更体现在"人可以相信自己"，这种内在性的自我认同是"本体性安全"的基础，《锦绣》中张大河的三个后代在风云变幻的市场中选择的不同道路即以此示，张怀智与张怀勇选择主动在充满风险的市场中领导企业的发展，度过一次次兼并、合资的变动，张怀双则以自身扎实的专业知识踏踏实实地工作在一线，守在冶炼炉前，无论兄弟三人有着职位上、经济上的差异，显而易见的是每人对于自我价值的承认，作者所赞赏的是个人在自我岗位上完成了自我实现与自我身份的认同。

李铁在《锦绣》中关于建构命运共同体与信任关系的构想是促进工人与企业关系的一剂良方，有利于缓解现时工人的身份焦虑与重建工人群体的价值观念，而这种承认的政治不仅涉及信任关系，还涉及现实公认的民主参与、福利待遇等诸多方面，锦绣厂的民主管理与我国的实际情况形成了时代的呼应，我国关于科层制的改革一直在路上，20世纪60年代《鞍钢宪法》的"两参一改三结合"制度是实行工人领导共同管理企业的一次有益尝试，并且在实行市场经济以来，关于工人与企业的关系进行了更为深层次的拓展，尤其是近年来的国有企业改革三年行动，要求在党的领导下建设中国特色现代企业制度建设，取得了令人瞩目的成果，《锦绣》在与时代发展相呼应时，作家对于企业文化的重视为社会现实的改进提供了一条清晰可行的路径。

《锦绣》作为一部现实主义的作品，展现了大国工业七十余年历经风雨的光辉蜕变，并塑造了一位位有血有肉且刚劲顽强的工人形象，是一部无愧于时代亦无愧于人民的作品。与此同时，还给我们留下了关于工业与工人的有益思考，思考如何建立企业民主的管理方式与尊严政治，如何将工人与机器建构成像农民与土地之间紧密的关系，如何使工人形象与新时代进行同步的转变，将以往的文学史中永远精神昂扬地思考着技术与国家现状，具有极强政治属性的工人更加符合新时代的工人形象，形成现代社会的工业风景，等等，李铁在回应以上时代的呼唤的同时，也将这些问题留给了社会，留给了文学界。

文化观照过的小说
——《天兴福》的文化内蕴与魅力

◎张祖立

徐铎从20世纪80年代就开始了文学创作。兴许受到邓刚的"海味"小说影响，那时他多数写海上人物和他们的生活，倾心于硬汉形象塑造。随后一段不短的时间内，因忙于工作，他中断了写作。近几年，徐铎开始回归创作，陆续创作了《大码头》《留在城里的知青》《1960年的爱情》《天兴福》《母亲》等几部长篇小说，而且作品质量明显好于以前。从创作数量和质量看，徐铎应该是近几年大连文学界的一位代表性作家。细品起来，徐铎近几年创作的小说贯穿着较强的文化意识，积极钩沉和表现本地文化元素，其小说具有浓郁的地域性品格，散发着独特的文化内蕴与气息。《天兴福》是一部有关"连商"的叙事，它主要叙述了古城金州邵氏兄弟邵勤俭和邵持家经营"天兴福"商号并使之成为东北首号的故事。作品故事时间从20世纪初跨越到1945年大连解放，是一部有丰富历史内涵的好作品，同时也是一部更有文化韵味的作品。

一、文化观照过的叙事

称《天兴福》为文化观照过的叙事，并不意味着要把它归列于

20世纪80年代兴起的"文化小说"行列。"文化小说"与"文化寻根"浪潮有关，为了走出简单的宏大叙事模式，在创作视角上刻意去表现文化内容，同时进一步扩大小说的美学意义。作为一个时代的现象，"文化小说"自有它自身的历史价值。时过境迁，徐铎不会热衷写故弄玄虚、有意卖弄、附加功能过多的小说，而是在客观真实反映时代历史变迁的过程中，以深邃的人生态度去洞察、观照人世间道理、旨趣，以较强的文化意识，塑造文化人格，营造符合历史情景的文化氛围和气息，体现出自己的一种审美理想和精神趋向。因此可以说，徐铎这种被文化观照过的小说，承载了丰厚的文化内蕴。

小说一开头（"引子"）就显出作者的特别文化观照意识。文中写道："'天兴福'仨字，出自吴三桂的手笔。想当年，邵家的先人给吴三桂当差。"点出这一点，意在揭示邵家的不凡品格，邵家虽然祖上是当差的，眼下是打鱼出身，但邵家有着自己的"发家"理想。紧接着写邵家当家大儿媳妇郭玉凤在门外苦等一天，终于感动金州名人刘心田重新为店铺写字的情景。刘心田当年谢绝过做朝廷六品千总的机会，曾以全家性命为担保，使得金州免受俄军的屠城。请德高望重的当地名宿写字，昭示了邵家要在金州建家扎根的选择和理想，这本身是一个有关文化建构和精神建构的叙事。中国现代文学作家鲁迅、巴金、老舍等出于启蒙立场，常把家族想象成吞噬生命、扼杀自由的意象予以揭露和解构。而徐铎的这种开端，似乎是对传统家族文化的儒家伦理价值的一次重新评估和探寻。

在这样的一种文化观照之下，小说首先在叙事写人方面，注意去勾勒和表现能折射人性之光泽的细节、画面，表露出一种对文化内蕴的倚重和偏爱，并凸显一种特别的叙事魅力。

小说的故事叙述很别致、有文化味道。主人公邵勤俭进城卖鱼的方式很奇特，他直接把鱼挂在人家门上，人家下次也会将鱼钱付清，这其实同时写出了他和小城人对人之间理想相处方式的追求和期待的默契。与一般的闯海汉子"海狼"不一样，邵勤俭闲暇之时喜好听说书和听戏，喜求书法，厅堂四壁挂着本地名人字画，这折射了他内心的价值追求。邵勤俭出钱以龙王爷三太子规格埋葬怪兽，并为其建立龙王庙，因此得到金州人的认同和接纳，这表现了邵勤俭和金州人敬畏自然、善待生命的意识。邵勤俭的举止又和金州古城的精神是一脉相承的。金州城内许多人都具有一种对传统文化心心相印的感应，也有很多人具备较高文化，于是古城金州的精神和文化就在这些乡贤的行为上有趣生动地表现了出来。金州街长、金州会长曹世科本是官方一员，但喜欢收藏古印玺、小玩件和扇面，念念不忘"金州是文明之乡"，发现城内有冻死尸骨，倡议建立救助会，积极着手编写《金州志》；在奉天任要职的王永江热情支持金州老乡组团赴日本抗议请愿；爱国人士郭清义去世，全城为之悲恸；王永江去世时，金州商家字号停业哀悼，全城人站立街道两旁，为其送行；日本人在学校推行使用日本教材，邵勤俭聘请教书先生对孩子们进行中国传统文化教育；曹德麟在家乡各商号资助下，冒险开办学堂，为家乡子弟讲授国学；日本人让金州人改用日本姓时，金州人予以坚决抵抗，迫使日本人放弃这一阴谋；乡贤乔德秀积极编撰《南金乡土志》……《天兴福》着重叙述的是中国近现代时期邵氏家族的创业史，同时也将一些重大历史事件和重要历史人物紧密连接起来，这使得小说有了历史的纵深感，但在这同时，作者十分注意故事主要发生地的地域文化的作用，上述众多的小城里的人物或与小城密切相关的人物穿插、闪现其中，释放和演绎出他们的意志品质，并形成一个强大的气场，也自然而然涵养着主人公心理，铺就了邵勤俭的精神塑造之路。作者没有将小说写成纯粹的革命叙事文本，但他尊重了历史，揭示了历史应有的发展逻辑。

　　作者还时不时点缀一些"闲笔性"描写片段，这些片段可能并不能直接成为整个故事的重要、有机的组成部分，却能给小说带来超脱、飘逸的节奏和韵味。如修缮天后宫后，全城征求题写匾额，这时只见施工现场走出一位小老头，提笔写就"省观世迹"四个大字，赢得一片喝彩，那小老头原来是从山东即墨逃难至此的大儒王丕纯；三十里堡幽静素雅的石竹山下，大才子李东园隐居其中，吟诗作赋；曹世科等人酷爱诗文，闲暇之中创办了益友诗社……其实在这闲淡之中，仍然充盈着传统文化的持久魅力，仍是涵养金州人精神品质的重要元素。当然，小说自身的文化韵味更悠悠地缓释出来。

文化观照，也体现在作者对中国古典小说传统的继承上。中国现代小说在很大程度上是对中国古典小说的反叛和颠覆，但中国古典文学的强大因子又时时吸引着现代作家的灵魂。徐铎写这部作品时表现出一种明显的"寻根"意识，甚至在小说叙述方法上展示了向古典小说的一次致敬和膜拜。如在人物塑造方面，为了突出人物性格，往往让人物一出场，就有不凡的行为，营造一种"先声夺人"效果。小说开头，写邵家大儿媳妇郭玉凤登门请刘心田为天兴福杂货铺题写字号，遭到拒绝后，愣是在刘家门口苦等一天，最终让刘答应了她的要求。郭玉凤的意志品质由此可见一斑。邵勤俭走街串巷卖鱼，将鱼挂在商会会长郭清义家门上，郭清义故意吃了好长时间鱼也不给钱，而邵依然每次往郭家门上挂鱼，两人最终成为挚友，一段佳话由此产生。邵老五初生牛犊不怕虎，大闹妓院，未料夏荷花不甘受辱，非要成为邵家人，表现出刚烈女子的性格。刘雨田出场时，留花白胡须，着青布裤褂，气宇不凡，到了城里最有名的同升楼酒店，偏要点一道不存在的"黄雀穿松林"，折射了刘的自负高傲心理和讲究繁文缛节的日本文化影子。王永江不满张作霖的一些做法，辞职回家。张作霖派张学良和袁金铠等人带自己亲笔信六次请其出山，甚至自己亲自来金州，也未见到王永江的身影。不难看出，这种描写都很有中国古典小说的神韵和风采。邵勤俭虽不是革命者，但他将挚友、烈士李玉堂的衣冠冢安置在大黑山，这个义举也有古典小说的影子。《天兴福》毕竟是现代小说的样式，但这几处古典文学镜像的闪现，真是给小说带来一种久违的魅力和亲和力。

在表现故事的历史内涵、题旨，探寻人物的精神世界同时，徐铎坚持一种自主的文化立场，这番良苦用心，着实令读者内心怵动。

对古典小说写作传统的继承还体现在人物之间关系描写和叙事方面。邵勤俭与在朝鲜经商的赵明理，四十年中有五次交往。第一次在釜山，赵因经营困难没有将款汇给邵，邵没有介意；第二次赵业务陷入困境，找邵贷款，邵没有因赵的第一笔钱未还而拒绝；第三次赵在关键时救了被绑架的邵的一命，并且还了邵的三万银圆的债务和利息，邵没要其钱，而是给了他三万银圆的天宫牌面粉，授权他在朝鲜经销面粉；最后一次是邵临危受命，在为严重缺粮的大连市筹集粮食而束手无措时，赵运来了一百艘船粮食，并拒收邵的钱。二人的君子之交和表现出的诚信、大义，经典地演绎了中国古代文化和文学精神的要义和主题。同样的人物关系还体现在邵勤俭与成少飞、林玉堂三人关系上。邵勤俭的货船在海上遭海盗打劫，被海盗头目成少飞及时解救，而成少飞当年又曾被邵勤俭的大嫂救过命，于是邵、成结拜为兄弟。随后邵勤俭通过成少飞认识了林玉堂掌柜，邵、林又拜把结交为兄弟。三人的关系确立后，在小说里便演绎了几次大仁大义的故事。这种兄弟之间的故事描写，既是现代中国革命进程中仁人志士的价值选择和精神趋近的一种历史态势，也是古典文学"桃园结义"模式的"回放"，同时揭示出现代中国革命早期阶段的政治信仰与民间道义彼此交融的一种关系和特点。

《天兴福》浓浓的传统文化气息，透示出徐铎在文学创作上向传统价值倾斜的一种新的写作姿态和文化认同。这和他20世纪80年代的写作有着明显的不同。

二、山东文化的同质性构成

独特的地理位置和历史遭遇，使得早期的大连成为多种文化的汇聚地，域外的俄国文化、日本文化、朝鲜文化和境内的东北文化、中原文化、齐鲁文化等，都对大连这座城市和整个地区产生了影响。在影响大连的诸多文化中，齐鲁文化的影响应该是最直接、最深远、最普遍的。开埠以来甚至到20世纪90年代，大连地区的人口中，祖籍山东的人口占了大多数。大连给了闯关东的山东人一片栖息之地，山东人也给大连带来了齐鲁文化。这所城市包括古城金州，深深烙印着山东人所带来的一种齐鲁文化和精神，这种文化和精神固然是以儒家思想为核心内涵，但大连本地人更愿意称其为山东文化。因为山东文化是一个更具生活化、形象化的概念。大连人接受齐鲁文化或儒家文化是通过和身边的一个个具体的山东人的接触中发生的。徐铎祖先是山东人，他自然有着浓浓的山东文化情结和寻根意识。《天兴福》中的人物多是闯关东的山东人或山东人后代，山东文化自然也以同构性文化元素进入小说，并成为构建小说地域品格的一个非常重要的符号系统。某种程度上讲，强烈的山东文化情结决定了作者对《天兴福》的写作姿态。在小说的故事设计、叙述策略等方面，山东文化有时是故事的生成点和情节的连接点，有时是情节转换的催生剂，有时是矛盾冲突的铺垫者。在人物性格塑造、内涵价值构建方面，它更有着"原型性"或"基因型"制导作用。

《天兴福》的叙事主线是写邵家人的创业和打拼，同时其内在的、隐形的任务是以儒家思想塑造人的精神，邵勤俭一路走来，完全得益于儒家思想的影响。作品中的诸多重要人物大多是来自山东，他们个个或多或少、或显或隐地践行着儒家思想和文化。小说充满着浓浓的"山东味"。正如赵明理对邵勤俭所说的那样，天兴福生意兴隆，"并非以利为先，而是施以仁德，重的是义气"。邵家是山东人，他们秉承齐鲁文化或儒家思想传统，勤劳勇敢，重视教育和文化。作品中的不少人物，要么本身就是书香门第，要么就是拼命设法培养孩子读书。邵家如此，其他家也如此。金州城有山东会馆，这里到处显现着山东人的身影，他们自然打造了小城的精神和气质。共同的出身和境遇，使得这里山东人及后代彼此相助。小说中大连华商公议会会长郭清义就说过，凡是从山东到大连的人只要能帮上，他都全力帮忙。邵勤俭初到海参崴遇到的货栈林老板是山东人，一下子打开了生意局面；他的船在釜山搁浅时是山东人赵明理帮上大忙，化解危机；邵氏兄弟在肇东购置种植土地时，首先想到最可托付的领头人是手下的老伙计山东人陈大巴掌，而陈大巴掌招募的种地伙计全部是漂洋过海的山东人。小说中许多故事的叙述和情节转换都和山东人的出现有关。

儒家的理想人格可简单归纳为："以'仁'为本的忠恕之道和博施济众的精神、以天下为己任的忧患意识、安贫乐道的处世态度、矢志于道的追求精神、对义利关系的正确把握以及在危难之时敢于杀身成仁的勇气和胆识。"邵勤俭等人的"孝悌忠信、礼义廉耻"，重视读书，仗义豪爽，实际是齐鲁儒家思想的影响。儒家思想可以说是这部作品的重要内涵构成和人物塑造元素。但在中国现代文学发展进程中，许多作家似乎担心被抨击为观念保守落后，或有功利说教之嫌，一般不太热衷呈现儒家文化的具体形式和生动形态。在中国文化传统里，君子是符合以儒家思想为核心的封建社会政治道德价值标准的完美人格代表。

作为一个当代作家，徐铎无意将邵勤俭作为君子来刻画，但在考虑描写一个有精神内涵的"连商"形象时，他不可能隔断人与历史文化的联系，凭空写出一个没有文化根基的文学形象来。其实，一个现代商人在走出传统农业藩篱、逐渐靠近现代文明文化时，其内心的波澜和困惑往往是复杂多变的，对于文学而言，这种有胆识的关注和表现应该颇具意义且更有魅力。"五四"以来许多作家在塑造这一方面人物时，往往会写到商人们对现代文明和观念的快速接受，对传统文化的毫无留恋、无所牵挂，相反，传统文化道德在时代巨变中的骤然变化以及在现代社会的实际影响和潜在价值并没有得到充分展示。徐铎所关注的就有这一点。他要表现的正是邵勤俭作为一个从山东闯荡过来的商人，而且是一个刚从渔民身份转型为现代商人的人，在积极追求自己的人生理想过程中，身上所承接的齐鲁文化精神对他的具体影响。

中国近现代是传统文化裂变最为严重的时期，徐铎却选择这一背景塑造邵勤俭形象，明显具有理想主义色彩。因而，邵勤俭的儒家思想或"儒商"精神，有了鲜活生动的呈现。他奉行"达则兼济天下，穷则独善其身"原则，想着"努力做生意，生意做好了，才有资本，才有能力为穷苦百姓做善事，才能惦记着国家大事"。他帮助王永江筹资帮助孙中山革命；坚辞大汉奸张本政让其担任大连商会副会长的邀请；拒绝为清剿抗日分子的民团捐助；资助大连周家兄弟在哈尔滨创办支持抗日活动的爱国储金会；资助办金州育才会，让孩子们接受中国传统教育，抵制日本人强迫中国学生使用日本教材行为；营救抗联战士；带头抵制日本人让金州人使用日本人姓氏的阴谋……这里并不是说只有山东人能如此表现，而是说，在邵勤俭等人身上的确烙印着儒家思想的底色。也许有人会说小说要将邵勤俭往革命者方向描写，实际作者一直将邵勤俭定位在一个深受儒家思想影响的商人形象上。这从邵勤俭常告诫刘慎之不要与政治沾边的言语中清楚看出。邵勤俭的一些积极正面的表现，是一个有思想有道义的人对国家、民族命运判断后的一种价值选择。

小说对邵勤俭身上的"义"予以淋漓尽致的描写。他对刘慎之、刘家以礼相待。他被人绑架后，官方要追查案子，他却制止，希望能教化恶人；对跳槽出走的老伙计，不计前嫌予以收留，对此，刘慎之终生为天兴福做事；邵家人对鱼把头、老管家尽心服侍，养老送终；荷花用计阻止邵勤俭妻子马兰花怀孕，勤俭得知后，欲惩罚荷花，在听了马兰花的劝阻后又原谅了荷花……邵勤俭的大义，集中体现在将投靠日本的汉奸弟弟逐出家门。这也是小说中的浓重一笔。

邵勤俭这一形象身上也充满着矛盾，他推崇儒家思想，也热衷现代生活与文明；他憎恨日本人，也和日本商人打交道；他承认中国教育落后于日本，却处处抵触日本文化；他热爱传统文化，却送侄子赴国外留学……他在处理与娜佳的关系时，充分暴露了内心的矛盾纠葛。他和娜佳彼此相爱，每次看到娜佳，他心中都悸动和颤抖着，但最终放弃了娜佳，把娜佳"送"到了教堂。其实，从故事时间看，他娶不娶娜佳并不关涉道德问题，我们留意的是他的内心始终有种力量在"作祟"，控制、禁锢着他的欲望和思想。由此不难看出，小说对邵勤俭这一人物有着深深的同情，也对传统势力之于人的束缚有着无尽的感慨。邵勤俭的这种矛盾集于一身的情况也必然影响他最终成为一个革命者形象，兴许，这正是这部小说区别于许多其他小说在这类问题表现方面的重要之处，当然，也是这部小说的一种价值所在。

三、辽南文化的精彩呈现

文学的地域性总是受到许多作家的青睐。"艺术的地方色彩是文学的生命力的源泉，是文学一向独具的特点。地方色彩可以比作一个人无穷地、不断地涌现出来的魅力。我们首先对差别发生兴趣，雷同从来不能吸引我们，不能像差别那样有刺激性，那样令人鼓舞。"大连作家中，邓刚、孙惠芬等都是写辽南地域文化的代表书写者，邓刚的"海味"小说，孙惠芬的乡土叙事，都堪称一绝。近些年，徐铎创作的小说都是以金州、大连为背景，尤其以写金州居多，所表现出来的地域文化意识越来越凸显。《天兴福》算是徐铎的一次成功的"小城叙事"，写出了古城金州的文化经脉和神韵。徐铎有意识地在民族文化积淀的整体结构中表现和刻画人物形象，使得人物的性格心理的发展更有文化根基和历史感，同时增添作品的艺术魅力。

（一）古城神韵的钩沉

当小小的渔村"青泥洼"或陌生的"达里尼"变成了"大连"时，金州就逐渐被人淡忘了。岂不知古城金州曾是汉代沓氏县所在地，有两千多年的建城史。《天兴福》应该是大连作家写小城最为成功的一部作品，涉及金州城郭建筑、历史故事、先贤名流、文化习俗、市井生活、文化心理……它对辽南临海古城金州的描绘具有浓郁的地域文化品格，人们从中感受到了一个气息浓浓、海风阵阵的古城形象。

徐铎深受古城文化的熏陶，他和许多作家一样，怀着表现故土、故乡人情的情思和偏爱，借助文学想象，重聚散落的历史碎片，寻找和重塑着一种精神。"小说的文化应该是一种自在性的文化，是一种在文学人生内涵中自然包含的且为文学家自然揭示出来的文化，而不是那种为了强化作品的文化韵味在自然人生中不断生发且在文学表现上过于炫张的自为性文化。"徐铎强化小说中文化元素的描写，更多源于小说中古城金州的这一典型环境所涵养的丰富文化内涵和姿态。小镇规模较小，生活节奏舒缓，氛围平和安静，自在生活成为一种常态，居住其中的人无意中似有阅尽沧桑而波澜不惊的淡泊，人与自然容易融合。对于小城，现代文学大多数作家出于启蒙、反封建的需要常常注重暴露小城镇中的人与事的愚昧落后，渲染了它的阴暗和死气沉沉，也有的作家如沈从文等愿意写出它的温馨、恬淡、古朴明净。徐铎写小城，既把它视为故事发生的背景，更是把它视为一个有生命、有独立审美价值的形象，是一种寄寓理想的生活样法，是一个有精神灵魂的意象。

古城文化底蕴深厚，必然名流乡贤辈出——做过清宫画师、六品待诏翰林的李东园，任职奉天省长和东北大学校长等职的王永江，编著《南金乡土志》的饱学之士乔德秀，留学日本、加入过同盟会、追随过孙中山、后赋闲归乡的毕大学，任职伪满黑龙江省长的"海归"韩云阶，甲午举人阎宝琛，名儒刘心田……如此，小说形成了一种特别的韵味。以往的大连作家偏重于写现实题材，写历史题材较少，写文人的作品就更少，这兴许与大连作家现实情怀较重、对本地历史底蕴不自信等有关，客观上形成了这方面的写作空白。所以，徐铎对文人的集中描写是一个突破。

在描写塑造家乡历史人物时，作者总体上抱着尊重他们的态度来写，因为他们在很大程度上是古城精神的承载者和传播者。作者写文人的目的不是简单复原古代文人的生活情境，陶醉于传统文人的飘逸洒脱，而是探索着刻画人物精神、思想、心理更丰富的途径。人们的思想、情感变化与身边的一切现实领域密切相关，汇聚着众多名人的金州城必然聚结着某种影响着人的思想的精神力量。邵家的发家过程，邵氏兄弟的奋斗精神、经商品德、机遇商机、兴衰浮沉等均与蕴涵于城中的这种精神有关。儒家文化曾给邵家注入强大的精神力量，但在社会动荡、时局混乱、危机频起之时，传统文化是否能依然庇护人们，人们是否依然坚守传统，是否真正做到精神和人格独立，这是令人困惑的问题。所以作品还同时描写了另外一类金州人物，如与侵华日军关系亲密的刘雨田、杀害赵尚志的三江省省长卢元善、参与围捕杨靖宇将军的牟传信等。作品中文人的不同道路选择和命运结局，寄寓着作者的思考，也引导着读者深刻审视中国的传统文化。

金州是紧靠大连的沿海古城，地域和历史原因（如甲午战争、日俄战争、苏军解放大连地区等），晚清以来，很多俄国人、日本人、朝鲜人及欧洲人先后来到这里定居，金州人也较早就远赴日本等国留学读书、做生意。多种文化的交融，使得古城金州具有了较强的开放性，相当一部分金州人有着崭新的文化观念，他们眼界开阔，头脑灵活，善于开拓。邵氏一家就体现了这一特点，邵尚文留学欧洲，与包括俄罗斯在内的欧洲各国有广泛的关系；邵尚武留学日本、娶日本女人并定居日本；邵勤俭、邵持家兄弟常和日本、欧洲商人打交道；邵勤俭和有俄罗斯血统的姑娘娜佳产生感情并把她带回金州；邵持家把家搬到大连日本人居住区，与洋人为邻。金州的商人、官员、文化人和日本人、俄国人密切来往；金州人有穿和服、讲协和语、吃日本料理的，生活中渐渐有了日式生活元素；大连的大和宾馆、枫林街等都是金州人与外国人交流相处的场所。多种文化的融合，使金州小城被赋予了一种奇异的地域文化色彩。而这样的文化氛围正是以邵勤俭为代表的金州商人驰骋东北，演绎多个成功商业神话的条件。

（二）辽南文化景观的展现

《天兴福》是迄今为止描写辽南文化最为充分的一部作品。作为整体叙事的一部分，《天兴福》在讲述和推进故事时，不失时机地精心描绘金州充满地域色彩的文化景观、历史传说、民风习俗、自然景色、风物等，它们一方面是故事的发生地、故事环境，一方面辅助配合着叙事，彰显着叙事的风格，丰盈着小说的叙事魅力。辽南最负盛名的文化景观跃入眼前——大黑山及其历史遗迹唐王殿、关门寨、饮马坑，金州古城的南金书院、龙王庙、天后宫、说书场进入文本；"兜率晨钟""鲸台吊古""龙岛归帆"等金州"古八景"。当地民间传说进入文本，流传大黑山一带的尉迟敬德的故事、大黑山蝈蝈不叫的传说、龙王三太子的传说等一一入耳。

大连三面环海，人与海之间有着最为亲近的关系。海是滋养大连文化的一个重要力量。徐铎自然会把海纳入他的叙事本体，把海作为故事情节的有机组成，如邵家最初的生活起底和发家都是在海上；邵勤俭在海上先后结识了成少飞、赵明理两位重要人物；他在百年一遇的发海场面发现怪兽，建立了龙王庙，从而跻身金州人行列；全书最为壮观的场面是在他的感召下，海面上驶来赵明理的一百艘满载救济大连的粮食船只。但从地域文化呈现角度看，《天兴福》写得丰富多彩的还有与海相关的各种风物和生活形态。风物特产如金州一带的渤海湾刀鱼、对虾、海参等，似乎小城时时散发着熟悉亲切的鱼腥味。生活形态如船上人家生活，海盗行为与文化，人与大海殊死相搏场面，渔民虔诚复杂的祭海仪式，金州人过年习俗，正月里人们给海神娘娘送灯的仪式，小城人赶海场面……这些描写极有生活气息，令人神往。

大海也涵养着人的审美意识。以邓刚为代表的大连作家，喜欢将海作为独特的文化意象加以描绘，赋予海一种精神象征或人生隐喻内涵。徐铎同样如此。由于深谙海的习性，徐铎笔下的滨海古城金州就有了与海之间的内在契合和非凡的神韵。如写中秋之夜的金州，"等到午夜过后，月亮偏西……银白的月色洒满一地，隔着城墙，城外的官道上有人吹箫。悠扬的箫声悲悲切切，如泣如诉，听了让人身上瑟瑟发抖，寒气直往骨子里钻。城墙东南角的魁星楼，好像有人喝醉了，正在吟诗：独上城楼景气幽，山环海抱旧金州。涛声远送秋林外，日嫩风和不似秋……"这本是写金州城的环境、氛围，但读者分明能感觉到弥漫在小城内外的海的气息，小城的近海的特征显现了出来。小说叙述邵勤俭看到侄子尚文被害死时有一段描写："不远处一个小孩大声地唱起歌谣来……孩童稚气的歌谣声，冲击着邵勤俭的耳鼓。邵勤俭眼前一片白茫茫的雾气，大海退潮了，是个大潮汛，潮水退出有几里远。邵勤俭赤着脚，踩着柔软的沙地，朝着海平线走去，他觉得自己已经走出了很远很远，可眼前仍然一望无际。他走哇走哇，实在有些走不动了。海上下起了大雨，无遮无掩的大海，连个避雨的地方也没有。小时候，每逢遇到海上下雨，雨水追打着赶海的女人们时，他就跟小伙伴们齐声大嗓地唱这首歌谣：天上下雨地冒泡，老黑山上戴草帽；赶海娘们腚朝天……他从很远的地方走回来了，只觉得很累，浑身软绵绵的……"此处，作者并没有直接说人物如何悲伤，只是重点在写大海，让大海隐喻着人的情绪，精彩准确地捕捉和衬托了人物极度悲伤的心理和精神状态。

该部作品也有不足。作者积极钩沉金州历史，将大量金州的名人写入小说中，兴许是乡情关系，作者和笔下人物没有拉开一段合适的心理距离，对这些人物进行描写时，缺乏了一些审视的目光，影响了对人物内心进行深刻探寻揭示的深度和力度，人物应有的张力有所松弛。但总体看，这是徐铎，也是大连近几年少见的一部好作品。

中国当代工业题材小说中的
工人身份认同探析（1949—1966）

◎孙　佳

　　洪子诚在《中国当代文学史》中认为所谓"工业题材小说"就是指那些表现工人生活、反映工业战线的小说作品。这些小说有一个共同的特点就是它们一般都倾向于表现作为"领导阶级"的工人的劳动和生活以及矿山、工厂、建设工地的矛盾斗争。在新中国成立初期，回望过去"落后就要挨打"的屈辱历史，展望当时紧张严峻的国际环境，发展中国的工业以及着重发展重工业以建立强大的国防基础与雄厚的经济基础显得极为必要。在这样的历史契机下，象征着先进生产力的工人作为国家工业发展的核心力量走向了新中国历史舞台的中心，成为推动国家强盛与人民幸福的排头兵。新人民政权证明了中国工人阶级具备作为中国革命的领导阶级与领导力量的先进性与革命性。工人阶级作为国家主人翁的主体意识与作为工人的身份意识决定了工人必须将自己的劳动与国家的建设紧密结合在一起，劳动本身就意味着实现个人价值与集体价值的统一。工人阶级在这样的历史境况中必然承担着伟大的历史使命，并将主人翁应具备的责任意识、精神境界与道德情操现实化为工人阶级中的每一个个体的行为指南。在文学为政治服务、为工农兵服务的标准下，作家通过书写1949—1966年工业题材作品中工人阶级先锋性的典型，建构起全民对工人阶级的价值认同与身份认同，从而形成了特有的文化风貌。

对工人阶级以及工人英雄形象的光辉塑造在1949—1966年间的文化建构中始终是一个自上而下的建构过程。对工人阶级身份的强调与崇尚来自其在政治经济层面发挥的历史进步作用，在于其在中国社会主义建设中发挥的重要作用。新中国成立后，工人群体成为恢复国民经济、实现社会主义工业化建设的中坚力量。为了使工人群体更好地投入到新中国的建设中，树立工人阶级的先锋意识和崇高的社会地位则显得十分必要，工人阶级在这样的历史境况中必然承担着伟大的历史使命，并把历史主人翁应具备的责任意识、精神境界与道德情操现实化为每一个个体的行为指南。1949年12月11日刘芝明在东北文代会上《将文艺提高到人民建设时期的新水平》中谈道："我们在文艺上，就要反映出作为国家领导阶级的工人阶级。我们文艺不能是从普通工人姿态来反映工人阶级，而必须是反映出工人阶级的领导作用和意义，并要在文艺上建立起来这种新的社会观念，这种新的社会心理，这种新的社会崇拜，就是说要建立起来爱好劳动，爱好生产，遵守国家纪律，为人民服务的高度文化与崇高纯洁的品德。"因此，在文学中确立对工人身份以及工人阶级身份地位的崇尚和认可成为1949—1966年间文学塑造新的文化图式的重要内容。

一、工人身份的社会认同来自工人自我身份的认同

首先工人身份的社会认同来自工人自我身份的认同。这一身份认同首先得益于工人身份能为个体生存提供基本的经济保障，获得人的生理需求的基本满足，这构成工人自我身份认同的基础。草明《乘风破浪》中的易大光曾是旧社会的流民，从小和母亲在街头过着

乞讨为生的生活。新中国成立后进工厂当了工人，不仅解决了自己的生存问题而且娶了老婆。周而复《上海的早晨》中的汤阿英曾被无锡农村的地主逼得没有生路，只好逃往上海寻求当工人的秦妈妈的帮助。在秦妈妈的介绍下，汤阿英在工厂做工，不仅摆脱了地主朱墓堂的压迫，而且获得了自力更生的生存条件。陈淼《炼钢工人》中的王背生和自己母亲相依为命在家徒四壁的破旧小屋内，当了炼钢工人后才有机会搬进工人新村，改善了家庭的生活条件。在马斯洛的需求层次理论中，生理需求作为人最重要、最有力量的需要，构成工人身份自我认同的生存基础。其次，工人阶级作为国家的领导阶级，有其政治身份的优越性。尤其是在工人阶级内部，从革命战场转业到生产建设战线上的革命干部，使工人阶级的政治优越性更加鲜明。《铁水奔流》中的刘耀先、《钢铁巨人》中的王永刚、《乘风破浪》中的唐绍周、《百炼成钢》中的梁景春、《风雨的黎明》中的骆明芳、《干部》中的魏刚、《为了幸福的明天》中的黎强等人都有着坚定的革命信仰和丰富的革命经验，他们作为工人群体的领导，确保了工人阶级队伍的先进性与革命性。同时以自己丰富的革命阅历和深入工人的群众路线，教育和引导更多的工人具备工人阶级大公无私、团结友爱、无私奉献的精神品质。最后，工人阶级作为国家的主人翁，他们的劳动本身就是对国家建设的贡献，时时刻刻将自我的生产劳动与国家的生产建设结合在一起，将自我的进步与国家的先进紧密相连。草明的《诞生》中，为了向祖国送上属于工人的贺礼，新婚不久的炼钢工人李庆臣在除夕之夜选择回工厂上班，和工友们一起完成快速钢的冶炼。他们将自己的努力与祖国的繁荣及人民的幸福相勾连，这也是李庆臣们最大的前进动力。唐克新《古小菊和她的姊妹》中的古小菊时刻把集体利益放在第一位，为了研究先进的工作方法不惜使昔日的好姐妹玉芳对自己产生误会，当自己研究出新的工作方法又毫不吝啬地与姐妹们一起分享。她认为，提高生产效率为国家创造更多的财富才是她前进的动力和目标，才是她实现人生奋斗目标的价值所在。

二、工人身份认同来自社会群体的集体认同

在1949—1966年间的大部分文学作品中，都有"乡下人进城"的时代主题，而这一主题则表露了对工人以及工人阶级崇尚的文化心理。艾芜《百炼成钢》中的张福全曾在乡下做多种职业，在招募工人的消息传到乡下后，仔细斟酌一番认为当工人收入更多，同时也觉得工人阶级是国家的领导阶级，便进城当了工人。后来，每次回村休息，"村里人都用尊敬和羡慕的眼光望着他，使他得到鼓舞，他明白并不是因为他穿的服装深蓝而又崭新，倒是由于进入了工人阶级的队伍，有着一种光荣"。《乘风破浪》中的农村生产队长陈小妹在初次遇到工人李少祥时，会情不自禁地流露出对他的好感，这不仅仅是李少祥本身的魅力，更多的是他作为工人身份所具有的吸引力。工人身份不仅寓意着作为国家领导阶级的先进性，同时也预设了与国家命运共振动的新的生活。这一时期的农村题材文学作品中经常流露着对"工人"的认可，柳青的《创业史》中就描写了城市到农村招工时的热闹场面，计划只招收二百多人，报名却能突破三千。像徐改霞这样的进步青年都希望通过进城当工人去享受工人阶级的荣光，在献身国家工业化建设的过程中奔向新的生活。马烽的《韩梅梅》虽以肯定高小毕业生韩梅梅参加生产劳动成为养猪能手为故事主线，与韩梅梅同时升学失败最后成为省城工人的张伟的人生选择依旧是作者所肯定的人生追求，张伟妈妈骄傲地向村里人说："我家张伟当工人了，你们知道如今工人是最吃香的。听说工人是领导。"这一从农妇口中道出的时代共识更彰显了工人身份和地位所具有的广泛的社会认同。在城市，工人同样受到人们的尊敬。胡万春《工人》中的中学生周阿兴迫不及待地想成为一名正式的工人，尤其当他身穿一身钢铁工人工作服乘坐电车时，会不时引起乘客们

的注意。在这里"衣着，不仅表现了人类遮蔽和饱暖的物质性需求，也表现了人类对精神性的需要"。周阿兴在这套工作制服中获得了属于工人阶级身份的自豪与得意，"一会儿把上衣的袖子卷起来，一会儿又把帽子拿下来掸了掸又戴上。"他略带骄傲的神情显现了一个时代社会群体对工人以及工人阶级的认可与敬仰。在国家大力发展工业的革命建设年代，"工人这个字眼，比任何时代都更有意义、更豪迈、更美丽。"因此，具有先进性的工人劳动模范可以进京接受国家领导人的接见，构成了这一时期对先进人物最高规格的礼赞与肯定。白朗《为了幸福的明天》中的邵玉梅不仅在工厂生产中积极投入，而且舍身护厂，即使在住院期间也力所能及地发光发热，这样具有崇高的理想信念和集体主义精神的护厂英雄得到了时代的最高荣誉。《黄宝妹》中黄宝妹作为工厂的生产模范，在进京受到国家领导人的接见的同时也见到了更多全国的劳动模范，她深受启发，回到厂里更加努力，"如蜂采蜜似的学习着、工作着、热爱着自己的工作，因此，月月保持着优异的成绩，不断地创造着新的成绩"。党和国家对她的认可成为她不断前进的动力，荣誉越大，责任越大，在伟大的社会主义建设事业中，她努力散发着灿烂的光芒。

在国家大力发展工业化的历史时期，工人阶级以其先进性与革命性被推上"命运神坛"，工人作为其中的个体在集体的荣光与自豪中不断地获得对自我身份的认知，并以此作为激励自我前进的动力，将崇高的社会责任、历史使命与个体的生产实践相结合，构成从国家到个人，从个人到集体的双向身份认同，成就了一曲恢宏赞歌。

三、工人身份认同中的"劳动光荣"

在"无产阶级革命叙事中，劳动被当作美的根源。"劳动作为个体创造价值的直接方式在工人阶级的劳动叙事中被赋予了尊严且崇高的社会价值。当劳动叙事融入国家建设的宏大叙事当中，劳动本身就张扬着浓烈的政治诉求与道德尺度，它不仅体现在作为劳动者激情昂扬的劳动意志，而且体现在由劳动而产生的劳动创新与劳动竞赛精神。"劳动是中华人民共和国一切有劳动能力的公民的光荣的事情。国家鼓励公民在劳动中的积极性和创造性。"可以说，在1949—1966年间的文学叙事中，劳动不仅是作为工人阶级应有的阶级品质，而且是获得工人阶级属性的重要途径。劳动内化为实现个体价值的途径，其中既有对集体的责任意识与使命意识的强调，也有对劳动个体激昂的生命状态与无畏的革命精神的强调，由此而形成对大公无私、爱岗敬业、艰苦奋斗、勇于创新的劳模精神的礼赞。

对劳动本身的赞美构成工业文学叙事的底色，只有建立在洋溢着生产激情的劳动叙事中，才能实现对劳动最本质的认可与赞许。《在和平的日子里》中技术员韦珍看到铁路工地热闹的生产场景，不禁心潮澎湃：

> 韦珍，头一回看见这移山倒海似的劳动场面！
>
> 韦珍，头一回和这么多创造世界的人一道激烈地战斗！
>
> 韦珍，头一回看到日常生活中的平常人，怎么像获得法术似的，一下子变得宽阔、高大、威武。她小时候梦想的大力士和童话中的巨人，比起这帮工人来，渺小而又渺小！
>
> 韦珍，头一回知道什么叫"满眼是力量"，也是头一回这样具体的感觉到那产生一切契机的最深奥也是最简单的原因。
>
> 韦珍，头一回体验到：她曾经用死背功夫记忆的抽象语言，怎样在这一眨眼工夫变成活生生的景象。啊！思想，从没有抽象而枯燥的思想。它总是跳跃的，饱和着感情的；一钻到人心里，就使你发热，发光；使你蓬勃成长。

由韦珍这段澎湃的心理描述，对铁路工人以及工地生产场面的赞美无不表露着对劳动的强烈认可，"只有劳动的人、劳动的场景才是美的。个人只有投身在这之中，才能获得美的基础"，才能得到心灵的涤荡，精神的鼓舞。于是，当年迈的老工程师与铁路工人们一起搬运水泥时，阎兴劝他回去休息，老工程师义正词严地说道："劳动，这是宪法规定的神圣权利。谁想剥夺它，绝对办不到。"劳动不仅能使人感受精神的振奋，而且带来了身心的愉悦。《一点红在高空中》的阿珍娘看到自己的女儿劳累地工作一天不禁感到心疼时，阿珍却幸福地告诉自己的母亲："妈，疲劳就是幸福。""白天干了一天活，很紧张，热火朝天的，的确很疲劳。可是一睡下去，那可真甜哪。"繁重的劳动不再是对人身心的损伤与压迫，它重新象征着一种情感的满足与劳动带给身体的愉悦体验。尤其是在大机器时代，不是机器对人的压制而引起的人本身的劳累，而是人对机器的征服，这具有社会主义现代性的劳动观是1949—1966年间工业题材小说对劳动的独特言说。一旦劳动与社会主义建设建立起联系，劳动本身就成为言说身份立场与理想信仰的具体途径。

因劳动行为而延伸的使命意识成为书写劳动精神现实人格化的具体体现，在1949—1966年间工业题材小说所塑造的工人形象中，涌现着各个行业具有使命意志的劳动者，具体表现在他们对本职工作的尽职尽责，对集体劳动的认真负责。胡万春《闪光》中的陆大伟就是一个尽职尽责的"邋遢鬼"，当周科长计划任命他为车间的质量检查员时就颇为犹豫，因为他认为生活作风上的一个"邋遢鬼"必定在工作上也是个冒失鬼。而当陆大伟的"邋遢"被妻子赵杏妹宠溺地看在眼里时，周科长才知道陆大伟的"邋遢"是因为在工作中尽职尽责地忘我工作才弄得衣冠不整。由于于福生工作上的粗心，陆大伟和赵杏妹挑灯夜战检查成品中可能夹杂的不合格品。最终，陆大伟的工作精神不仅使领导干部周科长对其肃然起敬，而且也教育了落后分子于福生。陆文夫《荣誉》中的女工方巧珍是纺布车间的先进生产者，因为优异的生产成绩，她的照片一直被贴在工厂的光荣台上。这个年轻的女工平时还有些孩子的稚气，但是只要走进车间，一下就换成老练沉着、严肃认真的模样。第三季度的评比已经公布，方巧珍再次登上光荣台。可是事情就发生在评比后的一天，方巧珍无意中发现自己的布机缺少两根经线，这就意味着刚结束的评比结果有误，方巧珍的次布并没有被检查员发现。当负责的方巧珍去找检查员坦白此事，不负责任的检查员不仅想着教她如何蒙混过去，而且告诉她这样的坦白将是党和组织的损失。方巧珍在检查员的劝说下的确犹豫了，但是这种隐瞒问题的行为使她备受煎熬，坐立难安。当她看到工厂的退休职工王大妈对她的殷切希望和全厂职工对她的认可和热情时，方巧珍终于鼓起勇气走向党总支的办公室，向党坦白自己工作上的失误。因为方巧珍的主动坦白，她的照片并没有从光荣台拿走，而她坦白的行为更成为全厂学习的典范。这种忠实无私的劳动品格既是对自己劳动的负责，也是对党和集体的忠诚。可以说，爱岗敬业、大公无私的劳动精神与劳动使命成为每一个先进工人的工作本分，他们真诚地用自己的劳动创造着祖国的未来，因此这一过程中不能有丝毫的差错和个人的私心。

在劳动过程中产生的技术创新与技术革新成果是工人积极的劳动精神与劳动使命的最佳体现，当工人在不断地改进自己的生产技术的同时也为集体生产效率的提高做出了巨大的贡献，这样的先进生产者、劳动模范就产生于千千万万的劳动者当中，他们有着国家主人翁的劳动意识，将自己的进步与祖国的前进紧密结合起来。程树榛《钢铁巨人》中的戴继宏为了实现大型轧钢机的自主化制造，与工友们一起研究、实验，虽然几番遭到车间技术专家李守才的否定，但是在技术员杨坚的帮助和车间党支部书记王刚的支持下，戴继宏带领工人们终于实现了技术上的创新，在毫无外国成熟经验的前提下，制造出中国第一台大型轧钢机，实现了技术自主。草明《乘风破浪》中的先进工人李少祥一直为了提高快速炼钢的速度而刻苦钻研，虽然中途受到了来自宋紫峰的批评，但从未改变他提高生产效率的决心。当他胸有成竹地将自己的想法向宋紫峰汇报时，他不仅得到了宋紫峰的赞许，而且在宋紫峰的提议下，发现使用新的炼钢方法会更有效率，使兴隆钢铁公司顺利完成计划目标并超额五百多吨。唐克新《主人》中的史大妈是一个上进图强、不甘落后的老人，曾是新中国成立初期的第一批先进生产者，尽管到了退休的年纪也舍不得退休，"她像一个辛勤的老农，把自己一生的精力和心血都灌注到这块土地上了"。被调到工作相对轻松的皮辊车间的史大妈毫不落后，为了提高生产效率，在老木匠的帮助下发明了小型皮卷机，不仅使皮辊车间的生产效率提高了五十多倍，而且解放了工人的双手，实现了技术革新。唐克新《黄宝妹》中作为全国劳动模范的黄宝妹在劳动竞赛的比赛中，为了学习接头无白点的经验，她一边日夜锻炼自己的生产技术，一边从各处借鉴别人的生产经验。在刻苦的钻研中，黄宝妹带领自己的生产小组终于掌握了接头无白点的生产技术，并成功完成劳动竞赛。作者情不自禁地感叹道，"生长在我们这个时代的青年是幸福的，他们可以通过劳动去实现自己一切的理想和得到一切的荣耀"。的确，在意气风发的时代里，每一个劳动者都用自己的努力与汗水浇灌着祖国这片勃勃生机的大地，使劳动之花强劲有力地生长着。

对劳动以及劳动模范的赞许与歌颂有着1949—1966年间特有的文学审美，身体的劳累与损伤在宏大的劳动叙事当中都成为先进、荣誉的象征，并有着革命叙事的牺牲美学逻辑。在社会主义革命文学的叙事逻辑中，个体的劳动不仅属于个人，更属于集体与国家，因而大公无私、爱岗敬业、艰苦奋斗、勇于创新的劳动精神成为劳动模范典型的道德品质，成为工人阶级高尚的精神境界，这个时期的工业题材小说则通过塑造这样的劳动精神在全社会建立起对劳动的情感认可和心理认同，并借助劳动模范的工人形象为社会主义革命提供了一种内源性的动力，以完成对人民大众精神世界的重构，进而诉诸精神和道德的感召力来建构社会主义的革命文化图式。

逆行者的理想和生命的雅歌

——读老藤长篇小说《北爱》

◎李耀鹏　孟繁华

　　近一个时期，作家老藤的创作趋势呈爆发状。他先后发表了《战国红》《铜行里》《刀兵过》《北地》《北障》等。这些作品在文学评论界都有非常好的口碑和评论。《北爱》是老藤最新的长篇小说。小说坚定不移地彰显着老藤的文化信念和小说美学。对于东北大地的深情回眸与追忆已然成为老藤挥之不去的梦幻和宿命，他内心深处涌动着无法告别的昨日之歌，以酒神般的狂热抒怀着他对北中国的无限眷念。正是源自融入生命之流的历史叙事，老藤的小说才更易于触动同代人的心灵共振，让我们得以重新铭记起昔日岁月的辉煌与悲壮。从《刀兵过》到迄今的《北爱》，老藤始终以恢宏的气势与雄健的笔致绵藏蕴蓄着他的文学地理学，作为讲故事人的老藤复活了那些并未真正隐入尘烟的人和生活，凛冽荒寒的命运之地在他的笔端绽放出傲然而有力量的花朵。

　　《北爱》接续着老藤既有的文学传统，在延安文艺精神的感召下讲述新时代的中国故事和中国经验，他憧憬着中华民族伟大历史复兴的勇毅征程和光辉时刻。老藤对时代思想情感的敏锐洞察内在地决定了他的文学观念对于人民性的践行。因此，这个观念也是《北爱》的灵魂所在。老藤的每一部长篇都承载着老藤试想抵达的文学境界。小说中的苗青是飞行器设计与制造专业的高才生，她完全可以像室友高兰那样选择仕途，享受着体制带来的优裕和安逸；也可以跟随着初恋男友江峰奔赴深圳开启自己的商业帝国。然而，面对人生方向的抉择，苗青经历短暂犹疑后毅然决然地选择以逆行追梦的方式回归东北，誓言要将自己的余生与她心念的土地血脉相融。应该说，在追求财富的世风中，苗青的选择无疑需要非凡的勇气，她敢于放弃自己的前程和荣誉，要在东北振兴的时代浪潮中实现自己的鸿鹄之志。奔涌在苗青骨子里的并非轻歌曼舞和小桥流水，而是金戈铁马与鹰击长空，"一个人的计划"是她倾其全部生命热情为之抛头颅洒热血的崇高理想。锐意进取而踔厉奋发地推进东北振兴是国之大计，在百年未有的风云变幻时局中披荆斩棘出新时代中国的万千气象。苗青裹挟着父辈的梦想继续前行并诠释着梦想的光荣与不朽，她的生命行旅中带着无数未竟的遗憾和慨叹，她的勇敢和无畏冥冥中抚慰了那些无法与东北生死与共的英魂。父亲每年如约而至的飞机模型生日礼物早已潜滋暗长为梦想的种子，直至在她些许彷徨的微茫之际化为一缕精神的原动力。苗青是令人钦佩的时代天之骄子，她秉持着"落其实者思其树，饮其流者怀其源"的思古幽情，身上映现着"感时思报国，拔剑起蒿莱"的慷慨忠诚，让人切实地感受到"肠断非关陇头水，泪下不为雍门琴"的忧国忧民以及"心随长风去，吹散万里云"般的浩然正气。苗青是新时代中国青年人的典范楷模，她躬耕着"少年强则国强""少年进步则国进步"的强音。

老藤极尽力量于故事讲述和人物塑造，在平静徐缓中呈现出个人的"东北学"，怀旧般地铺展开他的东北故事，以此筑牢了自己的小说城堡。《北爱》的柔和烛光照亮了掩映在历史深处的奥秘及现实生活的逼真，老藤的每一部长篇都在起承转合的思人感物中营构了无与伦比的精神向度和情绪意念，在对东北风物志和风情书的反复缱绻吟唱中异常清晰地辨识拥有着群山之巅和鹅毛大雪的北中国世界。苗青是带着青春的朝气和报国的希冀来到贫瘠北地的，然而生活本身的不确定性和不可知性让她的梦想道路并非顺遂如意，而是在文剑、马歌以及画家吴逸仙无微不至的关切中不断地从低谷走向巅峰，进而让苗青决战东北的这场没有硝烟的战争得以凯旋。总之，苗青以魂兮归来北地的方式延宕着个体生命的时代价值，她以国之重器的发明为己任，是当之无愧的大国工匠，即使折戟沉沙仍旧凭借着"千淘万漉虽辛苦，吹尽狂沙始到金"的钢铁意志克服现实赋予的困苦挫败。苗青从未轻言放弃，面对没有归期的航程，她以海明威式的硬汉精神和"闯关东"的文化性格执着地在凛冽的北方大地收割梦想，她用自己独特的生命体验向世人昭示着"一个人可以被打败，但不可以被征服"的存在真理。

《北爱》呈现的并非扣人心弦的故事，亦没有峰回路转、层峦叠嶂的叙事情节。也就是说，内容和形式没有成为《北爱》的取胜之处和魅力所在，但小说贡献了新时代的"新人物"形象。一个时代必然诞生隶属于这个时代的文学，而特定时代的文学同样会无可争议地拥有这个时代的人物。苗青无疑是"新时代文学"中的典型，老藤为当下时代的文学提供了崭新的审美范式和批评准则，开辟出了新的"现实主义的广阔道路"。虽然老藤的全部创作几乎都在不遗余力地以现实主义为轴心，或者说现实主义始终构成了老藤"超稳定"的小说之法。但不可否认的是单纯地以传统固化的批判现实主义、革命现实主义、新写实主义等作为理论根基涵括阐释老藤的小说又显得貌合神离。实际上，老藤始终在内容与形式的意义上探寻小说的众妙之门，他的现实主义带有强烈的时代性和主体性，作家或者小说的主义实则是其世界观与人生观的生动映现。在重构宏大叙述和文学革命终结的时代，老藤的《北爱》及其此前的小说创作均不同程度上体现着新的小说革命的可能。与其说《北爱》是现实主义题材的厚重之作，毋宁认同它更是"没有主义"的"主义"且具有"先锋"意味的观念"冒险"。

同时，《北爱》的深远厚重意义还在于老藤极致地呈现了"有意味的形式"，小说以壬辰、癸巳、甲午、乙未、丙申、丁酉、戊戌、己亥、庚子、辛丑的天干地支结构小说，在古典美学的时间链条中完成故事的写意和苗青理想与生命进程的镌刻，与此同时小说中反复提及的"一个人的计划"也从方兴未艾到风起云涌，历史、命运与理想均在时间的无限永恒流逝中聚散离合。老藤赋予了《北爱》浪漫主义的韵律，咖啡、诗人、画家、现代主义艺术等元素使小说在典雅洁净中油然而生高山流水的意趣。小说的整体结构是以画家吴逸仙每年馈赠苗青的绘画杰作为中心，被命名为逆行者、金蟾礁上的雅典娜、放纸鸢的少女、海东青的复活及北地之子等画作以近乎"蒙太奇"的方式与小说的内容与形式之间达成了具有艺术性的"契约"。于是，老藤的那些灵光乍现的审美旨趣和叙事愉悦便如大型交响音乐或者哥特式建筑一般，使小说的境界、情绪与美感获得了后现代式的真知要义。《北爱》中到处遍布着诗的痕迹，那些充满哲理思辨性的诗行与小说蕴含的内在情绪互为相生，生命瞬间的起落与理想的波澜在不言而喻中完美落幕。苗青父亲以诗句"白山黑水间高高的索伦杆，有谁，能挂起飘扬的旗帜"祭奠自己未完成的北地之梦；苗青以诗句"裙裾飘起的一角，是红色巨著的扉页，书写，该用冰雪的融水，还是七色的粉笔，我，尚不知答案"勉励自己的北地寻梦旅程；聆听吴逸仙祖辈的传奇经历，苗青若有所思地写下"爱你，不需要理由，只因为家在这里，尽管寒冷、空旷和村庄在消失，做一只留鸟吧，鸿雁归来时，总要有欢迎的柳笛"。正是这些兼具理性哲思的神来之笔实现了现实与浪漫、叙事与抒情之间的自由平衡，从而晕开了空灵静谧、唯美轻逸的审美之维。

新世纪以来乡土叙事中
乡村治理书写的嬗变

◎周景雷　白晶玉

　　中国当代文学的发展始终与中国社会的发展紧密地结合在一起，研究当代文学乡村叙事中如何书写乡村治理问题，不仅可以从文学的角度探究作家对乡村社会的想象，其实也关联到了作家的文学立场、写作姿态以及在不同的历史时期作家如何处理自身创作与中国乡村社会之间的关系，更主要的是可以通过这种研究来还原中国乡村社会的发展变迁，并进一步探究文学与时代的关系。一般而言，所谓乡村治理是指乡村社会的不同主体按照确定的制度、机制联结在一起共同管理好乡村的公共事务。这些主体既包括乡（镇）村两级的党组织和行政组织，也包括相关的附属机构和组织。有效的乡村治理应该首先表现在横纵两个方面的体系性和顺畅运行的协调性。在我国，虽然作为学术概念和理论探究领域的"乡村治理"在21世纪初才出现，但作为行动议程的乡村治理则开始于新中国成立初期。在20世纪40年代末50年代初，从土地改革开始到农村社会主义改造完成，特别是"1962年9月通过的《农村人民公社工作条例（修正草案）》提出将农村人民公社分为公社、生产大队和生产队三级，并最终确定了人民公社的性质、规模、人事安排及党组织建设等，完成了国家权力对农村资源的整合，极大地加强了国家对乡村的控制"。①此后，当代中国的乡村治理在不同的历史时期经历了不同的调整、变化和改革，但作为政治话语和正式的行动议程始于党的十八届三中全会"推进国家治理体系和治理能力现代化"的提出。本文将以新世纪以来若干部乡土叙事作品为对象，尝试着从另外的视角简要分析近二十年来乡村叙事中乡村治理书写问题。

一

当代文学关注乡村治理问题始于新中国成立初期的农村题材创作，尤其在合作化叙事中表现明显。赵树理发表于1955年的《三里湾》讲述了在合作化运动中三里湾村的合作社扩社过程。作品中，赵树理不厌其烦地列数了三里湾村乡村政权和基层组织的构成部分、人员状况和运行方式，涉及党、政、共青团、妇女、教育、治安等多个方面以及这些方面在合作社扩社过程中所各自发挥的作用。通过赵树理的讲述，我们发现，三里湾村扩社之所以成功，乡村政权和基层组织体系的健全和有效运行起了重要作用。柳青的《创业史》描述了1953年早春时节梁生宝在蛤蟆滩村成立了互助组，到1954年正月下堡村成立了以梁生宝为带头人的灯塔农业合作社。在这部作品中，作者通过情节安排，认真地交代了蛤蟆滩村横向组织架构和运行方式，但更鲜明的特点是交代了从蛤蟆滩村到下堡乡、中心乡，从中心乡到黄堡镇区委区公所再到渭源县委这一纵向基层治理体系。通过这种横纵两条线索，作者阐明了在新中国成立早期乡村治理与合作化运动得以顺利实施之间的关系。与上述两部作品稍有不同，周立波的《山乡巨变》将笔墨重点投向了乡一级政权的构成和运行

---

① 汤蕤蔓：《中国共产党乡村治理政策的演进逻辑与内在机理》，《重庆社会科学》，2022年第9期。

方式。作品中的"清溪乡"是他的叙事平台，从清溪乡出发，作者在叙事安排上，不断将视角向下和向上延伸，重点勾勒了乡级政权的构成和治理方式。综观这几部作品，在乡村治理的描摹上，大致呈现几个特点：一是十分注意强调党的领导在乡村治理中的地位和作用，并通过党的基层组织负责人具体表现出来。比如《三里湾》中的王金生，《创业史》中的卢昌明、王佐民、杨国华，《山乡巨变》中的李月辉等。二是与刻意表现党的基层组织负责人形成对比的是，这几部作品中，相对弱化了基层组织行政负责人的形象，如《三里湾》中的范登高、《创业史》中的郭振山，《山乡巨变》中甚至没有出现行政负责人，这样一种叙事安排，既可能是现实社会的真实反映，也暗含了此类叙事中强化党的领导的内涵。三是凸显了共青团在乡村治理中的骨干作用。比如《三里湾》中的范灵芝、王玉梅，《创业史》中的徐改霞、梁秀兰，《山乡巨变》中的陈大春、盛淑君等，他们都是共青团员，参与到乡村治理的一定架构当中，并在治理体系的相应环节上发挥着作用。作者们着意刻画农村新人，不仅是当时中国社会发展的实际需要，而且也为中国农村社会进一步向正确方向发展积蓄后备力量。四是作者们在对乡村治理进行描述时，注意到了治理体系中联动合作、彼此协调，并以此强化基层组织的有效运行。比如除了党组织、共青团之外，还强调了妇女、教育等相关环节在乡村治理过程中的作用。上述几个方面，既是作家基于社会主义建设者的身份对农村社会主义改造的忠实记录，也是社会主义现实主义文学在思想旨归上的内在追求。

当代文学早期乡村叙事中这种有关乡村治理书写的传统，不仅真实记录了当时中国乡村社会在治理体系及其运行上的状况，有力配合了新中国成立初期合作化运动的开展和农村社会主义改造的现实需要，也为后来的乡村写作提供了非常重要的叙事经验和写作传统。但实事求是地说，在很长一段时间里，这种经验和传统无论是在创作上还是在研究上都没有得到很好的挖掘和继承。在一些时间里，虽然有些创作仍然在叙事中涉及了乡村治理问题，但也仅仅是作为叙事背景出现，乡村治理问题本身没有引起写作者和研究者的充分注意。这与两个因素有关：一是新时期以来，尤其是20世纪80年代中期以后，文学叙事逐渐转向对单一个体的关注，相应地，乡村叙事也逐渐由集体叙事转向个体叙事。在此背景下，就很少有创作或研究将视野转向体现了集体性或者公共性的乡村治理问题，十七年文学中的乡村治理的总体性问题逐渐由"老支书"或者"村长"形象所代替；二是市场经济以来，特别是在乡村社会向城镇化、现代化转型以来，原有的乡村治理观念和机制的失能、失范使乡村社会一度出现"底层困境"，很多创作或研究往往更多地关注到了这些困境的表象，未能对这些治理问题进行深度探讨。

二

经由20世纪末以来的市场经济的酝酿，新世纪第一个十年甚至更长时间，中国乡村社会城镇化、现代化进程得以进一步展开。在此时期，一些作家沿用了此前多年的创作惯性，继续叙写乡村的衰败和底层的困境，采用了更为严肃的现实主义格调痛陈转型期的无奈和抗争，仍然把焦点投注到个体或者群体身上。

比如贾平凹的《秦腔》（2005）。贾平凹以写实的方式记录了乡土中国在现代转型期农民精神上的深刻变化。在这部作品中，贾平凹不经意地写到了不同时期两种治理观念的冲撞，即以老支书夏天义为代表的传统的以土地为中心的乡村治理模式和以现任支书夏君亭为代表的新一代面向市场的乡村治理模式之间的冲突。虽然，贾平凹对此未予以更进一步深描，但乡村如何治理的问题显然已经被提了出来。正如贾平凹自己在后记中所说："体制对治理发生了松弛，旧的东西稀里哗啦地没了，像泼去的水，新的东西迟迟没有再来，来了也抓不住……"①作者在文末特意说明本部小说的写作参考了《当代中国乡村治理与选举观察研究丛书》，现在看来，这为后续《带灯》的写作做了铺垫。从创作实际上看，这一思潮和惯性一直延展到2014年之前。比如孙惠芬的《生死十日谈》（2013）、范小青的《我的名字叫王村》（2014）等。在《生死十日谈》中，孙惠芬不再像此前《上塘书》那样从容和娓娓道来，而是显得沉郁激愤。她将目光投向了农村现实社会中的自杀问题，深刻挖掘了在失序状态下的某个群体的精神状态和内心挣扎。在这部作品中，孙惠芬提出了两个问题：一个是农村的自杀不论是个人问题还是社会问题，自杀者生前所遭遇到困境是否得到关注？二是自杀者的遗族不论在精神上还是在生活上是否得到重视？无疑，这两个问题都是乡村治理中应予以关注的问题。因此，在这个意义上来说，孙惠芬的这部作品也是一部审视乡村治理问题的叙事。《我的名字叫王村》则是一种别样的写法，作者通过营造一种失重和荒诞的氛围与手法来审视和思考中国当代乡村的现实问题。作者在这部小说中经营了两条线索，一条线索是主人公王全一次次外出寻找弟弟，这个过程其实也是在寻找自己、寻找乡村的过程，呈现了比较强烈的精神属性；另一条线索是乡村的城镇化过程，随着土地流转、开发以及大工厂的建立，很多人失去了长久以来赖以生存的土地。物质上的"丰盈"和空间上的逼仄进一步强化了在上一条线索中"寻找"的迷茫性。在这部作品中，作者同样将乡村治理问题置于叙事的背景和末端，同样也是在格外的意蕴上因乡村治理的失范失能而对其进行了批判。总体而言，此类创作在个体与集体、传统与现代等范畴之间选择了前者予以深度描摹，并通过它们之间的冲撞来表现社会转型时期在社会治理层面所出现的失序状态。

上述所举几部乡村叙事作品中所表达出的对乡村治理问题的担

---

① 贾平凹：《秦腔》，作家出版社，2005年版，第561页。

忧与社会学者的研究也基本上一致。在我国，从20世纪末到新世纪最初的十余年间也是国家对乡村治理进行调整优化的时期。一些有利于农村农业发展建设的政策措施不断出台，进一步整合和调动了农村农业资源，为现代化、城镇化转型和广大农村摆脱贫困提供了制度和政策支持。正如社会学者所说："进入21世纪后，党中央采取了以'少取''多予''放活'等为核心的系列政策措施，一方面，取消了延续两千六百多年的农业税，改善了国家与农民的关系；另一方面，在基础设施、教育、医疗等领域大力开展'新农村建设'，进一步改善乡村治理的制度环境和政策环境。不仅如此，包含产业经济政策、市场流通政策和农民办企业政策在内的多重政策极大地拓宽了农民的就业渠道和范围，政府主导下的城乡统筹思想逐步确立，城乡关系得到一定程度的改善。"①但也有学者指出，这些政策调整，虽然"一定程度上缓解了农民负担过重和干群矛盾激化等问题，提升了农民对党和政府的认同感，但是，国家治理的成本大幅上升，乡村治理方面的矛盾也更加凸显。乡镇基层政府财政严重短缺和财权事权不对等，这就使得乡镇政府积极寻求制度外收入，出现土地财政及乡村债务问题，进而导致乡村治理规则失效"。②应该说，上述几部作品正是对这样一种新的乡村治理体系再建调试过程的反映。这种反映不是针对乡村治理本身，而切入的是失效的治理规则下的生存状态和以人为中心的与周边关系，尤其是土地之间关系的失衡。

当然，与上述把乡村治理问题隐藏在人的背后的乡村叙事作品相比，在这个时期，也有一些作品直接将笔触指向乡村治理问题本身。周大新的《湖光山色》（2006）讲述了农村姑娘暖暖在城里打工后回乡创业过程中所经历的在物质上和精神上的双重坎坷。作品一

---

① 汤蕤蔓：《中国共产党乡村治理政策的演进逻辑与内在机理》，《重庆社会科学》，2022年第9期。

② 周文、刘少阳：《乡村治理与乡村振兴：历史变迁、问题与改革深化》，《福建论坛》（人文社会科学版），2021年第7期。

方面看到了在市场经济过程中，乡村社会依托历史和现实两种资源所可能迸发出的勃勃生机，比如作品中因为有楚长城和楚王庄的存在而对历史文化的挖掘为现实经济发展注入了活力；另一方面也看到了在这一过程中所出现的因为过度的个人欲望追求所带来的精神和文化危机。原村主任詹石蹬滥用权力，鱼肉乡里，没有在改革开放的大潮中发挥基层组织带头人的作用。继任者旷开田在得到权力后，也在缺乏有效的监督下不断私欲膨胀最终被市场经济所湮没。表面上看，这部作品主要探讨的并不是乡村治理问题，但由于除了暖暖外，主要人物就是詹石蹬和旷开田，两个人又都先后成为乡村政权的主要代表者，在他们之外，并无其他基层组织的构成要素，因此这就把乡村治理问题推向了前台。通过他们，让我们看到的是，不完整的乡村治理结构和缺乏监督、没有协调的单向度的治理体系是无法完成在市场经济的转型中获得自身稳定的运行效果。当然从作品的阅读和阐释上来说，也许更多的人看到的是作为个体的人的状况，特别是主人公暖暖形象的塑造更增加了向这一向度的倾斜。显然这种解读是不完整的。

除了《湖光山色》外，这一时期直接面向乡村治理问题的代表性作品还有李洱的《石榴树上结樱桃》（2004）和贾平凹的《带灯》（2013）。《石榴树上结樱桃》讲述的是官庄村妇女孔繁花虽然因犯了错误被停止了村党支部书记职务，但仍然担任着村委会主任一职。这是一个肯吃苦、有能力、想干事的乡村带头人，在换届前夕也想通过自己的继续努力获得连任，但最后没有成功。小说通过孔繁花对一件计划外怀孕事件的追查，层层揭剥了乡村政治背后，在对权力追逐过程中所呈现的复杂人性，作者特别交代了乡村基层组织在实施治理过程不同构成部分之间的本应相互依存却在实际上彼此离析的乡村社会现实。孔繁花在为连任进行着踌躇满志的准备过程中，一个被事先昭告的秘密呈现在她的面前，村民雪娥计划外怀孕继而失踪，孔繁花带领村中"两委"一班人开始寻找。在寻找过程中，繁花发现，真正的寻找其实是这些人为即将到来的换届选举在筹划，特别是孔繁花最信任的助手竟然是隐藏最深的竞争者。在官庄村基层组织中，小说除了重点写到了孔繁花之外，还写到了村治保主任兼计生委员孟庆书、文教卫生委员兼会计祥生、调解委员繁奇、社会福利委员李雪石、村小学许校长，也重点写到了村团支部书记孟小红。从这些交代上看，官庄村的基层组织架构基本完整，这是实施有效的乡村治理的必备条件，但是否真的能够实现有效治理还要看各构成部分之间是否能形成合力。孔繁花落选的原因正在这里，也许这就是作者创作这部小说的深层动因。在这个叙事中，作者从计划生育和村委会换届两个角度切入乡村，它的意义就在于抓住了那个时期乡村治理中的重点问题和重要环节来解析乡村治理问题。前者是被动的，后者是主动的，这反映了彼时中国乡村治理问题上某种面貌。

与《石榴树上结樱桃》将叙事焦点投射在村级治理平台上稍有不同，贾平凹的《带灯》是从乡（镇）级治理的层面切入叙事的，并且在这一层级叙事中，时常向下勾连了村级治理，向上也触及了县级治理。从整体上看，基本搭建起了中国基层治理的纵向框架。当然作者也没有忽略乡（镇）级基层组织的横向构成：虽然作者没有细数在一个乡（镇）级治理体系的各个组成部分，但乡党委、乡政府和乡人大也都进入了叙述视野，作者特意反复交代镇政府大院的日常生活，借以说明的体系的完整性。小说以樱镇综合治理办公室主任带灯的工作和日常生活为主要线索，一方面展示了在现代化转型过程中传统的乡村社会在综合治理方面所面临的压力、困境以及所存在的诸种问题，另一方面也深刻地揭示了市场经济的诱惑对基层治理的冲撞和考验。小说以基层的综合治理特别是以截访为切入点是有着深刻的创作寓意的。知性女主人公带灯无论是对生活还是对工作都富有诗意，无论是对人还是对事都饱含温情，但恰恰是这样一种纯粹之人却被放置到了综合治理的岗位。她左支右绌，疲于应付，反映了基层治理的矛盾性。从带灯个人遭际向整个樱镇乡村治理辐射，我们会发现，表面上看起来的健全的治理体系在实际运行中是处于无序状态的，被动型、临时性的治理方式凸显了转型时期乡村社会基于日常生活的杂乱和基于历史积淀的深刻复杂性，它使基层治理无法释放更多效能，更使那些乡村治理的参与者、运行者无法释放更多的主动性进而提高治理水平。

　　总结这一时期的乡村叙事中对乡村治理问题的书写，我们似乎可以用复杂和犹疑两个词来概括。相比于新世纪之前的，尤其是新时期以来的乡村叙事中关于乡村治理问题常常以"老支书""老主任"这种简化式的处理方式，此一时期的创作中已经开始正面面对乡村治理问题了。从复杂性的角度来看，中国乡村社会正处在现代化和市场经济的转型期，旧有的乡村治理模式已经失效，新的治理模式正在重建和调试当中，无论是在观念层面还是在实践层面都处在新的接受和摸索当中，尤其是对基层来讲，在更多的时候只追求眼前的、现实的利益，快速达到目标的行动已经远远超过了体系重建的速度。加之在传统治理模式下所遗留的问题——无论是权力的重新分配还是利益的最大化满足，都没能够有效、有秩序地解决，这就出现了新旧混合的交织期。这些不仅为作家的创作提供了素材，更主要的是为现实主义作家提供经由文学创作实现对社会进行深度思考的可能和舞台。一些作家基于新时期以来形成的文学理念和创作惯性，在面向现实的时候，不仅看到了人的生存状态和精神状态，也看到了在这些状态之后的已经转变为具有了物质属性的制度的力量。对乡村社会来说，这种制度的力量其实就是乡村治理问题。从犹疑性角度而言，正如前文所说，新世纪以来国家正通过各种政策调整和制度安排进一步加强乡村治理的科学性、有效性，在很多地方已经出现示范性案例。但这不是一个一蹴而就的工程，治理体系的完备不代表治理能力和治理水平的迅速提升，很多地方也仍然处在规范期和调试期。同时治理能力和治理水平的提升可能更大程度上还是依赖于人的素质和能力的提升。这一点，也被我们的作家敏锐地观察到、捕捉到，并融入自己的创作当中。《湖光山色》《石榴树上结樱桃》和《带灯》等作品正是此类状况的反映。通过这些作品我们至少看到三个社会学层面的问题：一是健全的治理体系和结构并代表实际上治理的有效性，治理结构中的各部分的协调一致至关重要；二是被动型的治理无法满足现代乡村社会中的各种需求；三是治理水平的提高有赖于治理者能力的提高。不过，值得注意的是，上述三部作品分别塑造的暖暖、繁花和带灯三位女性形象因带有作者的某种寄托，她们自身所具有的品性为乡村治理向善治方向发展提供了可能。

三

最近十年来，特别是近几年，关涉乡村治理问题的乡村叙事出现了新的面貌。付秀莹的《陌上》（2016）、《野望》（2022）、关仁山的《金谷银山》（2017）、滕贞甫的《战国红》（2019）、赵德发的《经山海》（2019）、王华的《大娄山》（2021）、陈应松的《天露湾》（2022）、王方晨的《大地之上》（2022）等是这些新面貌的代表。简要而言：《陌上》《野望》用散点透视的方式在最日常的层面来叙写新时代乡村社会的变化；《金谷银山》在总体叙事风格和主题设定上虽然一以贯之，却是长篇乡土叙事中较早用文学手段正面表达城乡融合现实性和可能性的作品；《战国红》和《大娄山》以脱贫攻坚为主题，通过驻村工作队和乡村基层组织密切合作，歌颂了一种敢于担当、勇于牺牲的奉献精神；《经山海》中讲述了弱女子吴小蒿从城里到农村去担任副镇长，多年经山历海，成长为优秀的基层干部，小女子扛起了大时代；《天露湾》一扫过去创作中的积郁之气，用"奋斗"置换"挣扎"，通过叙写故乡农业产业的发展壮大来反馈作者对新时代的新体认；《大地之上》则从另外的角度描述了在乡村社会沧桑巨变中人的精神状态，就像作者自己所说，本书"书写'人'在当代农村的历史巨变中的生活，表达当代农民真实而深刻的生命体验"。①这为我们提供了更为新鲜的经验，带来了更多的思考。

从主题上来说，上述作品都聚焦于乡村振兴这个新时代主题。尽管每一部作品所涉具体内容、故事架构和言说方式各有不同，但这些创作都能立足当下，及时观照正在发生的事实，浓厚的现实主义色彩和激越的理想主义气息相结合，在一定意义上树立了一种新的美学范式。从叙事情感上来说，与此前乡村叙事中阴郁、艰涩的情绪相比，欢快明丽的调子表现出作家们重建乡村的巨大努力。这既是作家认知的转向，也是时代对作家的要求。正如在2016年10月17日人民网举办的一次访谈活动中刘醒龙所表示的那样：当下乡土文学面临一种突破的处境，因为在21世纪的今天，很多事情有了变化。如果我们用传统的观念去看乡土，比如乡土只能存在着苦难，存在着乡愁，这样乡土文学是要走入死胡同的。一切的认知都需重新开始。②但从本文的写作主旨角度而言，这些创作更大特点在于，都不约而同地从个体性书写转向了集体性书写，从一个个具体的个人转向了对乡村治理的总体性描述当中。

比如《陌上》和《野望》。从《陌上》到《野望》，付秀莹一直在叙写故乡芳村，写芳村的左邻右舍和鸡零狗碎，写新时代乡村社会绵密的日常生活，这一点与贾平凹的《秦腔》很像。但很明显，《陌上》和《野望》是成长了的《秦腔》，这个成长既包含了故事和故事里人物的成长，但更是作者的观照视角以及通过这种视角发现了新质地的成长。在《陌上》中，作者主要从主人公翠台的视角写到了芳村在城市化进程中、在经济发展的欲望被调动起来之后，发

① 王方晨：《生命在"山乡巨变"中的澎湃和巍峨》，《长篇小说选刊》，2022年第4期，第134页。

② 参见人民网文化频道：《刘醒龙：不忘初心 乡土文学需"重新开始"》，2016年10月17日。

生在芳村当中、发生在家庭内部的躁动与宁静之间的小冲突、小调试，这种小冲突调试既是城市与乡村之间的，也是老一辈和年轻一代之间的。此时，乡村治理问题没有鲜明地纳入她的视野。但在《野望》中，虽然故事还是那样的故事，人物还是那些人物，但这些都没有停留在原地，"翠台"们已经成了奶奶，村里的饭店因为村主任的变化也更换了主人。但更明显的变化还在于，小说直接触及了乡村治理的效能问题，在小说中几个典型的关于乡村治理的叙事线索就是：翠台的丈夫根来从无序的养猪生意中转换到加入养猪合作社，儿子大坡因为积极参与这项工作而一改无所事事的状态；翠台妹夫增志的皮革厂濒临破产之时因迁到了产业园区而获得了拯救；翠台的女儿二妞大学毕业违背父母的初衷选择回乡创业，等等。这些变化无一不昭示了乡村治理的有效性。虽然作者在这部小说中没有明示乡村治理的各种横向、纵向关系，没有明示治理结构的构成和触角延伸，没有更多地刻画村支书、主任等相关人物的形象，但显然作者意识到了上述变化正是乡村治理能力和治理水平的体现。值得格外注意的是作者还通过某种装置，把乡村治理问题推向前台，这就是通过设立在村委会里的"大喇叭"随时对相关政策、信息的播报来显示乡村治理的存在。大喇叭传递出来的声音，"有的时候是国家政策，关于乡村振兴，关于生态环保，关于美丽乡村建设；有时候是民间信息，卖桃子的来了，卖韭菜的走了……"在创作谈中，付秀莹说，大喇叭"担负着多种功能，广播消息，宣传政策，娱乐群众，发号施令"。可见，透过大喇叭，我们看到的是新时代乡村治理的运行及其效能。

再以滕贞甫的《战国红》为例：柳城村是辽西的贫困村，是脱贫攻坚的对象。小说写到了驻村干部陈放的爷爷是当年的老八路，在辽西打过游击，写到了人民公社时期的大队长柳奎虽然年龄已过80，仍然关心、支持乡村改革，写到现任村支书汪六叔带领村民脱贫致富的努力，写到以柳春杏为代表的年轻一代的创新与坚守，这是一种超过一般的乡村治理理念的精神传承，为现实的治理提供了历史背景和精神动力。小说写道："经由白乡长出面，将驻村干部——省农委干部陈放、市文化局干部李东、县科协干部彭非送至柳城村。"这样的交代和安排，就把一个村子的发展与整个国家的治理体系联系起来，从这一点上来讲，显示了作者对乡村治理的熟悉和关注。其实早在《刀兵过》这部作品中，滕贞甫已经借助历史问题深入探讨过乡村治理问题，在《北地》等作品中也对此予以关注。回到《战国红》中的柳城村具体层面，小说从诸多方面构设了有效的乡村治理的新模式新路径。比如通过整肃赌博重树村风，通过成立糖蒜社来发展经济，通过成立种植社改善环境，通过成立农家书屋来引导文化建设，通过打井来破除迷信，从观念上改变旧有的思想习惯。特别值得注意的是，通过村党支部发展杏儿、六子两个年轻人入党来进一步探讨农村青年发展问题。小说对乡村治理问题不是单纯地停留在制度和体系层面，而更注重让这种制度和体系发挥作用并使多元主体参与到乡村治理当中。应该说，《战国红》是这个时期乡村叙事中乡村治理书写的典型代表。

这个时期乡村叙事关于乡村治理书写上的变化既源于作家们创作理念的调整，也源于时代发展对作家们提出的新要求。2014年10月15日，习近平总书记在北京主持召开了文艺工作座谈会，总书记在讲话中强调，社会主义文艺的本质就是人民的文艺，要坚持为人民服务、为社会主义服务这个根本任务。要求作家要创作出无愧于时代的优秀作品。座谈会后，无论是各级作协组织还是作家个人都能通过学习进一步加深对新时代中国文学发展的认识，能够深入到社会生活实际当中汲取创作资源。2021年底，中国作协提出了"新时代山乡巨变创作计划"并于第二年正式实施。这一计划要求：以原创长篇小说形式聚焦新时代中国山乡天翻地覆的史诗性变革，多角度展现乡村时代变迁，生动讲述感天动地的山乡故事，塑造有血有肉的人民典型，为人民捧出带着晶莹露珠、散发泥土芳香的新时代文学精品，以文学力量激发新时代乡村振兴的昂扬斗志与坚定信念。①这种要求进一步在实践层面为作家创作提出了具体方向。当然更为重要的是，社会现实生活，尤其是乡村社会生活的变化为作家们的创作提供了沃土。从社会层面而言，党的十八大之后，中国乡村治理进入新的阶段，十八届三中全会提出了"国家治理体系和治理能力现代化"重大命题，在2014年中共中央国务院联合下发的《关于全面深化农村改革加快推进农业现代化的若干意见》中将"改善乡村治理机制"专门作为一个部分提出。到了2017年，党的十九大报告中明确提出了实施乡村振兴战略，强调要健全自治、法治和德治相结合的乡村治理体系，2021年颁布的《中华人民共和国乡村振兴促进法》更是从法律的层面提出了要求。在上面所列的作品中，国家层面的关于乡村治理体系的不断完善以及其中所提出的新观念新思路已有充分体现，通过对《野望》《战国红》的具体分析也可见一斑。当然，文学毕竟还是文学，要靠文学形象表达艺术情感，要靠文学想象丰富艺术能力，要靠文学真实呈现艺术本质，这对作家提出了更高的要求。

与此前时期相比，这个时期的乡村治理书写大体上有这几个特点：一是更加突出和深刻地展示了党的基层组织在乡村振兴战略中的凝聚力和向心力，特别是通过基层组织带头人这一典型形象的塑造进一步凸显当下乡村治理的能力和水平。这种创作思考既注重了当下乡村治理中由个体向集体的回归，也注重了对社会主义文艺传统的继承，特别是在典型人物塑造上，比如《战国红》中的柳春杏、《经山海》中的吴小蒿、《大地之上》中的李墨喜等，进一步丰富了继王金生、梁生宝、刘雨生等之后的当代文学农村典型人物谱系。二是在书写过程中注意到了乡村治理体系的整全性和运行的有效性。这些作品对乡村治理的呈现，不再"点到为止"，也不再"稍纵即

---

① 参见中国作协"新时代山乡巨变创作计划"征稿启事。

逝"和"以点带面"，治理的多元存在始终伴随着情节的推动和人物的活动，《野望》就是这样的作品。有的作品甚至将"乡村治理"作为主体本身来写，这反映了此一时期作家对乡村社会的认识更加清晰，角度更加多样。三是与此前的《石榴树上结樱桃》《带灯》等作品相比，此期的这些创作中的基层组织在实施乡村治理时更加主动，虽然也仍处于高速运转中，但不再是为了完成、应付上级的任务、安排而疲于奔命，也不再是各处奔突，紧急处理各类突发事件。基层治理从被动向主动的转变，既是乡村社会的运行状态的转变，更是作家创作视角的转变。四是写出了新时代乡村治理的内在精神性。这种精神性，既体现了基层组织包括乡村社会发展带头人的使命担当意识，更包括为了实现这种意识所需要的合作精神和奋斗精神。这在《战国红》《经山海》《天露湾》等作品中表现得更为明显。其实这为物质性的基层治理体系注入了更多、更充分的活力。

上述文字以数部长篇小说为对象，重点论析了新世纪二十多年来乡土叙事中对乡村治理问题书写的嬗变，可能从某种角度而言，多少偏离了文学研究中应有的艺术关怀。但文学从来不是孤立的，尤其是面向当下生活的现实主义写作，如果没有历史学、社会学、经济学、政治学等背景支撑无法完成其现实的丰厚性，这是文学整体性思维的必然结果。同时，我们也应该认识到，从乡村治理角度出发来考察二十余年来中国乡村的发展变化的确是一个较好的视点，写好这个视点，既是这个时代的要求，也是身处这个时代的作家的使命。有使命感的作家始终是与这个时代紧密地联系在一起的。

情感地理与文学辽南

——孙惠芬乡土小说论

◎韩传喜

中国是一个传统农业国家，乡土文明历史悠久，乡村意识根深蒂固。乡土文学作为中国现当代文学的重要构成部分，是乡土中国发展历程积淀凝练的丰富史诗。乡土文学作家立足自己的故土家园，将支撑自己生命成长、充盈个人情感记忆的乡土世界，融于鲜活真切的乡土故事，建构成特色鲜明的"情感地理"。所谓情感地理，"是指与作家创作生命和情感历程相关的地理，也就是说，要作家去写一个地方，一个影响了作家一生的地方。"①成长并始终"投身"于辽南故土的孙惠芬，从创作伊始，无论是中短篇还是长篇小说创作，多以自己的家乡为取材宝库与创作源泉。从《歇马山庄》《上塘书》《吉宽的马车》到《秉德女人》《生死十日谈》《后上塘书》等，孙惠芬以其数量巨丰的系列小说创作，构建了一片灵动多姿、魅力独具的"文学辽南"，而这片"辽南"既是中国乡土的缩影与投射，亦是文学乡土与乡土文学的拓展与丰富。

---

① 孙惠芬：《情感地理——〈街与道的宗教〉后记》，见《街与道的宗教》，上海：上海文艺出版社2017年版，第147页。

乡居体验：主体在场与情感延伸

与许多乡土文学作家不同，孙惠芬自创作伊始，其生活空间、创作历程与关注视域，一直盘桓于其生长于斯的家乡——辽南村镇。中国现当代乡土文学作家，相当一部分是在离开家乡之后开始文学创作，他们或在创作之初，便有意识地远离乃至"逃离"家乡；或在经历了外部世界世事纷繁之后，跨越相对遥远的时空距离重新"返乡"，翻检旧日的记忆，寻回过往的故事；或偶尔回乡进行"探亲式"的寻访，开展有意识的观察与探寻。而孙惠芬对于"乡土"而言，却始终保持着"在场"的写作姿态。虽然后来搬入大连这座辽南最大的城市，但其成长的村镇未离百里方圆，同时作家在创作过程中，经常深入原本熟悉的乡村进行长时间的探亲和寻访，不断行走在城乡之间，同时也在不断保持并强化着与乡土的深层情感联结。因而作为创作主体，孙惠芬一直扎根于"辽南"这一特定空间，始终浸润于乡土之环境，亲自观照着周边的人物，面对着发生的事件，并能时时与其间的人事呼应与互动。"歇马山庄""上塘""青堆子""翁古城"……这些辽南村镇的名字，一再出现在孙惠芬的小说创作中，有些甚至成为她作品的名称。这片土地上的风土人情、民风民俗、生活故事，亦自然地流淌于作家笔下，辽南乡村的向海、开放、现代等地域风貌，成为其小说作品的文化背书，而这一切经过创作过程的艺术凝练，呈现出别具韵味的浓郁的辽南地方风情。

孙惠芬坦承自己的创作试图照亮的不仅有笔下的人物，还有她"出生的那个村庄的河谷、庄稼、房屋、草垛和土街，还有那个土街通着的沿海小镇"。[①]作家的情感认知与审美意识，始终与辽南村镇这一场域"同频共振"着。《上塘书》以"上塘的地理""上塘的政

---

① 孙惠芬：《秉德女人·后记》，长沙：湖南文艺出版社2010年版。

治""上塘的交通""上塘的通信""上塘的教育""上塘的历史"为标题巧缀妙联，精雕细刻出辽南村镇的风景画、风情画和风俗画。如果说《上塘书》是以地方志的方式呈现出辽南乡村的人情绘本，那么《致无尽关系》则以返乡者的视角透视了来自传统、亲缘、伦理和道德错综交织的辽南乡村独特的关系网络，生活于其中的人们被无尽的关系塑造和规约着，无从逃避亦无由解脱。"从基层上看，中国社会是乡土性的。"①而中国乡土社会的基层结构则是一种费孝通先生所言的"差序格局"，"一个差序格局的网络，是由无数私人关系搭成的网络。"②孙惠芬以"在场"的浸润、观察与体悟，丝丝入扣、条分缕析地勾画出辽南乡村的差序格局和乡村伦理的底层逻辑，而这种"无尽关系"一定程度上又可视为乡土中国的全息缩影，像一根引线，牵出了乡土中国深蕴的千头万绪。

　　单就时空而言，所谓"在场"即是相对的：星移物转，时移世易，作为生命个体的作家，所在之"场域"必然是有局限的。好的作家可以通过同感共情，凭借遥想深思，全方位地探寻创作灵感与创作题材；创作过程中，更可以通过转动时空构架的多维立方体，或通过主体的主动移动，不断拓展审美场域的边界与丰富度。对于孙惠芬笔下的乡土而言，其拓展一方面是"地理性"的空间维度的开拓。由于辽南地处海滨，因而这片土地及其上的村镇，不同于中原等地封闭自足、皇天后土的传统乡土社会，而是与外部更广阔的天地，有着不可分割的天然联系，通往大海的港口船舶，出海远行的亲朋好友，"无尽关系"联结起的乡村"信道"，让这片乡土通过多种通道与外部世界建立了多层面联结，与中国大部分农村的封闭性不同，相对而言，孙惠芬面对与书写的是一种具有"开放性"的村镇。正如《秉德女人》中的青堆子，这座辽南小镇已有一千多年

---

① 费孝通：《乡土中国》，上海：上海人民出版社2013年版，第6页。

② 费孝通：《乡土中国》，上海：上海人民出版社2013年版，第34页。

的历史，"因为它地处黄海北岸，很早就与朝鲜、上海、烟台等外面世界有着贸易往来，大量的粮食、土特产、日用品在这里输进输出，使这里的商业自18世纪起就开始繁荣，很早就注入了外来文明。镇内建有教堂、剧院、妓院、税捐局、商会和学校，商店比比皆是。因为这里很早就有着开放的气象，祖辈们的生活很早就受到外界的冲击。"①孙惠芬的原生家庭与家族在这样的环境中生存繁衍，因而亦呈现出明显的地域文化特征："祖辈们的身份驳杂，有基督教徒、匪胡子、国民党战犯、买卖人，还有共产党员、知识分子。祖辈父辈像野草一样生长在狭小的乡村世界，却一生都在企图和国家这根粗壮的血管相通。当我的笔触深入了这个血管，细致而绵密的细节也就枝叶繁茂地长了出来。"②这里是孙惠芬的出生地，而为了小说创作，她又曾无数次到辽南村镇走访，因而《秉德女人》围绕青堆子古镇，将辽南乡间的风物旧貌、风俗习惯及至生活细节都细腻、生动而鲜活地勾画了出来，而其底层所沉积的，是辽南乡村独特的历史文化基因。另一方面是"历史性"的时间维度的拓展。孙惠芬在创作过程中，不断将笔下的乡土世界与现实生活紧密相连，将时代变迁融为普通山村与村民们平凡生活的大背景，并以此折射出大时代的生动影像。随着孙惠芬自己搬入城市，并裹挟于中国乡村城市化的独特进程中，她首先凭其"地理"优势，近距离地观察乡村的变与不变，并以其作家的敏锐与思悟，记录着静水深流的乡土变迁，同时作家与她笔下的乡村男女一样，不停地行走在往返于城乡之间的路途之上，寻求着急剧变化过程中得以自我安顿的乡土故园。无论是回到乡村的女人（《歇马山庄的两个女人》），还是徘徊于城乡之间的民工（《民工》），无论是在乡村和城市都找不到归属的"懒汉"（《吉宽的马车》），还是"出走"成功却迷失自我的农民企业家（《后

---

① 孙惠芬：《秉德女人·后记》，长沙：湖南文艺出版社2010年版。

② 孙德宇、孙惠芬：《女性作家的心灵家园——对话孙惠芬》，《渤海大学学报（哲学社会科学版）》，2011年第3期。

上塘书》），都从不同角度反复书写着真实鲜活的中国当代乡村的城市化进程，并由此而发掘着由乡村发展所生发出来的新的命题。

随着创作上的不断拓展，孙惠芬更是有意识地将小乡村置于大历史视野进行考察与表达。《上塘书》对于乡村典型而细微、常态而独特的事件的传达，自有细致梳理流变、娓娓道出故事的历史厚重感，而《秉德女人》则有意识地通过一个近百岁女人王乃容的人生故事，通过其经历的民国、抗日战争、解放战争、土改等历史重大事件，在呈现辽南村镇近一个世纪的风云变幻的同时，全面折射出中国乡土百年的历史进程。以细腻之笔勾勒出历史流变的乡土图鉴，以敏锐之笔触及乡土发展生发出来的各类主题，赋予其作品透视般的历史纵深感，这些正可谓孙惠芬小说创作的不渝追求及显著特征。

情感凝练：亲情融入与温情注视

中国现当代乡土文学作品可谓丰硕。纵观文学史的一些重要创作，其作品对于表现对象的情感倾向与观照视角，大体可分为四种类型。一是"审视型"，以启蒙者的现代思想和批判者的深度反思反观乡土社会，站在现代人的角度批判乡土社会的封闭、愚昧、贫困，所谓"衷悲而疾视"，力图以文字唤醒和启蒙乡土社会中的人们；二是"仰视型"，以讴歌者的回忆与想象，表现乡土世界的自然、质朴、清纯，构建与世隔离的美好"乌托邦"和"人性的庙堂"；三是"旁视型"，以旁观者的好奇与疏离，抓取所见的乡村之景象与人物，将其作为自己的一种"审美"对象；四是"注视型"，以亲人般的身份与温情，关注着乡邻生活中的饮食起居、家长里短、悲欢离合，似与乡土中的人们同喜怒共哀乐，并将其刻录于内心与文字之中。孙惠芬的乡土小说创作，显然属于后者。

在谈到自己在文学创作中的"情感"投入时，孙惠芬曾做过这样的描述："写作的过程中，我不知哭过多少次，笑过多少次……我回到了孩提时代，可是又躲不过成年的沧桑，而恰恰因为有了成年的沧桑，才使童年的苦与乐都变成了创作中的乐。"①她还曾坦承除了《多年蚁后》这部新近的儿童文学作品外，其余所有作品均投入了自己深厚的情感。虽然情感倾向会有变化，且让作家创作过程变得艰苦，但她的所有创作都是"情感"的结晶。而面对故乡中熟稔的亲人乡邻，她的情感始终是"亲近"的，这种无距离的亲近感，除了作为乡土的一分子的那种融入感，更多地源于她始终葆有的温暖情怀，这也决定了作家的目光永远是温煦的。

　　同为东北乡土作家，孙惠芬常被与萧红做比较。无论是萧红的《呼兰河传》《生死场》，还是孙惠芬的《上塘书》《歇马山庄》，从中均可看出二人都把自己的书写定格在东北乡村，以细腻的笔触描绘着烟火充盈的生活空间，关注着劳碌奔波在土地上的普通人命运，并在人物身上倾注了浓厚的感情。但与萧红小说那充满张力与冲击力的细节描写、将读者推入"生死场"般悲凉绝望体验、重片断描绘与轻情节架构的创作风格不同，孙惠芬始终"钟情"于自己生活的这片乡土，虽然这里亦有其不足甚至"可恨"之处，但她始终秉持着亲切、温和、宽容、平视的创作姿态，融入乡村的过往与现实，以一个女性作家的细腻和本土作家的熟稔，细腻描绘着真切的乡村生活图景及丰富的乡邻情感世界，并以此为立足点，关联起自己的情感地理，在不断拓展着自己的创作版图的同时，赋予这片乡土更多充满温情的关切和反哺。在谈及《上塘书》时，孙惠芬自承在她的创作生命里，"一直以为《上塘书》是一部最为特殊的书。它的特殊，不在于它如何打破常规，把村庄当成人物、将人物嵌入村庄这个主角之下的叙事方式，也不在于它如何借用了地理、政治、交通、通信这些地方志语汇，打破以故事为主轴的结构，而在于它弥漫于

---

① 孙惠芬：《情感地理——〈街与道的宗教〉后记》，见《街与道的宗教》，上海：上海文艺出版社2017年版，第148页。

语言缝隙的安详和平和"。①孙惠芬"细致地观察上塘人生活的方方面面，她的目光悠长绵密，整部小说上百个人物，他们的生生死死，他们的疼痛、呼吸和战栗，都被体贴入微地述说着"。②亲情融入与温情注视的情感几乎凝练在孙惠芬所有乡土小说中，波澜壮阔又张弛有度地共同抵达她心中的故乡。

当代中国乡土作家，能够更为强烈地意识到他们原本熟悉依恋的乡土故园，正在城市化与现代化的进程中，发生着前所未有的剧烈变化，呈现出更为复杂的风情样貌。因而惶惑不安、疑虑担忧、批判对抗等多种复杂情绪，不可避免地积存于作家心中，并以各种形式呈现于其文学作品中。在乡村与城市、传统与现代或剧烈或微妙的交锋中，作家们试图以自己的判断与力量，参与到社会发展的进程中，因而常鲜明表达着其社会批判意识。然而作为一个始终"在场"的作家，孙惠芬既了解现代化变革对于乡村的重要意义，清醒意识到现代化进程的冲击力量，同时更深切了解这一进程中，乡邻们所遭遇的迷惘、痛苦、无力等困境，所以在面对乡民们去乡与返乡过程中的言行及选择时，她采取的是一种充满温情的关注与表达。《吉宽的马车》中，对黑牡丹、许妹娜、三哥这些进城打工者的"出格"行为，作家没有将其作为道德声讨的对象；对于城市人的不公平甚或歧视行为，也不做社会价值观的评判，而是将其真实形象描述出来。《民工》中，鞠广大对与其妻子有私情的郭长义没有痛下杀手、以命相搏，而是最终平息了愤怒和仇恨以德报怨、宽容以待。对于《一树槐香》中的二妹子的堕落、《歇马山庄的两个女人》中李平的失足，作家同样没有做高蹈的道德评判和理性的人性剖析，而是在平静如水的叙述中呈示出她们生活中的委婉曲折。面对一个如此复杂而庞大的社会历史命题，作家甚至有意识地将启蒙意识、理

---

① 孙惠芬：《上塘书·序言》，长沙：湖南文艺出版社2020年版，第1页。

② 李敬泽：《〈上塘书〉的绝对理由》，见孙惠芬：《上塘书》，长沙：湖南文艺出版社2020年版，第3-4页。

性思考进行了祛除，将底层叙事常见的高调代言模式进行了遮蔽，尽力让读者全方位沉浸于小说创造的真实氛围中，自然切近乡土现代化进程中，每个普通人所感受到的疼痛与渴望，从而彰显乡土小说在当下语境中的独特意义。

角色融入：感同身受与性灵抒写

乡土的主角，永远是一方水土养育出来的人。孙惠芬笔下的人物形象，更多呈现出的，是作家在全面"理解"基础上的"性灵"抒写，因而其小说中每个人物形象的塑造，均于自然平实中自带鲜活个性，如走入乡村，看到的每个平凡而独特的乡邻。

孙惠芬的创作灵感与写作源泉，常来自其日常生活所遇之人事。在谈到《后上塘书》的创作时，孙惠芬提到主人公原型的来历：朋友偶然带来的一个可谓成功的进城者，现在已经是一个企业家，虽然在外面早就有"相好"，却因为老婆死了而一蹶不振，动不动就去老婆坟地，一坐就是半天。孙惠芬发现自己"认识"他，不但认识，还知道他曾是歇马山庄的村干部，知道他进城发展、追求成功而经历的一切……《后上塘书》的主人公刘杰夫由此而被唤出。虽然创作中不可能每个人物形象都有原型，每个故事都有其实，但正是乡土之中无数呼之欲出、思之生动的活生生的人，为孙惠芬的小说创作提供着无数生动的面相及丰富多样的情感世界。

应该说，孙惠芬小说中最成功的一类人物形象是女性，"我喜欢写女人，或更擅长描摹女人。观察她们、体察她们可以说是我无法逃脱的宿命。"[①]孙惠芬以女性特有的敏锐细致，以乡村女儿的同情理解，体味并传达着整个社会变革过程中乡土世界里女性的生活状态与心灵感受，绘成了乡村女性的形象系列，其中最为引人关注的是

---

① 郑军：《孙惠芬的变与不变》，《中国青年作家报》2019年11月20日。

母亲形象。孙惠芬对乡土的深厚情感源于"母亲"，对乡土的宽厚情感源于"母性"，对乡土的淳厚表达更寄寓于"母亲"形象塑造之上。现实生活中的奶奶、母亲等长辈女性，给了孙惠芬最初的人生教诲与情感滋养。奶奶的性格、见识与言行，给了童年的孙惠芬多方面的影响，而母亲，更是作家成长过程中言传身教的生命引领者，正如作家自己所言："我在很小的时候，就从母亲那里学会了默默观察和度量身边人事的本领，也就是说，我在身体上跟母亲走着一条狭窄的只在院子里往来的道路的同时，心里头却走着一条漫长又宽广、通往别人心灵的道路。"[①]而长大后的孙惠芬在这条心里的道路上，时时关注并喜欢描画的便是"母亲"。

　　"母亲"是文学创作的经典原型，古往今来表现者可谓众多。然而中国现当代文学中，以乡村"母亲"为主角的长篇小说却并不多见，赛珍珠的《母亲》和莫言的《丰乳肥臀》之后，孙惠芬的长篇小说《秉德女人》堪称写母亲的一部长篇佳作。相隔近一个世纪的时光，作家们的生活历程全然不同，创作理念与艺术风格亦差异颇多，然而作品中关于乡村母亲形象塑造的相似性与差异性，同样引人注目。现当代乡土文学中相当一部分作品，本于揭示批判社会问题的创作宗旨，塑造的贫困悲惨的乡村母亲形象，多如《为奴隶的母亲》的主人公，为生活所迫痛苦挣扎，甚至不得不卖身为他人生子，备受身心凌辱与命运折磨。作家们意图以"母亲"的悲剧命运，映射社会现实的黑暗残酷，从而唤醒广大民众。另一类作品则如以沈从文为代表的"田园"式小说，多以轻快写意之笔触，描画具有朴真之美的乡村母亲形象，赋予其丰富而浪漫的文化想象。而莫言以宣泄般的语言着意描画的，则是"母亲"屡经磨砺挣扎而愈发强韧的身心，及其支撑的无比勇猛顽强的生存姿态。与一般母亲的形象比较起来，她以其格外的粗粝、强悍、果敢与决绝，将"母性"

---

　　① 孙惠芬：《城乡之间》，北京：昆仑出版社2004年版，第11页。

的诸多方面表现到前所未有的极致，与文学的传统表达似乎乖离甚远。莫言小说的人物形象塑造，多如《红高粱》中的"我奶奶"，《欢乐》中的"齐文栋母亲"以及《丰乳肥臀》中的"婆婆"等人物，其生命中的凶狠、挣扎、衰亡、不堪、丑陋等，成为母亲形象中醒目乃至刺目的一面，在与惯常形象的反差与碰撞间聚合成其独特个性，而在突破惯常模式的同时，反而形成了一种莫言式的"母亲模型"。

与上述乡村母亲不同，《秉德女人》的女主人公王乃容却是独特的"这一个"，她出生于镇上富裕人家，孩童时便对外部世界充满好奇与向往，但不幸被匪胡子秉德掳走，被迫成为秉德女人，生活中从衣食住行到情感纠葛，从生儿育女到生离死别，一桩桩撕裂身心的苦难，无情地包裹着她的命运，一生遭遇堪称坎坷乃至凄惨，始终纠缠于乡村社会底层人群的矛盾争斗。然而孙惠芬却秉持着向来的创作态度与独特情怀，更多地赋予女主人公自然朴质却柔韧坚定、隐忍顺应却顽强自立、善良温柔却恩怨分明的性格特征。与多数中国现当代作家对乡村母亲乃至女性的表现相比，孙惠芬的笔触，可谓更为耐心地着落于其日常生活中的家常神态。人物形象的艺术魅力，更多地来自文本中"细节的力量"，即其客观真实而又细腻生动的细部描写所蕴蓄的传达力与感召力。《秉德女人》的故事情节多为自然流畅地徐徐展开，不滞不涩，不斜逸旁出，不故设悬念，时有微澜起伏，平淡基调中偶见奇崛。大量细节随之自然涌现，连缀并丰满了一个个家常日子与平常故事，构成了"母亲"生活的顺序"纪录"，从而映现出乡村普通女性的人生样貌与生命历程。整部小说叙事节奏依照日子固有的节奏，不疾不徐，顺序写来，并从容裕如地推展为乡土世界的全景画卷，女主人公则成为推动画卷渐次展开的源源活力。这也是孙惠芬体贴乡土女性的现实生活和内心世界，善于发掘人性的多重维度，怀着相恤之情、相通之意体察人物、塑造形象的创作态度的一种体现。值得一提的是，在中国成长并视中国为第二故乡的美国作家赛珍珠，以《大地》三部曲等作品获得了诺贝尔文学奖，而《大地》便是以皖北农村为背景，对中国农民生活进行了史诗般的描述，作品中的乡村女性阿兰形象可谓立体生动，给人印象深刻。赛珍珠的《母亲》更是一部风格鲜明的小说，作品塑造的乡村母亲形象俨然有别于同时代中国作家笔下的同类人物形象。赛珍珠虽不是中国作家，她的作品亦未纳入中国现当代文学史，但她对中国农村女性尤其是"母亲"形象的塑造，却可为观察和探究中国乡土小说提供一种外部的独特视角。将孙惠芬的《秉德女人》和赛珍珠的《母亲》《大地》对照阅读，对于走近并理解乡村"母亲"形象亦会有所启发。

除了乡村"母亲"形象之外，孙惠芬的乡土小说中还塑造了其他各式女性形象，《保姆》中的翁惠珠，《后上塘书》中的姐妹徐凤、徐兰，《歇马山庄的两个女人》中的李平、潘桃，《吉宽的马车》中的许妹娜，《一树槐花》中的二妹，还有"《生死十日谈》中那些面目寡淡、言语不多、毫无特点，却能做出平地惊雷般举动的女子们"①，她们年龄有别、身份各异、遭遇不同，但读来都如在眼前，构成了"文学辽南"中人物形象的互文性存在。勃兰兑斯曾经说过："怎样才是一位伟大的作家呢？不过是具有塑造形象和制造气氛的才能。"②孙惠芬小说的艺术魅力很大程度上不是来自其精巧的情节设计或严密的结构安排，而是来自其能够如此传神地让一群辽南乡村的人们沿着村道风尘仆仆迎面走来。作家梁鸿在谈及梁庄时曾感慨道："我没有厌倦，没有审美疲劳，每次回梁庄，我兴致勃勃地回去，充满想念地回来，实际上，我还没有离开就已经开始想念了。"③孙惠芬

---

① 周荣：《在"无尽的关系"与"无穷的远方"之间》，《长江文艺》2020年第2期。

② 勃兰兑斯：《十九世纪文学主流》第6分册，高中甫译，北京：人民文学出版社1997年版，第170页。

③ 梁鸿：《梁庄的空空荡荡的家》，《扬子江文学评论》，2022年第4期。

对待她的辽南乡村又何尝不是如此呢！有这样一群无比熟悉的乡民们生活在那里，她的情感地理显然亦会以一种召唤的结构让她"没有离开就已经开始想念了"。

"一个多世纪以来，中国乡村社会发生了以'现代'为中心的巨大转型。从生产方式来说，传统农业生产已经逐渐从乡村退隐；从社会形态来说，传统的乡村社会已经完全瓦解；从精神文化来说，传统乡村伦理已经基本崩溃，取而代之的是现代城市文明。这一变迁当然是政治、经济、文化等因素合力的结果。"[①]如果将20世纪80年代之前视为前乡土时期，那么80年代之后即为后乡土时期。前乡土时期乡村的典型特点是封闭性，城乡之间界限分明，人口流动较少，而后乡土时期乡村的典型特点是开放性，城乡之间界限逐渐消弭，人口流动较大。作为一个一直致力于乡土文学创作的作家，孙惠芬的关注视域从前乡土一直延续到后乡土，尤其是近三十年中国乡村社会的变迁，更是在她的乡土小说中得到了集中而有力的表现。孙惠芬的乡土小说，不仅数量多，而且已形成极具互文性的文本系列，通过地方志、家族史、非虚构等多种形式和文体的不断尝试，孙惠芬以自己对于乡土的真切体验、深入体察与敏锐体悟，以自己坚持不辍的笔耕，用三十年的创作把歇马山庄、上塘建构成浩瀚博大的乡土审美世界中一方独特的"情感地理"，用她的"文学辽南"与时代彼此确认。如此集中、持续而正面地描写乡村，在中国当代作家中实属难能可贵。"她的乡土小说，既是中国当下乡土现状的一面镜子，照见了我们时代的纷纭世相与众生百态，照见了社会转型期乡民们的内心波澜与灵魂异动，也是当代中国乡土文学的一个重要维度，具有特定的叙事深度与艺术高度。"[②]

当下的乡土小说创作，面临着城市化、全球化、媒介化等多重

---

① 贺仲明：《乡土文学与乡村现代变迁》，《人民论坛》2022年第6期。

② 韩传喜：《多重纠缠中的乡村书写——〈后上塘书〉论》，《当代作家评论》，2016年第3期。

现代性挑战，正如丁帆先生所言，"我们如何从历史的、审美的和人性的视角来看乡土文学在当下的书写呢？我们是否需要拟定一条新的主题路径和审美标准呢？我们的书写形式是否需要更新换代呢？这都是我们必须面对的乡土书写难题。"①在城市化进程中，传统的乡土社会正在遭遇前所未有的结构性消解，地方感也在逐渐弱化。当前全球地方化、世界在地性得到强调的同时，也预示了地方感的重要。现在已经进入了一个媒介化的社会，一切都被媒介化了，乡村同样如此。人们对乡村的认知和理解，不是切实地走进乡村去感受和体验，而是从各种媒介中得到信息，从而聚合成的一种媒介印象。乡土文学在中国有着相对稳固而深厚的传统，以鲁迅、沈从文、赵树理等为代表的众多作家，都为乡土文学贡献了独特的范本，为后来的作家提供了可资借鉴的艺术表达范式。而当下的乡土文学却并没有形成规模性文本和创作上的有序传承，作家们在应对城市化、全球化和媒介化的时代语境时对乡村的把握与书写缺乏充分的准备，或乡村经验不够丰富，或审美兴趣不在于此，因而乡村生活虽是一座文学的富矿，如何开掘却成了难题。近几年以扶贫攻坚、乡村振兴为主要内涵的"主题创作"，其"新山乡巨变"与"美丽新乡村"叙事表达也只是后乡土时期乡土小说的一个维度。此外，在后乡土时期成长的一代人，乡村经验极度匮乏，对乡村的共情严重不足，地方感鲜明的乡村样貌对于他们来说更多的只是知识而非经验。正是在这一意义上来看，孙惠芬以在场的书写姿态将乡村融入现代化进程中进行考察时对地方感的强调，使其乡土小说不仅具有独特的审美意义，还具有一定的社会学价值。无论时代发展如何迅速，社会变化如何剧烈，乡土中国仍然是中国文学一个永恒的母题，当下的乡土小说创作仍大有可为。

---

① 丁帆：《面对乡土 如何选择——从作家对乡土文学的观念视角谈起》，《当代作家评论》，2023年第1期。

身份、视角及文本

——老藤乡土小说的多重解读

◎周　荣

一

我出生在山东即墨，著名的"田横五百士"就发生在我家所在的镇。九岁时，举家搬到了黑龙江的五大连池，搬家的理由就是现代版的闯关东，因为20世纪70年代初期黑龙江日子比山东好，山东当时的主食是地瓜、地瓜干，我一直到今天也不喜欢吃地瓜，就是小时候吃伤了，一见到地瓜就烧心，而黑龙江的主食是小麦、玉米，这对于靠地瓜果腹的胶东人来说，吸引力蛮大。后来，我就在那里上学、工作，到1993年，从五大连池市调到了大连。[①]

在一段对话访谈中，作家老藤如是梳理了自己的生活轨迹，这条"北上""南下"的漫长轨迹中，藏匿着俗世生活的艰辛不易，也留下了人间烟火中的长情诗意，更提供了一串解锁其文学世界的组

---

① 曾楚风、老藤：《"炊烟不再，带来的不仅仅是伤感"》，《长江文艺》2019年第10期。

合密码。从祖籍胶东湾到东北黑土地，再到渤海之滨，其间又曾在历史悠久、文化底蕴深厚的辽西挂职，辗转多地的生活经历，一方面搭建起老藤文学世界的空间骨架，不同地域的风土人情内化为文学中饱满又不失灵动的质素，在或风物、或习俗、或风景的描摹中回望精神来路；另一方面也使其写作深深地根植于现实土壤中，"问题小说"的现实感、"有用"的艺术观与朴素雅正的文风，构成了老藤文学世界整体的现实主义风貌。

虽然工作后久居城市，但老藤毫不掩饰自己对乡村的深厚情感，对曾经生活过的土地的眷恋。他的写作长久地关注着中国百年乡土社会的发展与变化，《刀兵过》《萨满咒》在飞扬的想象与虚构中追忆大地上的传奇精魂，《熬鹰》《辽西往事》《遣蛇》是乡村生活的细腻写照，更执念于精神层面的超越与重建。对乡土生活的熟稔、对乡村伦理政治的深谙，在老藤的小说中转化为"体贴"的叙事内视角，这种内视角，既"规定"了文本的叙事结构和人物设置——小说紧扣乡村社会具体的"问题"展开文本，"村主任"在解决"问题"及文本结构中均承担重要功能；又在整体上塑造了作品的情感取向、美学风貌——作者深深倾心于传统文化和乡土美学，情感融于土地，对土地上的万物生灵怀有理解之宽容，从而为小说打上了一层柔和的暖色。

老藤曾在多地多个党政部门从事行政工作，对社会发展趋势、社会结构变化及政策导向，有着深入的理解和认知。这种经历、理解和认知又理性地把他与乡村、土地拉开一定的距离，形成了"旁观"的叙事外视角。在这种外视角中，作者把乡村置于中国社会结构、文化结构、现代政治结构乃至全球化格局中加以考察，思考乡土社会的命运——

对于一个农业大国来说，乡村的未来才是国家的未来，乡村永远是国家这条大河的蓄洪区，乡村的涵养与调节是河清海晏的前提。……令人堪忧的是，乡村生态遇到了城市化前所未有的挑战，

田园牧歌式的乡村图景正在被喧嚣的机器所吞噬。其实，工业化也好，城市化也罢，只要处理得好，与乡村生态不会截然对立……①

因此，老藤乡土小说中呈现的问题与困境，也就不仅是"地方性"乡村的局部问题，也是全社会的整体问题，更深远地指向人类、全球性的普遍难题。此时，"村支书"的个人能力、修养和视野已经无法完全承担起历史的重任，必须有其他力量和人的介入和推动。于是，下派干部、驻村书记——升级版的"村主任"，作为老藤乡土小说中另一类人物，加入乡村工作和生活，与村主任共同治理乡村；同时，乡村中涌现的"新人"也逐渐成熟，被委以重任，承担起发展、重建乡村社会的责任。内部传统力量、外部政治力量与时代新生力量的合力，打开了乡土社会转型与重建的可能与格局，也构成了老藤乡土叙事的典型结构。

外视角的"距离感"也赋予作品美学层面上的知识分子趣味。"协和广场'对出租汽车司机说来不是审美对象，田野对农夫也不是审美对象'。这却又不只受制于爱和感受能力，更因为赖土地为生的农夫不可能对田野持'非功利'的审美态度。"②人脱离了与自然的原始统一关系，才具有审美的眼光；现代知识分子摆脱了与土地的生存依赖，于是自命为"地之子"。因此，在"问题小说"的现实针对性之外，老藤的乡村叙事中又贯之以田园牧歌式的抒情性笔墨——

我一直认为炊烟是人间烟火的标志，袅袅炊烟是乡村生活的旋律。炊烟的味道令人沉醉，当你站在高坡上，看着家家户户的烟囱冒出炊烟时，你会感到生活的真实和温暖。当年，黄昏里我扛着鱼竿从讷谟尔河畔回村，看到的就是一缕缕炊烟。尤其无风的傍晚，远远看着条条炊烟笔直上升，缓缓融化在晚霞里，这是一幅多么美

---

① 曾楚风、老藤：《"炊烟不再，带来的不仅仅是伤感"》，《长江文艺》2019年第10期。

② 赵园：《地之子》，北京：十月文艺出版社1993年版，第2-3页。

妙的油画。①

　　我来自农村，炊烟是脑际一缕挥之不去的乡愁，这愁绪会像纤细的电炉丝，遇有机缘，就会充电发热变红，带来寻根的温暖。②

　　这种内视角与外视角的叠加、组合构成了老藤乡土小说的丰富性与复杂性，与百年乡土文学中鲁迅一脉的启蒙与批判立场不同，又区别于沈从文、萧红、汪曾祺的诗意怀乡，与当下乡土叙事中的哀叹与凭吊也大相径庭。抒情性笔墨与实用性诉求、感同身受的乡土文化认同与理性整体的现代认知视野、守正传统文化精髓与纳新现代人文精神，有机地共存于老藤的乡土叙事中。

二

　　伟大的文学都在唤醒，唤醒一个语词，复苏一种记忆。在帕慕克之前，没有人说得清"呼愁"为何物，而当"呼愁"与伊斯坦布尔相遇，那种"云雾一般弥漫的忧伤"获得了坚实的载体，那是帝国斜阳下"一种看待我们共同生命的方式；不仅是一种精神境界，也是一种思想状态，最后既肯定亦否定人生"。作家与城市、文字与历史，互相凝望，相互成全。"好作家都有原产地的。每个人都有故乡，都有一个精神的来源地，一个埋藏记忆的地方。""在很多大作家的笔下，总有一群人是他的笔墨一直在书写的，也有总一个地方，是他一直念兹在兹的。"③但遗憾的是，很多写作者终其一生寻找而未得，或寻到却未能化为文字。老藤是幸运的，他遇到了，且不只一处——

---

① 曾楚风、老藤：《"炊烟不再，带来的不仅仅是伤感"》，《长江文艺》2019年第10期。

② 曾楚风、老藤：《"炊烟不再，带来的不仅仅是伤感"》，《长江文艺》2019年第10期。

③ 谢有顺：《成为小说家》，山西：北岳文艺出版社2018年版，第42—43页。

我生活中有两个地方一直念念不能忘。一个是青少年时期生活过的讷谟尔河湿地，一个是辽西的凌源市。这两个地方是我心田里的两洼春韭绿，常想常新。[①]

顺理成章，这两个地方也是作家老藤最倾心的文学"自留地"。讷谟尔河湿地位于黑龙江讷河市，《萨满咒》对讷谟尔河湿地的秀美风光、丰富物产、神秘风俗做了工笔细描。《遣蛇》取材于黑龙江省逊克县干叉子乡，小说中出现的呼蛇、神奇的蛇头鱼、滚钩钓鳇鱼都源自这里。凌源地处辽宁西部，是朝阳市下属县级市。在凌源工作期间，老藤走遍了凌源的乡村，搜集材料，考察风土人情，《熬鹰》《无雨辽西》《辽西往事》《战国红》等都是这段经历的文学再现。老藤的乡土小说数量并不多，它的独特性在于视角，以及由视角所决定的"人物设置及其内生关系的营构"[②]。"村主任"是老藤乡土小说中频繁出现的一类人物形象，其中有现任的（《熬鹰》《战国红》《遣蛇》）、离任的（《战国红》）、挂职或驻村的（《战国红》《辽西往事》）。显然，作者在他们身上寄了特定的意涵，如何理解这类人物在文本中的结构性功能、承载的社会价值及美学意义，便成为打开作品思想空间的关键。

几乎很少作家的写作可以溢出文学史的范畴，仅仅因为自身写作而获得意义；也几乎没有一个文本能够挣脱文学史的阐释谱系而天然地、孤立地获得意义。每一种写作几乎都镶嵌在传统筋脉之中，延伸、充盈、开阔着文学的意蕴空间。尤其是乡土文学。百年乡土文学犹如一座恢宏博大、气象非凡的圣殿，其中供奉着鲁迅、沈从文、萧红、赵树理、柳青、莫言等名家浩如烟海的经典之作。因此，不妨说，乡土小说的价值已经不取决于文本自身，而是取决于如何

---

① 曾楚风、老藤：《"炊烟不再，带来的不仅仅是伤感"》，《长江文艺》2019年第10期。

② 张元珂：《论滕贞甫〈战国红〉的小说格调及示范意义》，《中国当代文学研究》2020年第5期。

基于现代视野与文学传统，阐释、重构并在美学上为乡土中国赋形。找到作家看取乡土中国的视角就找到了理解作品的关键。

老藤的《辽西往事》并不是典型的乡土小说，严格地说，是以辽西为背景的带有浓厚地方风俗特色的短篇集萃，但这篇"非典型"小说却提供了探寻作家思想史视野及精神脉络谱系的典型视角。《辽西往事》由四个独立的故事组成，第一个故事名为"杏仁粥"，故事在渝州挂职副县长的"我"和大十字派出所民警老王边喝杏仁粥边进行的对话中展开。作者用两次性质相似的"自首"及对"自首"的两次相似处理，构建了一个并不复杂但颇具意味的小故事。第一次是抢劫犯刘永民的自首。大学毕业生刘永民的父亲重病住院，医疗费毫无着落，迫不得已刘永民抢劫了拖欠父亲工资的老板。老王了解了事情经过，便"私放"了抢劫犯刘永民。第二次是民警老王的自首。老王向挂职副县长"我"自首了自己私放抢劫犯的经过。故事短小、流畅、平实，以"低空飞行"的姿态叙写生活，在法、理、情的交错、模糊地带去探索人性与生活的弹性空间。"自首"是缘起，对"自首"的处理是结尾，核心是中间部分，即如何定性自首。在小说叙事链条上，只有中间部分饱满了，才能在"正常"的缘起与"非常"结尾中间建构起合理的逻辑，在常态的生活中营造出小说的意味。作为党政机关干部，也是老王的领导，"我"定性老王的做法"合情不合法"。老王对大学生抢劫的解释是："最简单的办法就是把他抓起来，依法处理，那样我就不用向你来自首了，可是果真那么做，刘永民就成了一枚被丢弃的杏核了"。①当然，"我"和老王都没有"依法处理"。最终，大学生抢劫犯凭借专业技能申请了移民，开始了新的生活；民警老王一如既往地工作；拖欠工资的暴发户老板得到了教训，鼻子上挨的拳头足够提醒他日后收敛自己的言行。海阔天空，街市太平。生活复归宁静，亦如热气腾腾的杏

---

① 老藤：《辽西往事》，《熬鹰》，北京：中国铁道出版社2015年版，第70页。

仁粥，散尽了那些许的毒性，依然是慰藉一天劳碌的美味。这是渝州的日常，是辽西的日常，是当下生活中随地随处都可能上演的一幕幕悲喜剧——大学生就业问题、农民工问题、医疗问题、贫富差距问题……渝州的故事即是中国的日常，日常生活蕴藏着普遍的逻辑，"我"和老王的处理方式中包裹的是中国式的情感认知与伦理道德，潜隐的也是作者的立场和视角。

费孝通先生对比乡土中国与西方现代社会维持社会秩序的方式，认为传统中国是礼治社会，西方是法治社会，两者的区别在于"维持规范的力量。法律是靠国家的权力来推行的。……维持礼这种规范的是传统"。① "礼并不是靠一个外在的权力来推行的，而是从教化中养成了个人的敬畏之感，使人服膺；人服礼是主动的。礼是可以为人所好的，所谓'富而好礼'。"② 传统"礼治"具有双重意义，不仅是维护社会秩序的根本力量，也担负着时时引导人"仰望星空"的教育意义。但随之而来的另一个问题是，礼治也可以杀人，杀死祥林嫂的不正是封建礼教吗！如何保证礼治能在现代社会发挥正面作用，而不是导向悲剧。于此，作者格外强调执行者或管理者的重要性。换言之，只有管理者或执行者是"好"人，具有"善"的德行，才能在法治和礼治之间维持良好的平衡，最大化地发挥两者的作用。老藤在基层生活、工作多年，深知"鸡毛蒜皮"当中的"大学问"。在社会治理中，完全采取公事公办的"法治"，"鸡毛蒜皮的小事，浪费了大量的行政资源不说，因为缺少令人信服的调节，案虽结仇却在，许多案件等于埋下了一颗地雷"③。反之，用一种合情入理的"礼治"，既可以从根本上化解社会矛盾，也可以引导人心向善。《辽西往事》中，"我"和老王的处理方法更接近于"礼治"，虽

　　① 费孝通：《乡土中国》，北京：北京出版社2005年版，第71页。

　　② 费孝通：《乡土中国》，北京：北京出版社2005年版，第74页。

　　③ 曾楚风、老藤：《"炊烟不再，带来的不仅仅是伤感"》，《长江文艺》2019年第10期。

然不符合公职身份，也不符合法律法规，但符合基本国情，以最小化的方式合理地化解了社会矛盾；也符合人性人情，让善的光亮穿透雾霾抵达生活阴暗角落。

"杏仁粥"故事虽小，但完整地呈现了作者的思想视野和认知视角，以及化解乡村社会乃至中国社会发展症结的手段诉求，即虽然鸦片战争后中国进入世界格局中，经过数次革命终于建立起现代民族国家，但在深层文化结构层面上，前现代乡土文明的"超稳定文化结构"依然左右着民族思维和生活方式，基于此，对乡土社会乃至整个社会的治理、社会问题的应对就不单单诉诸单一的行政管理，更应基于文化心理层面的化解与根治。"我"和老王是县城的基层管理干部，从工作职能的角度，他们是社会生活有序运转的"润滑剂"；从人性道德的角度，他们是具有人文精神的现代人；他们不是传统的"乡贤"，却是具备"乡贤"品质的现代管理者。当文学的帷幕从乡村生活拉开，他们则对应"化身"为"村主任"。于是，我们也就可以充分认识"村主任"在老藤乡土小说中的结构性意义所在，也就可以理解太平台三代解不开的仇疙瘩何以被一个吹喇叭的"临时"村主任齐大嘴巧妙地化解了；理解一个偏僻山村的村主任金兆天何以上能与师长推杯换盏，下能把来心高气傲的年轻挂职干部"训练"得服服帖帖，更不用说头头是道地劝说下放的"右派"知识分子、被开除的干部；理解老村主任柳奎虽然退休了，依然在村里具有很高的威望，依然可以对村里大事小情起到一锤定音的作用。

村主任是传统文化中"乡贤"的化身，既能在盘根错节的纠纷、争端、恩怨中条分缕析地拎出关键所在，又能以举重若轻的方式化干戈为玉帛，维系乡土社会稳定有序地运转。但作者并非意图强化特定身份群体的重要性，而是借村主任"不大不小不上不下"的特殊身份和贴近土地的近距离视角，剖析社会问题的根本症结所在。随之而来的问题是，虽然"超稳定文化结构"深刻地作用于乡村日常生活，但今天的乡村社会已经不是一个自足的封闭空间，乡村与城市、世界的经济流动、信息共享几乎同步，乡村社会的问题也必然被放置于中国乃至全球的语境中加以审视，那么乡村的变革之路在哪里？动力来自哪里？乡村是否还具有自我更新的能力？外视角的加入既在叙事层面上与内视角构成对话、补充，又在思想层面上开阔、丰富了作品的维度空间，从而架构起文本"有意味"的叙事形式。土生土长的村主任虽然深谙乡村政治伦理，擅于化解"鸡毛蒜皮"的矛盾，但乡村社会必然与澎湃而来的时代碰撞，在巨大的时代变革面前，老一辈村主任修养、知识、视野上的局限是显而易见的，《战国红》中的汪六叔即是如此。《战国红》作为内视角与外视角组合叠加的典型文本，呈现了当下中国农村社会发展、转型与变革中的种种复杂图景，塑造了驻村干部和农村青年人的形象。陈放、彭非、李东是省里派到柳城的驻村干部，是乡村的外来者，携带着现代的视野和格局、科学的管理方法和理念；杏儿和李青是乡村里成长起来的青年人，与前辈相比，她们受到相对良好的教育，思想开放，擅于接收新鲜事物。乡村需借助新的力量完成变革与自我更新，驻村（挂职）干部与农村"新人"是两股重要的力量。

1946年夏天，从东北松江省珠河县驶出一挂四轱辘马车，拉着工作队进了元茂屯，从此元茂屯翻天覆地（《暴风骤雨》）；而在华北平原桑干河畔，一辆漂亮的胶皮大车扯出了暖水屯陈年老皇历，工作队的到来翻开了暖水屯历史新的一页（《太阳照在桑干河上》）。历史在这里转折，工作队的到来开启了乡村叙事的"创世纪"神话，作为革命的物质空间，革命的"太阳"普照大地，一批农村"新人"在时代的"暴风骤雨"中成长，确立了历史主体的位置。在这种乡土叙事与革命叙事的"嫁接"中，革命理想的"大远景"拉近为当下生活的美好"特写"，在理想主义和英雄主义的相互激荡中，建立了一种属于革命年代的全新的、建构的乡土叙事美学。但是在时代呼啸加速的行进中，乡土小说的叙事基调渐趋低沉、暗哑，重返新文学之初黯淡、灰沉的图景；《人生》之后，乡土小说在塑造"新人"上也陷入瓶颈，难以塑造出与时代主潮"共名"的新人。而老藤的乡土小说明朗、质朴、诗性、生机勃勃的调性为暗淡的乡土小说图景增添了一抹亮色，一方面，在对时代精神与乡村变革的精准书写中，赓续并重建红色经典文学叙事传统，另一方面，在"失败者"过多的文学"新人"中，重建具有理想主义情怀的时代"新人"。

《战国红》《青山在》等作品以乡村发展的现实问题与困境为叙事基点，在宏观层面上反思问题的源头与根本，进而探索乡村社会现代转型的空间与可能。作者抓住"乡村振兴最大的难题是人"，从"人"的因素出发，写人与环境的相互促进、影响、转变，如柳城"四大立棍"的变化；写年轻一代的成长与乡村变革的可能，如杏儿、李青等。尤其是塑造了与时代并肩同行的"新人"，不仅代表了历史发展、时代进步和社会探索的全新方向与力量，更代表了艺术创造参与、表达现实生活所能达到的深度与能度、限度。杏儿和李青等农村"新人"形象，他们青春洋溢，怀着改变贫穷生活的热望与韧性，投身家乡发展中；他们带着与"喇嘛咒"较量的坚定与决心，破解一个个难题。这种不同于涂自强、陈金芳的新人形象在当代文学格局具有某种"异质性"，而这种"异质性"又是读者曾经熟悉的，浩瀚的文学史为这种品质留有一席之地，梁生宝、陈焕生、孙少安，以质朴的力量雕刻了几代人的精神世界，构筑起那个特定时代乡土小说丰沛的情感、饱满的筋骨，从而建构起当代小说中具有典范意义的美学风格。

当下的中国乡村已经卷入全球化和城市化进程，经历着复杂的社会结构性变迁，如何让杏儿、李青的成长与自我实现具有典型的时代意义，而非闭门造车、一厢情愿的书写，又非对文学史经典形象的简单复制，是"新人"塑造成功与否的关键。作者对此保持着足够的警惕，在人物塑造上，没有囿苑于乡村社会的封闭天地中，刻意"拔高"或"矬子中拔大个"，而是把人物深深地"嵌入"时代大潮，杏儿是在与从北京大学毕业的企业老板的竞争、谈判与合作中逐渐成长、成熟的；李青到高等学府进修，开阔眼界，学习现代管理方式，娴熟地利用现代互联网为家乡"代言"。杏儿和李青的塑造，既扎根于大地，也踩在时代的潮头，拓展了涂自强、陈金芳以外的乡村"新人"的成长空间与道路，展现出"个体生命如此有力地承担历史，无数人汇合起来改变天地的力量"——谁也无法忽视或否定这种"梁生宝式"的力量所呈现的确认自我与建构世界方式所具有的积极意义。

三

老藤的乡土小说具有鲜明的辨识度，文本善用意象，语言典雅纯白，民间风物的描写意蕴悠长，共同构成了隽永蕴藉、哀而不怒、怨而不伤的古典美学风格。老藤小说中的意象形态多样，既有特定地域的民间风物风俗，如杏仁粥、遣蛇、熬鹰；也有自然物产或景观，如战国红、青山。意象在文本中承担着多重功能，一方面，通过对意象的描写呈现出乡村图景的斑斓色调，日常生活的独特韵味；另一方面，对意象的阐释呼应、衬托着小说的主题，赋予主题传达以生动、感性的形式，免于直白浅陋的说教，从而形成了文本意蕴的深厚绵长，耐人寻味。

老藤的小说中经常出现具有鲜明地域特色的民间风物和风俗，经过多重艺术手段的渲染和加工，变为意味绵长的意象，对小说情节发展、情绪氛围的营造起到重要作用。如《辽西往事》中第一个故事"杏仁粥"，化用当地一道风味小吃，轻巧灵动，余味悠长。杏仁粥是辽西的一道美味，把有毒的杏仁经过处理加入粥中，能解酒醉，入口爽滑。作为重要的"道具"，杏仁粥在情节展开中起到起承转合的推动作用。开篇，老王和"我"在喝粥中展开了"自首"的对话，行文至对抢劫犯大学生的定性，杏仁粥再次"出场"，以美食喻生活。杏仁虽然有毒性，但是"熬开之后要用瓢扬，扬的次数越多越好"，就能去除杏仁的毒气，成就粥的美味。杏仁粥的熬制，正如对抢劫行为的处理，虽然刘永民冲动之下犯了错误，但事出有因，本质善良，合情入理的处置，可以帮助他重新回到生活的正轨，反之则人生尽毁。生活亦是如此。围绕杏仁粥的意象，美食、故事与普遍哲理融为一体，具体可感的意象巧妙地将简单的道理转化、升华为普遍的人生哲理和行为尺度，从而赋予小说深远隽永的意味。《熬鹰》《遣蛇》直接用乡村风俗"熬鹰""遣蛇"为题，意蕴内敛且形象生动。熬鹰即驯鹰，"熬鹰不易，熬心血""不过，当熬就要熬"，熬出来，鹰就和人建立起信任、依赖甚至生死与共的关系。[①]熬鹰也即熬人，雄鹰如此，人亦如此，寓意在艰难困境中，沉潜蓄势，磨炼意志，厚积薄发。金花山村主任金兆天带着年轻的公务员、下放的"右派"、落难的技术员，通过熬鹰，化解心结，逆风前行，终迎来人生新的篇章。小说中，"熬鹰"既承担着结构文本、推动情节的叙事功能，又把作者的价值观、人生观化为形象可感的意象。同样，"遣蛇""呼蛇"，是构成小说矛盾冲突的源头事件——方石两家因蛇结怨；同时也影射化解矛盾不止于表面，更深层的是"遣"走"心头之蛇"，才是真正的化解之道。

色彩感是老藤小说的另一个特色。《青山在》《战国红》《黑画眉》等，色彩鲜明的词汇传达着具体意象的感性温润形象，如玛瑙的色泽、元青山的葱郁、毛驴的可爱外形，文辞典雅蕴藉，凝练传神；另一方面，色彩的象征性又预示着作品的主题和导向。《青山在》是一部反思经济社会发展的作品，"靠山吃山""涸泽而渔"的粗放发展模式破坏了元青山的生态资源，"青山"不在，随之而来的灾难已经威胁到人类的基本生存，严峻的生态危机迫在眉睫。作者选取凌濛初《初刻拍案惊奇》中"留得青山在，不怕没柴烧"一句，

---

① 老藤：《熬鹰》，北京：中国铁道出版社2015年版，第7页。

在"青山"意象中融入历史典故、生态自然、现实问题，以及对经济发展转型、人与自然关系的思考，意象的画面感、形象性与文本的思想性和反思性，互为隐喻，融为一体。"战国红"是产于辽西的一种玛瑙，以红黄缟为主，偶有黑缟、白缟等，颜色艳丽、通透、三维动丝为上品。战国红具有极大的经济效益，柳城贫瘠缺水的山地却不产战国红，世代过着面朝黄土背朝天的生活。随着驻村扶贫工作的开展，落后的小山村慢慢地发生着改变，群山披绿，杏花纷飞，挖出了战国红，不但找到了新的经济亮点，更预示着未来的柳城以及中国乡村"宏图"已展开。小说通过对意象内蕴、形态、修辞的多重营造，在日常书写、主题表达与美学风格上形成有机的统一。

老藤对传统文化和儒学经典深有研究，著有文化随笔集《儒学笔记》，这份思想资源和精神修养构成其文学创作的底色，文风雅正，意蕴绵长，"意不浅露，词不穷尽"，即便批判也不做金刚怒目状。中国传统文论观"文以载道"影响深远，在老藤这里，"道"意指广泛，既指向题材的现实感、思想的纯正、审美的优雅得体，也指向个体的德行修为、文化的积累与传承，等等。因此，老藤的乡土小说，在反映当下乡村社会复杂图景时不回避困境和难题，但调子并不灰暗，困境中始终不放弃寻找破解的机遇与途径，写实与抒情、离乡与怀乡多种情感灌注其中，构成文本不乏诗意的现实主义写作风格。

历史凝思·地域美学·现实批判

——论周建新的东北乡土现实主义小说创作

◎李张建

周建新是20世纪80年代开始走上文学创作道路的，可以说，他的小说创作几乎与新时期以来的东北地域文学发展是同步的。纵观他的小说，无论是对历史中个体人生的书写，还是对有关地域文化、民俗的呈现，或是对现实的关注，无不聚焦在东北的辽西地区并以此为地域背景而展开。作为一位满族作家，周建新又以灵动的笔墨书写历史，在时代的辗转变迁中描绘出属于辽西大地的美学风格。作为周建新创作的原乡，辽西大地为他提供着不竭的写作源泉，而他也以自己的笔墨寄托着对历史的期冀，对民族文化的眷恋以及对现实生活的关注，以现实主义手法建构东北乡土世界作为对辽西大地的深情回报。

一、时代演进中的个体与人性

优秀的作品都是作家与现实世界建立某种联系的努力与尝试。无论是一时代有一时代之文学的论述，还是"文变染乎世情，兴废系乎时序"的阐释，无不体现着文学与时代的紧密关系。特别是当我们将考察视野定位于当代文学的场域之中，这种关系尤显突出。20世纪50—60年代的作家在现实主义的影响下开启了对历史的多方面、多层次、多角度的宏大叙事，由此产生了《红旗谱》《保卫延安》等优秀的革命历史小说。而到了新时期，作家关注的重心由宏大的历史事件转向了历史中的个人，历史的偶然性与断裂性伴随着时代的步伐在文本中肆意流动，一些作家对待历史的态度也发生了变化，由再现转变为解构。不同于50—60年代的文学注重宏大叙述，也不同于新时期以来一些秉承解构历史的作家，周建新选择在尊重历史的前提下将目光聚焦于时代演进中的个体，把历史作为故事发生和人物活动的重要背景，将时代洪流中的个人及其家族的故事呈现在读者面前，以一种个人化的视角把握时代的步伐，勾勒时代的潮涨潮落、风云变化，以小见大，见微知著，诠释历史的本质、人性的复杂。周建新关注不同时代的各类小人物，他将小说中的人物赋予社会历史时代的复杂印记，并结合个体、社会之间的关系展开叙事，而这归根结底就是人与人之间的复杂关系，这种关系的多重性推动着小说的情节发展，进而揭示个体人性的复杂。当我们习惯于宏大的历史叙述，习惯于被时代洪流裹挟着前进时，有可能忽视了普通人身处时代洪流中的真实生存状态。历史因其宏大而值得被铭记，也因其细微值得我们去关注、反思。

个体是历史长河中的一粒微尘，而正是无数的个体创造了历史。无论是一腔哀怨的太太，还是充满原始野性的男人，无论是因反抗权势而斗争到底的顽将，还是为达到目的而自甘堕落的女人，无论是贤妻良母，还是沾染恶习的父与子，周建新将目光聚焦于历史舞台中的个人，将他们真实的生存状态与精神状态呈现出来。对于时代的发展和历史的演进，周建新的小说避开宏大的叙事视角，选择历史缝隙中的片段，透过普通个体人的生存状态与反抗精神，进而反映梳理历史发展的脉络线索，呈现隐藏在宏大历史的细微之状，帮助人们寻找在喧嚣和浮华中被隐去的历史记忆，完成对历史变迁的追忆和反思。

　　周建新用深沉凝练的笔触将人性的复杂性呈现出来。而复杂的人性又是通过个体的反抗与挣扎揭示出来的。这种反抗、挣扎是面对国破家亡的反抗与挣扎，是为摆脱困境的反抗与挣扎，是拒绝平庸的反抗与挣扎。《锦西卫》作为集中反映抗战初期东北民众奋勇反抗的长篇小说，揭示了人们在面对生死之时为求生存的斗争与挣扎。作者将故事的叙事空间置于辽西地区的锦西，"以前对'一寸山河一寸血'的认识，只是书本中的一个概念，没有真正遍地流淌鲜血的感觉，可在钢屯，却真真切切地感受到血是怎样染红这片土地的。从老人们泣不成声的讲述中，从现场身临其境的考察中，我几乎能找到镇里的哪一寸土地流的是谁家的血。"①所以周建新在历经多年的准备后，用"我以我血荐轩辕"的决心重现了八十多年前锦西的一批爱国抗日的英雄儿女形象，同时还塑造出了土匪、神枪手、乡绅、日军等各色人物形象。在小说中，面对国内、国外的形势，面对父老乡亲惨遭杀害，面对国破家仇，主人公张天一毅然举起了反抗大旗，带领人们同侵略者进行斗争，不惜代价，消灭敌人。小说揭示了英雄人物张天一的大爱大恨、儿女情长。面对个人的爱恨情仇，张天一的内心是复杂的，但"张天一不再纠结，他仿佛看到了伊兰为多田挺起了大肚子，还是打锦州是国家大事。他牵着马，走向虹螺山，他要连夜骑马赶到锦州西北的大山里，见东北民众抗日救国军的监军朱霁青，按事先的军事部署，打下锦州的外围义县"。②同样，在《血色预言》中，面对日本军队的侵略，无论是孙孟歧，还是徐先生，抑或小北风，他们放下了个人的恩怨，对敌人进行着殊死抵抗。周建新说"我想用文学的方式，准确翔实地还原历史，讴

_____

　　① 周建新：《我以我血荐轩辕〈锦西卫〉创作谈》，《长篇小说选刊》2020年第1期。
　　② 周建新：《锦西卫》，《当代》2019年第5期。

歌英勇不屈以死抗争的家乡人民。"[1]同时，小说还塑造了因不甘平庸与困苦而进行打拼、反抗的人物，如《乌黑的黄金》里的卷毛、《苍天有眼》里的岳山丘和金家姐妹等，但这些人物不同程度走向了堕落。可以说，周建新的小说既观照历史表面，也深入内里，在多层次的反思中将那个时期复杂的人性图景绘制出来。

周建新更多关注曲折的个人命运和人性在历史发展中的复杂变化，一方面将他们真实的生存状态呈现出来，揭示出历史发展对个人命运的影响；另一方面也透过人物命运追问人性。而人性的复杂体现在人的强烈欲望之上，周建新小说人物所体现的欲望既是求生的欲望，又是一种权力的欲望，既有爱国的反抗，又有困苦的挣扎。无论是他的农村题材小说还是官场反腐小说，抑或反映渔民的海洋叙事小说，无不向我们揭示着人的生存欲望与对权力的渴望。因此，小说人物便带有复调性格，复杂人性展露无遗。作者用笔触探问人的生存处境，追寻人的存在意义。对于人性的表现，没有停留在单一的向度上，他关注生存困境中的个体，他以人道主义精神的本色触及着人性深处的复杂与深邃。

二、辽西满乡地域文化人格的塑造与心理机制的形成

周建新曾言："我很关心我们这个民族的精神内核，常常思考民族成长过程中脆弱的心灵史，也许我没有那么厚重的学养，没有那么深邃的思想，没有那么强大的表现能力，但这都阻止不了我的思考与创作实践。"[2]作为一名满族作家，周建新对满族文学的发展抱有强烈的期望。他的小说始终表现出对辽西满族文明的希望和期许。

---

[1] 周建新于 2019 年 10 月 31 日在由辽宁省作家协会、人民文学出版社《当代》杂志社共同主办的"金芦苇"重点作品《锦西卫》研讨会上的发言。

[2] 林喦，周建新：《文学无疆·作家永远是孤独的旅行者——与作家周建新的对话》，《渤海大学学报》（哲学社会科学版）2012 年第 6 期。

他期待与汉文化互动的同时，也希望满族文学作为中国文化的一部分，能够保持其独特的民族文化审美意识，表现出不一样的审美追求。满族作为曾经入主中原且具有重要地位的民族之一，在几百年的历史长河之中，一直致力于促进民族文化的统一融合。所以我们可以看到，纵观整个中国现当代文学史，满族作家为文学的发展做出了重要的贡献。如老舍、端木蕻良、舒群等，都为文学的发展与繁荣付出了努力。时至今日，在时代和社会的多重影响下，辽宁形成了满汉文化和谐交融、融为一体的局面。民族文化资源和爱国精神塑造了文化多元的观念和审美意识。可以说，满族作家在历史和现实的相互交织中、在不同文化的交融中寻找着恰切的表达方式。在民族文化日益融合的过程中，其感染力、渗透力在作家的创作实践中被吸纳与借鉴。毫无疑问，周建新的小说创作也是从此基点出发——在时代变换中勾勒出辽西独特的民族地域文化，彰显着属于辽西大地的审美追求。无疑他笔下的羊安堡和宁远城是用来展示辽西独特的地域文化的符号。作为独特的地理空间和民族文化区域，辽西走廊的南端连接着华北地区，与中原相连；北端与辽阔的东北大地相连，是连接东北亚与中原的重要民族文化、经济和商业区域的廊道，在满汉民族文化的融合过程中发挥了重要作用。对于生于斯长于斯的作者来说，这里就是他文学创作的源泉，他自觉地承担起"为辽西走廊摄制历史与时代的影像"①的责任，聚焦辽西独特的地域文化，展现属于这里的审美追求与想象，阐发自己对民族对人生的深刻思考。

　　周建新用独特的方式展示着辽西独特的地域民族文化，其小说具有展现满乡儿女风采的美学特征。小说《阿门，1900》与《平安稻谷》是典型的展现辽西独特地域民族文化性格的作品。小说《阿

---

① 宋依洋，郑丽娜：《论满族作家周建新的小说创伯》，《满族研究》2017年第2期。

门，1900》不仅仅对家乡宁远城文化历史做全景式描绘，作家还以自己的想象与思考串联起近百年的历史，将中国近代历史中的重大事件与风云变幻凝聚在这座小城之中，各种不同的人生观念、各种不同的文化（以神父为代表的西方宗教与本土思维观念）都在这里发生了激烈的冲击与碰撞，从而深入地反映那个时代的社会特征以及独属于辽西大地的审美追求。而小说《平安稻谷》则将辽西走廊满乡人民的民族文化性格进行了经典化的阐释。小说围绕两百袋稻谷展开，通过刻画各类人物形象展示出地域文化影响下的人的品性。固执而又守信的爷爷，带有典型的落魄旗人子弟特征的舅爷爷，坚强善良的奶奶等，他们在时代的浪潮中先后登场，共同演绎了那个时代辽西大地上的中国故事。小说对"我爷爷"守信的描写体现了辽西满族人的讲究、在暴力和金钱前安然自若的品性，突出了辽西满乡男人的品质特征。奶奶虽然是落魄旗人子弟，却没有沾染颓废之气。当有人打起稻谷主意时，她却尽显泼辣地动手要打人；在面对土匪时，她冷静且勇敢地用一颗子弹唬退了众人；她干起农活来也是丝毫不输男人，为了帮助爷爷转运稻谷，她半夜冒着风雪扛麻袋，最终落下了病根……这些无疑都向我们展示了满族女子的勇敢、坚强、善良的品格，充盈着女性的光辉，反映出满族女性的优秀品格。

作家的成功根植于对土地对人民真诚的热爱，毫无疑问周建新就是这样一位作家。作为满族作家，周建新生长于辽西大地，对这里有着深沉的热爱，他从现实生活中打捞素材，辅之以奇妙的想象和建构，聚焦辽西地域的满乡文明，这是对于传统的民族美学理想的刻意表达，同时也是对于民族文化特色薪火相传的自觉认同。

可以说，周建新将地域文化影响下的文化人格与文化心理机制更多地表现为辽西大地豪爽的民族性格以及人们内心独立的民族意识，作家饱含深情地将地域性内涵融于文学创作之中。他以自己的笔触为我们描绘了辽西大地上独特的地域文化与风土人情，开掘了辽西走廊多元的文化底蕴，为关东小城的历史嬗变写了浓墨重彩的一笔，绘制了具有鲜明的地域特色的审美画卷。

三、现实的关注与批判

现实主义一直是辽宁文学的主流。20世纪初，辽宁文学承载了救亡与启蒙的双重任务。在血雨腥风的历史时期，作家们创作了大量的现实主义作品，用现实主义的创作方法反映社会、描摹现实，坚持着现实主义的创作方向。20世纪30年代，以萧军、端木蕻良、马加、舒群、白朗等作家为主力的"东北作家群"进一步深化了辽宁现代文学创作的现实主义传统。随着中华人民共和国的建立，辽宁文学创作继承了这种现实主义传统，作品反映着不同时期的社会现实。无论是革命历史题材还是工业题材创作，或是农村题材创作，都在新时代的感召下萌生了新的文学特质，新的现实生活跃然纸上。进入21世纪，在城乡互动频繁的现实面前，辽宁作家更加关注底层人民的现实生存状态，不仅对其物质生活现实进行表现，而且对他们的精神世界也进行了深刻的探索。可以说，辽宁文学始终坚守着现实主义的创作方向，在不同的时代背景下，反映着辽宁社会历史的变迁，歌颂着新时代、新人物、新政策，表达着对新生活的向往与追求。

周建新秉持着现实主义的创作原则，其小说关注现实、批判现实。他努力挖掘社会历史的变迁，探索复杂的人性以及其中体现的独特的地域审美价值。纵观他的小说"其创作始终徘徊在残酷现实争斗与美好理想愿望之间，没有偏向任何一方"[①]，他的小说贯穿始终的是对现实生活本真面目的揭示与批判。在这个市场经济不断发

---

① 焦明甲：《文学终结时代的"文学写作"——周建新小说的现代意蕴》，《渤海大学学报》（哲学社会科学版）2012年第6期。

展，一些问题不断显现的时代，他凭借其独有的道德良知，以文学的方式揭示现实生活的本真面目，为那些迷失在物欲横流中的人寻找精神归宿。

关注社会现代化进程下人的变化是周建新小说不可逾越的主题。当经济飞速发展，外部事物快速更新换代，人们的思维方式与观念也面临着巨大的冲击甚至会产生混乱。周建新则在其小说中揭示了在社会现代化进程中，人们对权力的迷恋与疯狂的追求、对生态的破坏、"人为财死，鸟为食亡"等极端现象。小说《乡村立交桥》中的主人公余三官因祸得福成为一个合同工看守铁路路口。当铁路公安驻扎在了道口，余三官的另一种热情被点燃了起来。他看到过路司机对警察的尊敬，对自己的管理却是不屑与蔑视，身着铁路制服的余三官感到了深深的自卑，于是在他的多次请求下终于获得了一套警服。在一次解决事故后，余三官发现了"发财"的门路，于是在接下来的两三年里，他向个体面包车索贿；当财路被警察"棒棒冰"阻挡后，他又与大芬两人"男主外女主内"控制起路口的商贩赚外快；最后为了缓解交通压力，铁路道口也退出了历史舞台，余三官失业。如同余三官的名字一样，在这期间他当了"三次官"，管了"三次事"，对待工作的态度也逐渐转变，而每一次的转变都暗示着他越发陷入对权力的迷恋，忘却了最初看守路口的本心。这个被权力迷失了双眼的小人物最终也没有被现实生活唤醒，在小说的结尾他要去城里告收费站人员贪污受贿，并幻想着上级会以此奖励他让他坐在收费站的小红房子里当收费员，而全然忘记了自己之前的受贿行为。小说既关注现实，又深刻批判了现实生活中诸如余三官一类人的人性异化。而《乌黑的黄金》《天下警察》《顽固的电视》《大户人家》《无虑之虑》等小说，则揭示了现实生活对人们的精神刺激以及自我欲望的不断膨胀。小说批判了人们在利益前失去了尊严，失去了本该坚守的道德底线，导致人与人之间充满了欺诈与暗算。人的道德出现了沦丧，进而造成了现代性的悖论。

如果说哲学是对人类文明进程的反思与预见，那么文学则是对社会现象的映射与出路的找寻。周建新的小说通过其内在的文学想象建构起反映现实的桥梁，对社会发展中人们的内在进行深刻的透视。诚如马泰·卡林内斯库在《现代性的五幅面孔》中所言，当社会现代性与审美现代性这两个源起同宗而又在发展过程中不断被赋予新的时代意义时，我们在将近一百五十年的时间内已经经历了现代性的无数个面孔的洗礼。在现代化进程中，现实的生活使得文学必然要做出及时回应。在现代性对我们的影响与日俱增的同时，文学势必与之产生共振。社会现代化进程打破了传统的一体化性质的生活模式与秩序，现代文明的加速前进无疑使得人们卷入滚滚洪流之中，红尘与"净土"、纯洁与污浊、现代与传统逐渐成为文学关注的矛盾焦点。

詹姆斯·莱德菲尔德说："人们对物质生活的关切已演变成一种偏执。我们沉湎与构造一种世俗的、物质的安全感，来代替已经失去的精神上的安全感。我们为什么活着，我们的精神上的实际状况如何，这类问题慢慢地被搁置起来，最终完全被消解掉……现在该是从这种偏执中觉醒，反省我们的根本问题的时候了。"[1]短篇小说《我是谁》毫无疑问就是这样一个关于自我救赎与心灵觉醒的故事。小说中的主人公范龙彪是一个金属厂的门卫，在与来厂求购稀有金属的老裴带领下体验过灯红酒绿、纸醉金迷的奢侈生活后，又联想到自己的现实生活，巨大的落差与欲望的刺激让他做出了以犯罪的方式改变现有状况的决定，骗走老裴七百二十万元，带着舞女西施逃到深圳，成为一个有钱人。可有钱后的生活真的幸福吗？也许曾有过短暂的幸福，但随之而来的就是更深的痛苦。整容后的范龙彪也失去了原本的身份，每天提心吊胆不敢出门，而远在家乡的父母

---

① [美]詹姆斯·莱德菲尔德：《塞莱斯廷预言》，张健民、唐建清译，北京：昆仑出版社1996年版，第29页。

被迫带着孙子返回农村居住，妻子每天被人催债，那个与他私奔的西施在他眼中也变成了"稀屎"，恐惧、孤独与空虚整日困扰着他。范龙彪在现实的巨大落差中妥协于自己的欲望，迷失了自己，也失去了亲人和亲情，最终在心灵的自我折磨和拷问之下，终于重拾本心，决定要回到老家找到父母，即便是坐牢。如同小说的题目"我是谁"，作者在这里不是进行哲学式的追问，而是关注现实生活之后的一声长叹。

事实上，对于人类社会的现代化进程，我们无法用单纯的"好或不好"的价值标准来进行判断，社会现代化的过程本身是一个问题的两个方面，它能够为社会带来新的气象，但一些问题也如影随形，不期而至。社会的发展是难以抗拒的，人们在享受高度文明的现代化成果之际，传统文化与社会架构的稳固性不可避免地面临着被重组与分化的危机，超稳定文化结构逐渐瓦解，传统的伦理、价值观都随之受到影响。而周建新的小说昭示着这种内在变化，揭示了人们在现实生活中的一种存在状态。

纵观周建新的小说创作，他将目光聚焦于时代舞台中的个人，关注个体的生存状态与精神状态，在对历史发展脉络的梳理中书写出人性的反抗与挣扎。可以说，周建新在立足于现实的基础上尽可能在向历史更深处探寻，向人性更深处挖掘。文本叙事时间跨度伸向不同时代，却又不是单纯的客观映照，而是将现实进行深层次加工后通过特定的文本来表达作家心中所包蕴的个人情愫。他的小说具有独特的审美内涵，创作方法、表达风格和语言运用等方面均镌刻了时代与人文的烙印。与此同时，无论是对时代历史的书写还是对现实生活的描绘，周建新都没有离开生于斯长于斯的辽西大地，作为一位满族作家，他对辽西地域的满乡文明寄予了深深的热爱与期望，对土地与人民寄托了深沉的爱。

《柳条边》的历史理性、
人文关怀与地域情

◎胡玉伟

　　《柳条边》是辽宁籍作家王志国的最新长篇小说力作。作品历史跨度大，人物形象熠熠生辉，故事情节曲折跌宕，具有史诗性文学品格。在宏阔的历史幕布下，在清朝设立的柳条边一带，祖孙三代人抗击外来侵略者的英雄传奇故事图谱被精彩地绘制和演绎。辽西地域与家国历史的有机结合，构建了小说独特的叙事魅力。

一

　　《柳条边》是写历史的。

　　"柳条边"不仅是辽宁的一个实存的地理区域，更是一个风云际会、历尽沧桑的历史时空和生活场域。作者基于他对历史的理解与认识，经过对无数个历史节点的精准把握，对一些具体而微的事实进行选择和价值取舍，在文学叙事中巧妙地征引了历史叙事，实现了对历史精神、民本思想的艺术化映现。作品通过书写普通人在一次次历史关头的英勇表现，觅寻到英雄情怀的思想砥柱，展示出一种对崇高精神的追求和向往。作者将这份对革命英雄主义精神的热忧与向往凝聚在其行文中，倾诉着内心深处的理想期待与现实寄托。"这才是咱们中国的曙光""怕是小鬼子要使坏呀""我们要推翻的是这个罪恶的王朝""不就是想活出个人样来吗""边门岂容洋狗猖狂"……小说回目简短却不失故事的力量，在历史的瞬间、时空的交错中，阐扬绵亘古今的寄存于普罗大众之中的英雄主义情怀和侠义精神。无疑，这些向往光明、洋溢着革命热情的英雄主义精神为我们当下"民族伟大复兴"的历史进程所需要。

通常而言，历史小说的创作具有一定的复杂性和艺术难度。在历史与文学之间，有着不同的书写关系向度，既有"为了诗的目的而利用历史题材"的考量，也包含"为了史的目的而利用艺术手法"的诉求。在两类相互矛盾的话语建构之间，创作的文学作品自然会引发针对真实性问题的不同评价维度。也就是说，对历史真实与艺术真实的关系的处理的评价，这既是一个"从艺术角度来讨论的问题"，也是"一个从历史角度来审视的问题"。如何让小说这种文体类型，承载起历史的风云变幻、历史的庄严与厚重，这恐怕也是作者与许多中国作家需要面对和超越的问题。

谈及历史小说，记得王志国这样说道："小说可以虚构，但是历史小说应该相对真实。这种相对真实就是大事不虚，这也是历史小说的生命力之所在。我所创作的这几部长篇历史小说，对一些重大的历史事件、主要的历史人物、比较著名的战场和发生的年代以及故事的发展主线，基本上做到大事不虚，符合历史原貌。"《柳条边》便是这样的典型文本，具有历史还原与文学书写的双重价值。作家延续其既往书写风格，以真实存在的辽西历史遗址"柳条边"为作品命名，将其再情境化、历史化，彰显文化意义和活态价值。小说从清末写起，光绪皇帝、日俄战争、抗日战争等历史事件参与构建着作家的话语意义和形象体系。尘封日久的东北历史记忆，被作家予以深度开掘。在对历史溯洄、钩沉往事的同时，复刻了历史的诸多细节。作者串联起真实的历史碎片，形成既定的历史链条与事实框架。而填充其中的民众血泪，祖孙三代合力抗击侵略者的经历，成为熔铸历史记忆的重要基石。

由于这部作品有诸多真实事件作为创作题材依托，具有较为坚实的历史现实基础，便自然而然具有了一种可信性的文本默契。也正是这种"可信性的文本默契"，让读者在阅读接受的过程中油然生出对历史的敬意和悲悯，以及深深的民族自豪感，而非全然猎奇的故事消费心态或娱乐体验。

《柳条边》呈现了磅礴又克制、苦难又奋争的大历史，但在叙述语境中并未造成大历史间与人物形象之间的断裂，较好实现了历史理性与人文关怀之间的平衡。作者对小说人物情感关系的把握，对人物情感的挖掘，对主要人物人格成长与精神升华的过程的展现，人物命运的沉浮与被凌辱、被蹂躏的重创，高尚与卑劣、美好与龌龊、明亮与暗黑等人性的两极，个人伦理和民族正义间的选择，等等，都有着恰切的笔墨和文学话语建构，体现了娴熟的讲故事的能力。历史是我们所提倡的"初心"出发的地方。正因为有风云际会的历史，我们的"初心"才有来处。王志国规避了曾经的"下岗潮"中的东北的阴霾与悲怆，摆脱了既往东北工业叙事的单一藩篱，觅寻到新文学思考维度和表达策略、言说路径，扩容外界对辽宁文化的感知以及历史变革的认知，为当下以及此后的辽宁作家提供了必要的借鉴与启迪。

二

任何一部历史小说都是复杂的，混溶的，都不会体现出单一的历史要素，都体现出"历史+"的特征。历史小说的特色，很大程度上取决于"+"的特色。那么，《柳条边》这部小说的特色是什么？笔者以为，体现出"历史+地域文化""历史+英雄传奇""历史+民本思想"等。

文学是人学，《柳条边》是写人的历史。在访谈中，作者曾不断确证他对"人民性"的理解："在我看来，一部文学作品，尤其是历史小说，应该兼具真实性、人民性和文学性，才能经得起时间和历史的考验。真实性和文学性就不说了，至于人民性，就是作品的立场、观点和思想，一定要符合最广大人民群众的意愿，用现在的话来说，也就是正能量。"又说："群众是真正的英雄，人民是历史的动力，这一点千真万确。然而在特定的历史时期，英雄人物对推动社会的进步，往往会发挥巨大的作用。我崇拜英雄人物，却没有英雄情结。作品中赋予主人公以英雄情怀，是历史的现实回归，也是小说情节的需要。"小说中的人物群像，虽是普普通通的老百姓，但义无反顾的身影，将涓滴之力汇聚成磅礴的民族伟力。故事具体而微，历史见微知著，一个个引人入胜的故事里藏着历史的悲情与时代的歌哭，隐喻着人与历史巨大的关联与转换，亦闪烁着"平凡个体"的思想光辉和人性光芒。平凡之中有情义，普通人身上有美德，符合作者一以贯之的坚持"人民性"书写的创作观念。英雄来自人民，更容易引起读者的情感共鸣，同时也使民间英雄传奇这一古老的艺术表现形式，在当下得以续写和发扬光大。

　　事实上，对作家进行文本解读，不可或缺的便是对其个人生平经历的翻阅。尤其，故里情结是解构作家之时经常出现的关键元素。譬如，北京之于老舍，高邮之于汪曾祺，绍兴之于鲁迅。作家与故乡之间的天然姻亲关系，是理解其创作风格的重要命题。王志国对故乡辽西的挚爱，也注入其文本的字里行间，在山间野菜、家长里短以及民俗风情的点滴诠释之中，展陈着他对故乡的拳拳赤子之心。

　　《柳条边》是对辽西地域文化与既往历史的刻画，在历史与现实的交叠中，抒发作家对故乡的爱与恋。作为土生土长的辽西作家，王志国对辽西的自然实景、地域风貌及民俗风情了若指掌。这些生活的纹理也潜移默化地注入其作品的理脉，成为其文字深处的灵魂与力量。作家在接受采访时曾说："辽西是块神奇的土地，但以往留在文学、艺术上的记忆并不多，尤其是涉及关外少数民族方面，就更加少之又少，有些甚至已经被逐渐淡忘了，比如鲜卑、契丹等。作为生于斯长于斯的辽西人，我觉得应该把这里曾经发生的故事告诉国人，让大家更多地了解这块神奇的土地。"不难发现，作品里的大量地域方言与日常饮食支撑着作家的辽西叙事，为外界了解辽西、认知辽西提供了最为直接的路径。如典型的辽西食材："一盆小米粥，两盘玉米饼子，一大碗鸡肉炖红蘑，四小碟山里的小咸菜，有杏仁、芹梗、蕨菜，野蒜""小鸡炖蘑菇、大鹅炖土豆、尖椒炒干豆腐、木耳炒白菜片"。而"扯犊子"等地域方言的运用以及"马犇""老梆子"等人物的命名，则更为小说地域特质的展呈开辟了全新的地域空间和乡土体认。在当下的辽宁书写中，王志国以具有典型性和流动性的辽西叙事为广大读者建构了辽西文学世界，延拓了辽宁叙事的新势能。长期以来，外界对辽宁的认知局限于班宇、双雪涛等人的铁西书写，在工业叙事勃兴之余，却也造成辽宁文学发展偏狭于其中一隅的情形，也局限着外界对辽宁文学风貌的总体把握。因此，王志国的"辽西"书写为辽宁文学发展践行了一种新思路、新空间。

辽宁的文学，一个重要责任是要讲述和建构辽宁的历史文化和精神谱系，并关注可能被忽视、被遮蔽的复杂历史真相。警惕谱系建构中可能存在的叙事盲区，这是辽宁文学创作需要努力的一个方向。

《抗联一师》：拨云见日写忠良

◎乔世华

　　好看，耐读，富有故事性和传奇色彩。这是孙春平的小说一直以来给我的阅读印象。其新近完成的长篇小说《抗联一师》（春风文艺出版社 2022 年 10 月版）就是这样一部让人一旦捧读就不忍释卷的好看小说。

　　首先，小说有着强烈的传奇特征。如果单看题目，不看内容，聪明的读者也许会猜想到小说是描写抗日联军的。的确，是有那么点儿瓜葛。确切地说，这部小说讲述的是与抗日战争有关的两个故事。故事之一，东北军爱国将士佟国俊在九一八事变之后率领几个血性男儿藏身于辽阳城外山林里杀敌报国，他们师出有名，就是以"抗联一师"的名号来行动的，让鬼子闻风丧胆。佟国俊的孪生兄长佟国良一直支持弟弟的抗日活动，因为掩护佟国俊安全撤离而与追兵同归于尽。这之后，佟国俊以哥哥的名义生活，既是为了照顾嫂子岳金莲和侄子馗子，也是为着继续杀敌。抗战胜利，他却横遭贪天之功的警察局长龚寂的残酷迫害，被投入死牢……这是小说前半部分所着力讲述的。小说后半部分则聚焦佟国俊的嫂子岳金莲：在佟国俊佟国良兄弟二人爱国行为的感召下，岳金莲也以另一种方式投身抗日活动，她利用在大户人家帮佣的机会，设计"绑架"了北口县城警察局长龟岛一郎的四岁儿子义雄，由此煞了向来欺压中国人的龟岛一郎的威风，同时也开启了自己与日本孩子义雄之间延续数十年的曲折感人的异国母子情缘。读了《抗联一师》，不由得不信服那句老话："小说比历史更真实。"因为小说更凝练更集中更典型也更精准地将历史呈现在世人面前。得承认，孙春平确实是一个善于讲传奇故事的高手，不论是佟国俊和佟国良二人孪生兄弟的设定，还是岳金莲和日本孩子义雄之间母子情感的建立，抑或馗子和董大爷收养关系的确定，传奇而不离奇，饶有趣味而更富有意味。他在《抗联一师》中所讲的这两个故事关乎中与日、仇与爱、官与民、人与鬼，它们相互缠绕，彼此触发，实则同属于一个战争与和平的大故事，故事的前半部是基于民族大义的保家卫国，故事的后半部是基于民族大爱的旷世情怀。

其次，小说设置了接连不断的悬念。小说开篇便有悬疑——"我"从患有阿尔茨海默症的爷爷（即馗子）那里隐约获知"我"的太叔爷佟国俊和太奶奶岳金莲之间的关系不清不楚，佟国俊甚至还因"弑兄盗嫂"的罪名而在抗战胜利后被国民政府当局推向刑场，岳金莲在冲击刑场之时丧命，佟国俊另有"奸妇"陈巧兰在家中悬梁自尽。一切是否如当时官方审讯记录及报章记载所陈说的那样不堪？这当中究竟有着怎样的隐情？作为后人的"我"自此踏上寻根问祖探求真相之路，在对民间、民族、个人记忆的反复打捞中，终于拨开重重历史迷雾，让先祖之冤得以昭雪，并掘发了一段令人荡气回肠、曲折有致的抗日故事。作家在小说中不断巧妙设置悬疑，抛出来一连串谜团吸引读者一步步走近历史、探明真相。佟国俊在被投入死牢后，是怎样死里逃生的？那在刑场上被枪决的"佟国俊"以及冲击刑场而死的"岳金莲"如果不是本人，又是怎么一回事？馗子是怎样和生身母亲岳金莲失散了的？小义雄在被岳奉杰"诱拐"后又怎样来到岳金莲身边而成就了这段没有血缘关系的母子亲情？这一切悬疑都在作家张弛有度有条不紊的叙事中迎刃而解，既出人意料，又在情理之中。还有，作为叙事人的"我"原本一直以为自己是汉族人，在对爷爷前尘往事的追问中，才逐渐发现自己的满族人身份和真实的姓氏。至于佟国俊被真抗联营救出狱之后，去向哪里，作家对此并没有急于交代，而是有意按下不表，专心致志去讲述馗子离家出走后如何被好心人收养，岳金莲与义雄的母子情缘在艰难岁月中如何得到巩固发展；待到读者都差不多将佟国俊抛到脑后时，小说又让他"满血复活"，在2014年百岁老人岳金莲被领导通知将有重要人物前来探望，当这位不折不扣的英雄"荣归故里"之时，他长时间隐匿无声的谜底方得到至为合情合理的揭晓，抗美援朝战争亦由此获取有效的衔接和适度的表现，作家亦通过对佟国俊在这场战争中的壮举的书写，向众多在保家卫国战争中牺牲的无名英雄表达了由衷敬意。

第三，小说塑造了多个丰满真实的人物。相对而言，《抗联一师》的出场人物并不多，主要就是佟国俊、佟国良、岳金莲、陈巧兰、馗子和义雄等，但因为时间跨度大，人物被放置的环境特殊，唯有将他们之间错综复杂的关系理顺，方能将这些人物写活写真。作家为此下足了功夫：一是靠人物行动的表现，二是靠人物关系的建构，三是靠人物情感的描写。作家巧于结构人物关系，让他们在特定情境中从事符合自我性格逻辑的活动，并绽放人性的光芒，同时也以此推动了故事情节的发展。就拿男女主人公佟国俊和岳金莲二人来说，他们始终恪守伦理道德，保持着清白关系，但为掩护身份，也是迫于情势，这叔嫂二人不得不以夫妻名义同在一个屋檐下生活，既要让外人看不出破绽来，还要瞒着年幼无知的馗子，小说在对这当中二人的情感选择、行为表现的书写就都符合他们的身份与性格。当佟国俊与陈巧兰相恋时，岳金莲为避开尴尬和嫌疑而选择离家去城里帮佣，这令她在后来有了教训日本鬼子的机会；馗子根本不知内中真相，还以为父亲对母亲不忠，于是负气离家出走，也就阴差阳错丢掉了"佟"姓，自此对家族历史一知半解，这又令叙事人"我"——馗子的后人在多年后有了寻根溯源的动力。岳金莲本来和义雄只是八竿子打不着的"邻里""主仆"关系,但为了教训飞扬跋扈的警察局长龟岛一郎,她支使人"拐"走了义雄,而她的仁义宽厚令义雄得到了很好的保护,在帮助义雄寻找生母未果的情况下,失去儿子音信的岳金莲和义雄之间建立起了良好的母子关系,岳金莲明大义、懂事理、有爱心的母亲形象也由此得到了树立,而她走上抗日道路,既是多位至亲被残杀的刺激、丈夫和小叔子的行为感召,也有说书艺人的精神点拨和对民间道义的维护。至于佟国俊,他的抗日行为之能持久不断,到后来还投身抗美援朝战争,都是家仇国恨驱动的结果,他矢志杀敌报国,挺身救助弱小,遭奸佞之人迫害威逼也不改英雄本色,足见其铮铮铁骨,而与陈巧兰相爱相偎,又彰显其儿女柔情,他的形象因此而异常饱满。作家还不时变动叙述视角,既有高高在上不动声色讲述故事的客观叙述者操控"大盘",也有局中人馗子的自述,还有致力于寻找真相的馗子后人"我"居间的补充、完善,故事遂在不疾不徐中得到圆满讲述。而孙春平在小说写作上表现出来的游刃有余、气定神闲,值得称道。

第四,小说富有浓郁的辽宁地方色彩。众所周知,辽宁是抗日战争起始地、解放战争转折地、新中国国歌素材地、抗美援朝出征地、共和国工业奠基地和雷锋精神发祥地。《抗联一师》中人物主要活动城市"北口"固然是作家虚构出来的,但其分明就是辽宁众多城市中的"这一个",至于人物活动的其他场域如辽阳、锦州、庄河、鞍山、大凌河等都是辽宁实在的山川,小说浓墨重彩所书写的便是发生在辽宁境内的抗日战争。同时小说借着对馗子的流亡和成长、佟国俊牺牲原委的交代,又程度不同地触及了解放战争、抗美援朝战争以及辽宁钢铁工业基地的建设。进而言之,这是一部有意识表现辽宁"六地"红色文化资源的主题小说。而作家本人长期的辽宁生活经验和满族身份,又让他的这部小说自始至终都充溢着丰富多彩的满族元素、辽宁风味:辽阳古城的历史渊源,萨满文化的触及，龙化石的发现，"龙兵营子"地名的来由，"佟半朝"的典故，民间艺人说书，儿童玩冰杂，村人办喜丧……辽宁人再熟悉不过的生活场景、历史典故、民情风俗，作家都能信手拈来，有机融入小说写作中，而小说叙事语言、人物对话中流淌着的浓浓辽西乡音，自然而然出现的诸如"阿玛""额娘""民人""壳郎""打八刀""拉糊""嚼裹儿""猫起来""偏晌""带葫芦""蝎虎子""地场""锣鼓听音""冷丁一下子""邪乎""热儿""归齐了"等方言土语，都让我们辽宁读者、东北百姓倍感亲切。

　　需要提及的是，2014年的时候，孙春平在大型文学杂志《十月》上发表了七万余字的中篇小说《东北军独立一师》，小说所讲便是佟国俊杀敌报国的故事。应该是限于篇幅，《东北军独立一师》只写到佟国俊为龚寂所杀就告结束。时隔数年，孙春平在《东北军独立一师》的基础上扩充完善形成了今天这部十七万字的《抗联一师》，那足足多出来的十万字内容则让佟国俊的生命得到了延续，也让这个抗日故事得到了有机而有序的生长。《东北军独立一师》仅只表现抗战十四年里佟国俊"一个人的抗战"；《抗联一师》则书写了八十余年的历史，既有战争岁月的回望，也有和平时期的展示，既有爱国将士舍生取义、杀倭灭酋的战争故事，也有普通百姓讲情重义、尽心收养日本战争遗孤的情感故事，不但时间跨度更大，所牵涉的社会内容亦更宽广了，中国军民抗击日本侵略者和中日人民之间的深情厚谊二者并行不悖，小说的内涵也变得无比丰富，耐人寻味。《东北军独立一师》在发表后引起很不错的社会反响，像《北京文学·中篇小说月报》《中篇小说选刊》等权威文学杂志都很快予以转载，评论界也投以热切关注。如此来看，更加丰盈饱满的长篇小说《抗联一师》理当会更引人瞩目，也会有更好的社会反响！

以正为义，谱写伟大的中华民族精神
——关于《独立营》的正义观分析

◎平青立

    连续几晚的挑灯夜读，我终于看完了于永铎先生的长篇力作《独立营》。重新端详这本书的封面：这是跋涉于林海雪原中的一支队伍，顶风冒雪、义无反顾地前行，哪怕前面是刀山火海。他们的步伐坚定、表情刚毅，他们是义勇军，他们是独立营，他们是东北抗联。在那个祖国山河惨遭日寇蹂躏的年代，他们彼此之间曾经不相识，但因为有了共同的信念，他们聚到了一起，成为性命相托、生死与共的战友。他们共赴沙场、为信念而战。这种信念的形成，靠的是一种正义的力量，经过疾风骤雨的洗礼，正义升华为"以正为义"的中华民族共有的价值认同。

    我在《独立营》中看到的不仅是表层的"中华儿女与日寇英勇斗争的故事"，更让我印象深刻的是蕴含其中的正义思想，全书未提"正义"一词，但主题与"正义"密切相关。"正义"一词，《辞海》的解释为"公正的道理"，通过查阅解释，让我不免对长篇小说《独立营》有了某种关于正义的思索。

    曲司令在数百年来与世无争的小村皇庄堡摆开战场，让百姓直面更惨烈的战火；他背叛了自己的上级领导，并直接和间接地伤害了自己的结拜大哥和众多兄弟。他的这些行为算是正义的吗？汉语是文化底蕴深厚的语言，同一个词应用于不同的场景和人物，也会有不同的内涵。《独立营》的作者启发我们将"正义"一词提升到一个更高层次，将其分为"正"与"义"两个组成部分来解读。"正"可以理解为是合乎法律及公序良俗的正确的事和言行，而"义"可以派生出"义气"和"情义"等词，与"正"相比颇具感情色彩，强调人与人之间情感的亲疏关系。

将"正义"拆分为"正"与"义"两个字，并进一步将其分为两种情况，即"以正为义"和"以义为正"。若按后者"以义为正"将义气、情义等作为准绳来衡量和判断是非并指导行动的话，那么曲司令就应该服从团长大哥的指挥，投降日寇或曰"曲线救国"，并保护好亲如兄弟的下属，而且不能将战场摆在百姓的村庄，这都是"义"。若按"以正为义"的原则，其是非判断则截然相反，曲司令在刘参谋、楚红等人的帮助下所做的一切是真正可歌可泣的英勇壮举，因为是非判断的标准是"正"字当先。关于什么是"正义"，古今中外相关讨论颇多。两千多年之前，古希腊哲学家柏拉图在他的《理想国》中就有相关论述，在他的年代，有四种流行的正义观，其中有两种与《独立营》的主题密切相关，一是"正义是帮朋友伤害敌人"，二是"正义是强者的利益"。对此，柏拉图针对这两种正义观提出反驳：如果朋友是坏人，敌人是好人，那么帮朋友、伤害敌人就是不正义的；强者也会有错，也会干坏事，那么强者的作为也不能被认为是正义的。由此我们理解，在《独立营》中，如果曲司令服从上级命令，维护大哥和兄弟私情，保护乡民的田土私宅，都可视为讲"义"而并非讲"正"，只讲"义"的话，会让人局限于人与人之间的感情范围，如果以此作为行动的指引，就是"以义为正"了，这又使人联想到"正义女神"的形象，她双眼被蒙，手持天平，寓意无论你是谁，无论亲疏远近，只能用天平来确认公正与公平，这就是"以正为义"的形象展现。

在第二次世界大战的国际背景下，卑劣地扬言要建立所谓大东亚共荣圈的日本军国主义者发动战争侵略他国，不管以什么理由做借口，他们的行径都是非法和野蛮的。因为人类在第一次世界大战结束以后痛定思痛，在国联框架下，各国于1928年共同签订了《巴黎非战公约》，共同认定以战争形式入侵他国为非法，这也为二战结束以后审判战争罪犯提供了法律依据，并为之后成立联合国、制订《联合国宪章》奠定了法律基础。最重要的是，日本侵略军杀害我同胞在先！所以，在《独立营》所设定的故事场景中，正如书中封面字所写的那样"九一八事变爆发，日寇铁蹄踏我山河。祖辈基业、温暖家园，岂容外敌蹂躏？坚定信念，保我家乡，独立营浴血奋战！"当时打击侵略者就是最大的"正"，这也是本书的创作依据。抗日战争时期，我党领导的八路军、新四军、东北抗联以及许许多多的抗日游击队、儿童团以及妇女武装，都是遵循这一原则，人不分男女老幼，地不分东西南北，一致对外组成统一战线，让日寇陷于人民战争的汪洋大海之中，经过艰苦卓绝的抗战斗争，才取得了胜利，将发动战争的战犯押上了正义的审判台。

在文艺作品中体现的"以正为义"基本理念，早在1942年《在延安文艺座谈会上的讲话》中就奠定了理论基础，直至20世纪70年代，我们的文艺工作者一贯秉持这个重要理论基础。比如反映抗日战争题材的电影《小兵张嘎》《地道战》《地雷战》《平原游击队》等，其经典价值无须赘述。但从文学性的角度来看，也有不足，比如情节模式化、概念化，正面人物都是脸谱化的高大全形象，缺少人性化的情感描写。这也许是时代的烙印，但也让人略感遗憾。后来在20世纪80年代的许多文学作品中，开始注重人性的描写，但某些作品又在"以正为义"方面有所偏差。看过于永铎先生的《独立营》之后，我有了别样的触及心灵的感受，在反对战争、反对侵略、保卫家园、保卫生命、"以正为义"的大前提下，书中充分描写了不同人物的个性特点及内心世界，描写了不同身份的人物逐渐向一个目标迈进时的经历和思考。随着故事情节的展开，人物情感、言行都合乎逻辑、丰满自然。

曲司令与团长大哥因过去的战友情谊和后来的立场变化产生尖锐冲突，并与曾经的老四连兄弟在战场上对峙；曲司令同姜长深之间因"保大家"还是"顾小家"而争执不休；楚红舍弃小我，成全大我，最后在抗日战场上英勇牺牲；姜怀有本是个无忧无虑的顽皮少年，因为喜欢一匹大白马，从帮助姜七郎探听情报，后来又到地主家夺枪，最后和楚红一起走上抗日战场；姜七郎与姜怀江之间本有"夺爱之恨"，但他还是将姜怀江的儿子护送回故乡；四姑娘被曲司令的抗日情怀所感动，要以身相许，还追随曲司令抗日；小慧对姜怀有满怀情感，还特别欣赏楚红，在他们的影响下也积极抗日……这些情节的展开，人物的刻画，都是"以正为义"的形象化演绎，并贯穿全书。

这也使得这部书情节跌宕起伏，人物言行、心理活动极具个性、鲜活生动，让读者领会到了在中国共产党领导下的抗日战争中的战士们那些感天动地的英雄壮举和丰富细腻的内心世界。另外，作者特别要让读者牢记的是，在打击侵略者的斗争中，无数普通的、善良的中国农民所做出的牺牲，他们的真实姓名也许不会被刻在纪念碑上，但他们的牺牲不应该也不会被遗忘，作为一个群体，他们舍弃小家、舍弃生命，他们是"以正为义"的典范，是我们民族精神的代表。"以正为义"的民族是不可战胜的，因为他们有坚强的团结力和凝聚力，他们不怕牺牲，誓与敌寇斗争到底。中华民族历经数千年狂风暴雨的洗礼，具有顽强的斗争意识和不屈不挠的韧性。那些发动战争的侵略者，无论他们的理由多么冠冕堂皇，在我们伟大的中国人民面前，他们终会接受正义的审判。

"忘记过去就意味着背叛"，这句话不会过时。"牢记历史，勿忘国耻"更是被经常提及，南京大屠杀、731部队的暴行以及日寇的"三光"政策，这些我们小时候就知道了，但是这些被害者的心灵我们了解得不多。《独立营》虽然只是一部文学作品，但因为作者从情节、环境到人物内心进行了全方位书写，让读者有了鲜活的画面感，能将读者带入那个遥远的年代，带入那个几百年来安静祥和却风云突变、面临战火的皇庄堡。读者仿佛变成了曲司令、姜长深、楚红、姜怀有……共同经历了小说中人物所面对的腥风血雨，同那些书中的人物融为一个感同身受的整体。因为我们同为中华儿女，在我们每个人、每个读者的心中都有一种"以正为义"的潜在意识，这种意识是推动人类文明进步的动力，也是中华民族能经历无数世界风云变幻而经久不衰、日渐强盛的坚实基础。

正义以及由此派生的"以正为义"，本是一个哲学和伦理学的概念，是抽象和枯涩的。于永铎先生通过《独立营》的创作对其做了生动感人的文学演绎，这是他多年深入生活、收集史料、笔耕不辍的丰硕成果。本书入选"中共辽宁省委宣传部文艺精品创作生产专项资金扶持项目"，可谓当之无愧。在新时代，广大读者需要像《独立营》这样既有正确的思想内容，又有高度艺术性的优秀作品。

于永铎先生的力作《望海埚》也是一部以打击倭寇为主题的长篇小说，这一次，于永铎先生聚焦600多年前的明代，书写明代人民英勇抗倭的事迹。历史题材小说在于永铎先生的全部创作中占很大比重，如《悲情东北》《指灯为证》，他关注历史，更关注在历史的波涛中沉浮的人，关注他们的生存、遭遇、抗争。他一直在热心书写中国各个历史阶段中小人物的处境和内心世界，他是一位心怀悲悯、充满良知的作家。于永铎先生书写的不仅是文学作品，更是他作为一名中国人对中华民族伟大精神的褒扬与礼赞。

当历史罹患阿尔茨海默病

——《北地》的叙事路径及历史的辩证法

◎韩春燕　薛　冰

一位一生运筹帷幄、叱咤风云的京城正部级官员晚年因患有阿尔茨海默病而失去记忆，当走到生命的最后一刻，他最想找回的是什么记忆？在《北地》中，老藤提出这样一种可能性的答案——

绿皮本上有常寒松整理出的"榻上呓语"。"呓语"开头一句不难理解："如果时光倒流，鱼将改写历史。"常寒松知道老爷子在为过往的某些事情遗憾，也许原本能做得更好的事没有做好吧，人不可能做事尽善尽美，有点儿瑕疵很正常。但接下来的"呓语"却有些听不懂了，感觉云山雾罩，深奥微妙。不知什么原因，老爷子的连连呓语突然间刹车了，结束语很文言："归以谢施，推以配天，子子孙孙，福禄永延。"然后便一连三遍说："北地招魂，北地招魂，北地招魂。"至于招什么魂、怎么招，没有下文。①

---

① 老藤：《北地》，北京：人民文学出版社2021年版，第4页。

文中的"老爷子"便是《北地》聚焦的这位主人公常克勋。晚年的常克勋从部长高位退休后打算写一本自传,然而在写出两万五千字的提纲后便一病不起,自传计划暂时搁置。儿子常寒松见父亲病情日益加重,决定替父亲完成这桩心愿,于是找来自己的好朋友——一家著名报社原理论部主任任多秋执笔。顺着常克勋半梦半醒间的只言片语,为了探明常克勋在意识迷离状态下的极具隐喻色彩的"榻上呓语",常寒松和任多秋踏上了北地寻访之旅。

格拉秋山、红花尔基、墨尔根、八里桥·五间房、奇克、无名—寒村、稗子沟、五大连池……以一个个充满诗意又带有东北乡土气息的地名命名的章节共同搭建起《北地》的结构框架。按照常克勋提纲中的时空线索,常寒松、任多秋二人的走访足迹线索勾连起常克勋在北地白河地区三十二年的工作生活轨迹,涉及仕进与谪迁、责任与遗憾、党性与人性、对手与伙伴、当下决策与未来发展等具有自反性关系的诸多面向,与此同时,20世纪下半叶北大荒地区关于农业生产、垦荒、教育、城建、改革、生态开发等历史图景便顺势展开。在这个过程中,常克勋自拟提纲中的记忆碎片与实际走访时事件当事人或其后代的表述在作家的叙述下遇合,共同将历史抽丝剥茧般地打捞至岸,并以当下(常、任二人)的视角进行再审视和重衡。由此,由于不同的历史语境、个人立场、情感倾向而导致的观点与价值的碰撞显示出历史的弹性和张力。所以,《北地》并不是某个官员的个人政绩功勋册或忏悔录,更是一部东北的博物志与历史的"找魂记"。

一

"老爷子的魂在北地,人死魂散,老爷子拒绝与死神握手,最简单的想法是不要失魂,把魂找回来。"[1]"招魂"一词显然带有魔幻色

---

[1] 老藤:《北地》,北京:人民文学出版社2021年版,第7页。

彩，放置在以东北地区为背景的语境中并不突兀，萨满教中的仪式中就常有"招魂"这一说法。然而在作品结尾，常寒松、任多秋二人在白河地区走访归来，试图用摄下的照片与陈旧的人事唤醒常克勋的北地记忆。常克勋解释道，他所说的"招魂"其实并非"招魂"，而是"找魂"，从而将整部作品的线索又拧成了"寻找"这条思想主线。

常克勋所言的"找魂"一是要找自我之魂，回溯自己一生的对错得失。作为一名从政者，在他的呓语中，更多的是自我忏悔和遗憾，他希望了解彼时个人导向下的决策所造成的现实状况，并借此表达对历史延续性的忧虑。这是一代北大荒建设者的责任和担当。"立心立命都离不开魂，我认为魂是没有味道的，有了味道的魂是不洁之魂，老爷子来到一个扫帚梅绽放的地方安置灵魂，等于在一个没有味道的地方种下了自己的味道。"[1]常克勋们用自己的青春和热血开辟了北地的荒土，机械化农场的建立等带有标志性意义的事件都在提示着，北地在中华人民共和国成立初期的艰难与严峻、光荣与沉重，千古荒原的剧变支撑着社会主义建设初期由荒芜走向繁盛，一代奉献者命运的悲欢离合也在此浮沉，完成了个人价值和社会价值的合辙。常寒松、任多秋二人替父辈重返北地拓荒之路，勾勒了一代建设者的灵魂轮廓，完成了一次灵魂的"返乡"。

但在老藤的主题建置中，"找魂"还指找回"北地之魂"，这"北地之魂"也是常克勋们内在的灵魂造像。当常克勋看到常寒松摄于嘎仙洞的《北地炊烟》照片，点出了"北地之魂"真正的意旨："你这张嘎仙洞的照片好，好在炊烟上，有炊烟就有人气，有炊烟就象征着生生不息，我们开发建设北地，吃了那么多苦，流了那么多血汗，不就是为了村村有炊烟吗？炊烟在，北地就在呼吸，魂儿就没丢。北地了不起呀，嫌弃和遗忘北地是不公平的，北地宁可耗光

---

① 老藤：《北地》，北京：人民文学出版社2021年版，第12页。

用尽，也要赡养年轻的共和国，这是长子担当啊！"①书中提到，常克勋1958年转业后到格拉秋农场工作，此后三四十年都辗转在北地各地，是北地第一代拓荒者，以主政者的身份参与了北地的历史决策。他为在朝鲜战场牺牲的十八位战友立冢树碑，修建七星泡水库，涵养北地生态，防治攻心翻疫情，根据区域地形发展特色经济，在改革时期推动家庭联产承包责任制，紧跟形势促进国有企业改革……一连串的政绩串联起共和国成立以来的建设史，以及东北地区在新中国建立初期在整个国家版图中的使命和担当。

常克勋将嘎仙洞比作"北地命门"，大概就是因为在嘎仙洞内壁藏有北魏太平真君拓跋焘派遣中书侍郎李敞来祭祖时刻的铭文祝词，其中的"归以谢施，推以配天，子子孙孙，福禄永延"成为解读吃语的密钥。那么，常克勋在完成灵魂之旅后的安详离世是否可以解读为"归以谢施"的亲身实践呢？与题记中"谷穗回顾根部，不仅仅是致谢大地"呼应着，常克勋完成了自己的罪与罚。

《北地》中，"归以谢施"的精神隐喻更由个人层面上升到了公共性的意识形态空间。在此不得不追溯，在背后支撑着常克勋的，是其对念兹在兹的北地的精神品格和信仰的坚守：在特定年代，对集体主义的忠诚守护而发散出的理想主义光芒。"双河"一章因跳进洪水抢救被冲走的电线杆而不幸遇难的上海知青徐华，"姆山"一章因知青生活彻底改变人生命运而永远地留在北地的安养员们，对他们的选择的不同评判在历史的回溯和现实的评价中碰撞出代际精神立场的根本差异。如对于徐华因抢救公共财产而献出生命的做法，当地老农说："徐华他们就像金针菜的种子，在这苦寒的北地生根发芽开花，他们毕竟做了一回种子，开过一回花，比起那些在粮囤里发霉、烂掉的所谓良种更有意义。一粒种子，能开出这么大一朵花

---

① 老藤：《北地》，北京：人民文学出版社2021年版，第434页。

已经值了，至少没浪费。"①老农却也代表年轻一代表达："年轻人都出去了，留在村里的也不会理解，现在别说几根电线杆，就是保险柜叫大水冲跑也不会有人再下水去救了，生命是第一位的，下水送命那不是傻子吗？"②徐华等人几乎出于本能的自我牺牲是一种群体性共识，被他们所接受的教育和社会环境所塑造，然而时过境迁，他们的牺牲在当下的不被认同本质上是不同年代价值秩序的重组。当年报道徐华事件的通讯作者站在当下的立场则评价道："任何牺牲都应该从道义层面去考量，而不能患得患失问值不值，很多人为自由而牺牲，而他自己并没有得到自由，你能说不值吗？……在徐华看来，集体利益至上，国家利益至上，为了集体和国家利益，关键时刻可以献出生命，这是理所当然的事，所以他去做了。我觉得，你可以怀疑甚至质疑一个恶人的信仰，但你不能嘲讽那些为信仰牺牲的人。任何一个为信仰而死的人，在人格上都至高无上，那些在他脚下徘徊的人没有资格去诋毁他。"③

"殉道者是一个时代留给未来的舍利子。"④抛却特定年代革命的激情和政治的狂热，也许在当下看来并不被完全理解的价值观念与行为，却在彼时的历史语境和时代诉求中，确立了一种不可复制的价值体系和历史经验，并深刻而持久地影响着受此濡染的一代人的人生选择。当然，评价体系的流转也使历史的多义性和复杂性以及认知历史的难度得以生成。老藤并不意在同一些控诉苦难的知青文学一样，对政治意识形态意义上的理想主义进行评判，而是以一种辩证的思路铺平历史的多维面貌，使历史的尊严在当下化合生发出现代性意义。由徐华和"七知青烈士"等"奔向理想的朝圣者和拓荒者"而投影出的真诚和热忱，在任何时代都值得被敬重与瞻仰，

---

① 老藤：《北地》，北京：人民文学出版社2021年版，第160页。
② 老藤：《北地》，北京：人民文学出版社2021年版，第152页。
③ 老藤：《北地》，北京：人民文学出版社2021年版，第161页。
④ 老藤：《北地》，北京：人民文学出版社2021年版，第161页。

由此，《北地》为在"后理想主义时代"微弱的理想主义光芒寻求到一种历史的合法性，正如评论者方岩指出："抛开那些需要被检讨的时代局限性，让那些值得被铭记的价值和精神重现纪念碑式的光芒，始终为《北地》的主旨之一。"[①]

二

通过常克勋的人物形象塑造及其自我反思，老藤确立了《北地》向共和国北大荒第一代建设者致敬的"主旋律"，也通过勾勒北地四十年建设白山黑水的历史传奇完成了对"新时代"的献礼。但在《北地》的深层叙事逻辑中，其实更涉及作家的历史观问题，以及在小说技术层面对历史本质进行探询的路径。这一点可以从整部小说的结构建构看出端倪。一方面，"榻上呓语"和自传提纲是常克勋"与另一个自己的对话，是灵魂中的自己对现实中自己的深层次拷问"，这些哲理性的反思和寓言使得常克勋获得精神上的自我救赎，同时，常克勋的自我叙述与自我反省构成了触碰历史的第一重显影。老藤在每个章节中将"榻上呓语"放置首位，引领读者从第一感上迫近常克勋的叙述及其心理，之后再回溯到历史当事人或知情人及其后代的口述，以使读者更确切地知晓历史事件的全貌，此时常克勋的"呓语"变成了一种参照而非断然的历史定论。另一方面，《北地》的主人公是常克勋，整个故事也是因常克勋的"招魂"愿望而起。但是在并列的章节设置中，常克勋却始终处于"被叙述"的位置。常寒松、任多秋二人辗转各地，寻找历史当事人，将"讲故事"的权力分配给除去主人公的其他人，常克勋由叙述的主体变成了在场的缺席者。在走访各地的语义场中，常克勋成了次生人物。褪去

---

① 方岩：《记忆的废墟和历史的纪念碑——老藤〈北地〉与现实主义的可能性》，《当代作家评论》2022 年第 1 期。

了由政治身份所带来的话语权威，在各地拜访时搜集到的喧哗众声由此也就建构了历史具有"人民性"的另一面。

在众人的叙述中，大多数人都不约而同地认为常克勋政治上有韬略，决策上有远见，为人正直刚毅、重情义，有涵养，受人尊敬，这与后辈人对其德高望重的正面认知相一致。但在走访过程中，也不乏对他的不解和微词甚至怨恨。

将私人化的历史嵌入大历史书写，"正史"之外的细枝末节也就变成历史褶皱处的填充物，从而具有了功能性的意义。《北地》中，除了对常克勋政绩的描述，有少数章节提到了常克勋的情感生活。于是书中出现了对常克勋的不满与怨怼等负面评价。三年困难时期，常克勋临危受难，奔赴孙武县防控出血热传染病，结识县卫生局女干部常思思。常思思倾慕常克勋，写信委婉向常克勋表达爱意，常克勋受已婚和干部身份的双重限制，也隐藏克制着对常思思的情感。一次机缘巧合，两人夜里被困在等待救援的车内，发生了关系。后来，这辆破旧的吉普车为躲避狍子发生了车祸，常思思在这场意外中去世。

常思思的女儿房哲作为后辈，这样评价常克勋与母亲的媾和："当末日来临之际，道德的约束力会自然宽松。他们两个是特定条件下一种本能释放，也恰恰说明这是两个正常人。"[1]但是，令房哲耿耿于怀的，是母亲临终前常克勋的态度。常思思弥留之际，向常克勋提出两个要求：一是请他做房哲的干爸，避免女儿因孤儿身份受欺负；二是要常克勋吻她一下，但常克勋只是吻了一下她的手背，常思思抱憾撒手人寰。房哲卫校毕业后，试图主动联系常克勋，常克勋虽然对常思思的去世充满自责和懊恼，但他还是选择了避而不见。他用自己的方式弥补心理的愧疚：每月都以助学金方式资助房哲上学，直至房哲18岁。

---

① 老藤：《北地》，北京：人民文学出版社2021年版，第98页。

得知此事的房哲内心是复杂的。她一方面认为母亲是因为陪常克勋下乡探查疫情才发生意外的，又为母亲对常克勋的一往情深没有得到回应而愤愤不平；另一方面，她又认为常克勋对自己的资助恰恰说明了他对母亲的情感。以房哲的立场看来，"这个大人物是不想忏悔过往，就像托尔斯泰笔下的聂赫留朵夫，让自我和非我统一起来，想实现一种良心的复活"。[①]但她在向常寒松、任多秋二人控诉常克勋后，仍能以客观公允的立场肯定常克勋的工作能力。在这里，老藤通过后辈房哲的视角将对常克勋的评价一分为二，既没有因为个人恩怨而抹灭常克勋的工作实绩，又站在了人性的立场，反映了一个受父辈历史中伤的、作为一个生命个体的生命情态。

《北地》是一篇对读者提出挑战的文本。它要求读者通过碎片化的二次讲述重新焊接完整的故事链条，重塑每一个读者心中的故事形态。通过他人的讲述，来解读、塑形一个人的历史，在现实生活中本就已经足够困难。而小说叙事又隔膜了另一层叙事，至于拼凑还原了什么样的常克勋，什么样的彼时的历史，大概就因人而异了。而老藤所做的，就是以不同视角、不同身份、不同立场将同一历史事件立体地摊开在读者面前，力求通过多重合力共同还原历史细处的情绪、偏颇与或然，从而开创了另一种历史想象与重返历史现场的结构方式。

三

常克勋的自我反思与历史亲历者的言说所交织的历史经纬，同时倾泻着来到了当下，来到了后辈们的面前。常寒松和任多秋是整部小说一以贯之的倾听者。常寒松是一名摄影家，任多秋是一位在报社工作的理论家，分别对照着摄影与撰文这两种凝固、定格历史

---

① 老藤：《北地》，北京：人民文学出版社2021年版，第92页。

的渠道，而摄影镜头与写作切口的选取则又代表着当下面对历史的理解视角。

尤其是任多秋的身份设定别有意味。在听取历史叙述时，任多秋显然比常寒松更具有敏感度和辨识力，这其中当然有老藤想通过任多秋这个历史旁观者的视角来客观冷静地反思历史的考量，但这位从事文字工作的笔杆子偶尔表达自己写的文章都是"花拳绣腿""穿靴戴帽""方格式规划"的自省，恐怕也暗含着老藤同样身为写作者的自我嘲讽和自我怀疑。

"几十年爬格子的经验告诉我，看到的拍到的读到的未必就真实，就像一个人在笑，文字可以写他高兴，拍照可以摆个角度让他灿烂，但实际接触后，你才感觉到他在冷笑，冰一般的敌意和蔑视都隐藏在笑容里，所以说当魂魄真的出现在你眼前时，也未必就是原形。"[1]

小说中也提道："世俗的人只看见世界的表象与实利，只有伟大的精神分裂症患者才看得见世界的本原。"[2]而究其"世界的本原"或曰历史的真相，老藤在书中通过对几例常克勋年轻时处理的不了了之的命案表达了"当下的真相"对"历史的真相"的推翻。

在"阿穆尔"一章，在一场轰动全国的"阿穆尔水灾"中，官方报道中受灾森林面积及殉难人口数触目惊心。然而鲜有人知的是，造成这场水灾的原因其实是"天灾人祸五五分"。垮坝除了因为暴雨，更因为水库的管理不当问题。大潮水库对外承包搞发电和养鱼，为了减少损失，在暴雨来临之前，水库并未服从县里的指挥提前腾出库容。等到水位持续上涨，水库闸门却锈死打不开，直接导致了下游的五个村被淹，数十名村民遇难。更不为大众所知的是，有两位水利局的处级干部也在其中。当晚，两人由承包者宴请醉酒后住在水库中的小白楼，睡梦中的他们也没有来得及躲避这场灾难。媒

---

① 老藤：《北地》，北京：人民文学出版社2021年版，第13页。
② 老藤：《北地》，北京：人民文学出版社2021年版，第2页。

体们争相来到水库，试图凭借敏锐的职业嗅觉调查水灾背后的隐情。借由常克勋和《白河日报》总编老何关于"媒体人如何挖掘真相，引导公众认知"的讨论，老藤轻巧地回避政治原则而带来的立场，而将问题的实质引向实际情况与公开报道舆论的偏差。这段讨论由浅至深，其实揭示的更是一种历史真相如何被矫正的具象过程。包裹在这过程中的，有因洪水漫过山坡而导致上面的几户人家没有收到垮坝通知的误会，也有因竞选村主任而产生个人恩怨的情绪，更有"把片面的事实当真相，然后将真相当真理"的忧虑，以及"如果需要在场的话，还是应该选择真相"的责任和担当。如此种种必然的、偶然的、逻辑的、主观的立场或陈述，使公开报道的历史既保留了大体的真相，却也正因要保全大体的真相而裁剪掉部分枝蔓，逐渐地远离真相。而那位唯一目睹了两位干部淹没在暴雨中，知晓整个事件的女服务员，最后精神出了问题，无疑在暗示着历史亲历者的失语和孱弱。

更富有哲理意味的反思则凝结在"五大连池"一章，任多秋和常寒松采访到常克勋在自传提纲中提到的一起案件的死者之子赵玉林。赵玉林想借机接触京城名媒，替父亲之死讨回公道。在赵玉林的讲述中，父亲赵复生在"运动"中遭到揪斗，因为父亲言行习惯雷厉风行，不讲情面，暗中得罪了董和薛两位下属。一天夜里，几个心怀仇恨之人将赵复生打昏，然后抬出去扔进附近的一口井中，想要制造赵复生投井自杀的假象。为了摆脱嫌疑，他们主动向队里报告，说赵复生逃跑了。不料想赵复生被扔进井后，被凉水一激醒了过来，开始呼救。董腰上拴着绳子，主动提出下井看看情况。"姓董的在水里忙活了一会儿，在下面喊说是赵复生跳井，你们先把他摇上去，然后再摇我。赵复生被摇上来，谁能想到这个姓董的把绳子像绞索一样套在赵复生脖子上，这样往上吊无异于实施绞刑。"[1]赵

---

① 老藤：《北地》，北京：人民文学出版社2021年版，第124页。

复生被吊上来就没有了气息，农场认定赵复生畏罪投井自杀，讽刺的是，那个姓董的凶手不仅没被追究，还立了功。

而在随后的走访中，任多秋、常寒松又到了养老院，见到了因此事精神受到刺激的老董。提起往事，老董情绪激动地说："不是我吊死你的，赵大耳朵你别来找我算账，我只是用板凳腿打了你，踢了你几脚。你不该装死，装得忒像了，我和薛六子以为你真死了。"①混沌状态下的老董又断断续续地说出了当年自己是如何受到赵复生的惩罚和为难，并表达了他"该死"的仇恨。双方当事人各执一词，使事件的真相更加错综复杂。然而此章中的佛学专家释云心充当了辩证历史经验的"深度意象"，他以超然的视角、思辨的表达道出对历史真相的整体把握："……休眠意味着什么？意味着随时都会苏醒，而醒来的时间大概只有佛祖知道吧。所以人切切不要陶醉于宁静，宁静很多时候都是假象。"②于是，就在任多秋认为自己似乎已经触摸到历史真相的时刻，此番言语又由老藤拉回到现实的、"全知全能视角"的层面，搁置了历史真相的复活。

"现实中讨不回的公道，在书里讨回也行，有时候用文人之笔比法槌还有力量，法院判决书只会装进档案袋，文学作品却能在社会上广泛流传。"③这种文学与历史之间的暧昧关系表述似乎也与美国学者詹姆逊的观点不谋而合："依据阿尔都塞'不在场的缘由'的说法也好，拉康的'真相'说也好，历史都不是一个文本，因为，从根本上说，历史是非叙述的、非再现的；但是，我们又可以附带地说一句，除了文本的形式，历史是无法企及的，或简而言之，只有通过事先文本化的形式，他们才能够接触历史。"④格林布拉特也认为：

---

① 老藤：《北地》，北京：人民文学出版社2021年版，第131–132页。

② 老藤：《北地》，北京：人民文学出版社2021年版，第133页。

③ 老藤：《北地》，北京：人民文学出版社2021年版，第123页。

④ Fredric Jameson, "Postmodernism, or the Culture Logic of Late Capitalism" in New Left Review.Durham：Duke University Press. 1984：57.

"历史脱离不了文本性，甚至所有的文本都可以引导到文学文本所显示的不确定的危机上。"[①]新历史主义者们显然肯定了在还原、重构历史的过程中，文学并非不具有传统意义上历史的权威性和统一性，因为历史也不能脱离主体意识而独立存在，海登·怀特更甚认为历史文本的深层本质就是"诗性"的；但与此同时，文学也可能因出于审美的或道德的阐释需要而显示出局限性。在此认知框架内评价《北地》，这正是一部在"历史的文本性"与"文本的历史性"的张力结构中重申历史的辩证法之作。当文学介入历史，即通过文字与话语结构实现对历史的一次"找魂"。对真相的执着追求构成北地之行的基本动能，作者的叙述语言不断往返于过去与当下，将历史的吉光片羽或瓦砾废墟编织进当下的话语生产场域，每一次到访地区的口述及物证留下的草蛇灰线，都会带领当下的我们无限迫近当时的真相与真理。然而除了那些日记、旧照片、报纸等实物所夯实的客观性，当事人的讲述在作者的叙事中被复述，在历史的一次次被讲述和记录的过程中，主观渐次叠加，历史的真实面貌也会逐渐虚弱，这正突出了历史本原面目的多样性、复杂性，及其被还原并与当下建立连续性的难度。

书中在到访的不同地区一次次出现的坟茔提醒我们——历史亲历者正带着那些未曾来得及被理解的往事渐渐被埋藏和坍毁。"时间像84消毒液，对过去只能漂白不会显影，遗忘应该是常态。"[②]坟茔的被凝视，正是当下现实对历史人事被淹埋的失语和无奈。如果将历史做以人格化处理，那么与命悬一线的患有阿尔茨海默病的常克勋一样，历史正等待着被唤醒与拯救，也等待着被沉淀的时间二次审判。一段历史的被埋葬，又将是一段寻找历史旅途的启程。然而，

①　Stephen Greenblatt, "Shakespeare and the Exorcists," in Shakespeare and the Question of Theory, eds.by patricia parker&geoffrey hartman, new york: methven, 1985: 164.

②　老藤：《北地》，北京：人民文学出版社2021年版，第105页。

我们必须局限性地承认，历史面目本就是水月镜花，扑朔迷离。《北地》在历史的自我分裂和自我束缚的属性中，以"复调"的讲述建构了一种无限抵达真相的叙事路径，同时，《北地》在"竭尽全力"地无限还原"历史的历史"本来面貌的同时，又在开放的、动态的历史反思中暗含着对历史真实的怀疑。在此辩证意义上，任多秋所写就的《常克勋传记》又将是历史的又一幢面影吧。

地方志与纪实性历史书写的一种可能

——论杨春风长篇小说《辽河渡1931—1945》

◎吴玉杰 张冬秀

1931年九一八事变后，日本帝国主义很快占领了东北三省，并于1932年建立傀儡政权——伪满洲国，以实施对东北三省的殖民统治。至1945年日本无条件投降，伪满洲国共存续十四年。这期间，日本从政治、经济、法律、教育、文化等方面建立了一整套殖民统治秩序。生活在沦陷区内的广大东北民众既承受着异族统治所带来的身体与精神上的双重创伤，也在苦难中觉醒，并走上反抗的道路。这段中国人民的民族屈辱史与抗争史，曾被不同时代的东北作家反复书写。在这些伪满洲国叙事中，如果说早期流亡关内的东北作家群与滞留东北的伪满作家们，更侧重以切身体验和感受写出沦陷区人民被奴役的现实，那么新世纪以来的东北作家如迟子建、刘庆等则更注重借助文学想象复原沦陷区人民的日常生活情景与个体生命体验。他们都从各自的角度向人们展现着不同维度上的历史真实。辽宁盘锦籍作家杨春风创作的《辽河渡1931—1945》，是新时期伪满洲叙事作品中较为特别的一部。作为以抗战为主题，以伪满洲国时期辽河口地区的民间社会为表现对象的长篇历史小说，《辽河渡1931—1945》具有较强的地方志色彩。作家大胆地将辽河口区域的地方志历史融入小说的创作，以史料复原历史现场，借方志再现风土人情，以丰富翔实的地方志叙述，向人们展现了东北沦陷区人民真实的生活图景。

回顾新世纪以来众多以伪满洲国为题材的长篇小说创作，尤以迟子建的《伪满洲国》引人注目，该作品以编年体的书写方式，从民间日常生活的角度，全方位地再现了伪满洲国的社会现实。与《伪满洲国》相比，《辽河渡1931—1945》同样采用编年体的体式与日常生活叙事视角。但两者的明显不同在于，《辽河渡1931—1945》更注重发生在文化移植、文化打压等文化侵略背景下的文化反抗，并以市井生活的视角深刻揭示了日常生活被打破的反感势必会达致民族意识的觉醒这一过程，尤其于叙事过程中紧密结合了地方史志，从而使小说具有了严谨如史的鲜明特征。这不仅使《辽河渡1931—1945》摆脱了传统抗战小说中常见的"斗争—反抗"模式，而且使其区别于同类型历史小说，兼具了地方志的纪实性。

地方志的撰写强调"无考者不书"。纪实性既是地方志的编撰理念，也是志书的价值所在。作家杨春风在《辽河渡1931—1945》创作中将地方志的纪实性要求与历史小说的文学想象有机融合。文本中有关辽河航运历史的介绍，对以田庄台为中心的辽河口古商埠历史的叙述，虽然仅仅是故事的背景资料，但所涉内容绝非虚构，而是源自作家杨春风的采访与史料搜集，其真伪更是可以借助作家的地方志类作品，如《田庄台事情——辽河水道文明纪实》《辽宁地域文化通览·盘锦卷》《盘锦市文物志》等加以印证。于是，小说的故事文本与地方志的史料之间构成了互文性表征，文学想象在与真实历史的对话与交流中，被赋予了强大的叙事力量。在这种纪实性的历史书写中，辽河航运的历史兴衰，河口码头的时代变迁，田庄台的自然环境、政治军事、历史变迁……这些通常出现于地方志中的内容，成为小说重要的组成部分。

一、历史纪实性：地方志与历史的情节推动及文学共振

首先，小说以"辽河渡"为题，聚焦辽河古渡口，以辽河航运兴衰的历史为叙事动力，以纪实性的历史推进小说情节的发展，让田庄台的小历史自然地呈现于大历史的舞台上。通过盘锦市相关地方志资料可以知道，辽河航运的兴盛始于清代中期，至19世纪40年代开始衰退。曾经沟通南北的"黄金水道"，成就了商业氛围浓厚的辽河航运，带来了古商埠田庄台的经济繁荣。但河淤海退的自然变迁，营口、大连的相继开港，京奉铁路与南满铁路的陆续开通，让辽河航道走向历史的衰退。即便有人工运河——新开河的开凿，有双台子河上马克顿水闸的安置，也未能使辽河航事起死回生。这些纪实性的历史本应出现在地方志史料中，却在作家杨春风手中成为故事发生的契机与情节推进的动力。在《辽河渡1931—1945》中，田庄台的繁荣衍生了田、庄、张、林"四大多"家族。航运的兴盛滋养起以船房起家的田氏家族，振兴辽河航运的意志促成了人工运河的开凿，新开河却只孕育了沿岸的临河肥地。这片沃土在1940年落入"满洲拓殖株式会社"名下，并引发了当地村民与"开拓团"的"斗智斗勇"。于是，辽河渡的故事不再是单纯的文学想象。作家以互文的方式将地方志转化为一种可供挖掘的创作资源，并有效地实现了文学虚构与历史真实的融合与共振。在中国，地方志通常是由本地人记述本地"百余里上下近百年关于地理、经济、政治、文化和军事的情况"[①]，由于强调"一乡之人修一乡之书"，因此地方志的可靠性通常都较高。而在《辽河渡1931—1945》中，当作家将这些有较高可靠度的方志史料引入小说创作时，方志所记述的纪实性

---

① 禾士嘉：《中国地方志的起源、特征及其史料价值》，《史学史研究》1979年第3期。

历史既成为小说故事情节的重要组成，又成为与小说主题密切相关的互文性文本。

此外，由于采用编年体的体式，《辽河渡1931—1945》借纪实性的历史事件将国史、地方志与小说创作融合为一体。国史为小说提供了时间维度，地方志为小说确定了空间坐标，小说则为人们提供了鲜活的历史主体。在国史上，1894年甲午战争，也被称为第一次中日战争；1931年九一八事变，成为中国抗日战争的起点；1932年东北三省全境沦陷，伪满洲国傀儡政权建立；1937年全面抗日开始；1945年日本无条件投降，抗战胜利。这既是国史，也是故事发生的时代背景。在国史之下，地方志则记录了特定区域内鲜为人知的历史事件。作家杨春风借助地方性史实将人们的视线引向辽宁盘锦田庄台，并以田庄台地方志中的真实历史事件为基础，用演绎出的故事为人们补充了历史细节，让历史在这里变得更加具体可感。

在小说中，甲午战争田庄台战役的惨烈不只是历史事实，地方志所记内容与小说所述故事实现了吻合。"这是甲午战争期间最大的一次陆战"①，也是"甲午诸战中……清军败得最惨的一次"②，日军在田庄台燃起的大火让这座繁华古镇变成了一片焦土。苏格兰医疗传教士杜格尔德·克里斯蒂在《甲午战时辽居记录》描述道："几天之后我们到那里（田庄台）去……有些房屋，仍在冒烟，有几百只大船，碇在那里过冬，也一同遭毁。"③在小说中，正是这场战争让田氏家族的"三十九只风船和数万石粮谷"④付之一炬，并在日后让田

---

① 杨春风，杨洪琦：《辽宁地域文化通览·盘锦卷》，沈阳：辽宁人民出版社2014年版，第150页。

② 杨春风：《辽河渡1931—1945》，沈阳：辽宁人民出版社2020年版，第9页。

③ 杨春风，杨洪琦：《辽宁地域文化通览·盘锦卷》，沈阳：辽宁人民出版社2014年版，第151页。

④ 杨春风：《辽河渡1931—1945》，沈阳：辽宁人民出版社2020年版，第11页。

氏的新东家田九洲不断燃起恢复义和源船房、重振家业的信念与理想。不仅如此，1904年日俄在中国东北地区爆发战争。战争长达十九个月，以俄国失败而告终。这是不应忘记的民族屈辱史，也是地方战争史的重要内容。在《辽宁地域文化通览·盘锦卷》中，"这场无耻的战争还在本境留下了两件实物——俄国战舰，当年沉没于三岔河。""起初大军舰只沉了一半，在河里侧棱着，大烟筒啥的还露着，村里有胆大的，就上船去找外捞儿，找到了一些大洋啊、呢子衣服啊、皮靴啊之类。好多人都进去过，也有好几个人没能回来，那船下沉得越来越厉害啊，沉那样了有人还往里钻，钻进舱里就出不来了……再后来人们就不敢进了。"[1]在《辽河渡1931—1945》中，作家进一步为这段历史补充了细节，让历史变得更加具体可感。小说这样叙述，"当年俄兵弃船登陆之际，那大军舰还只沉了一半，另一半还露在外头，古城子的村民遥遥望了，就有人寻思着上去找点儿洋落儿啥的。到底有好多人都陆续进去了，好多人也果真得了些好玩意，据说有金条、呢子大衣、牛皮军靴等。慢慢地，大军舰就只剩下小半截烟筒还浮在水面，这个时候却仍然有人往里进，结果是进去了就再没出来，总共有七八个人之多，其中就包括大盆儿他爹。"[2]通过对比可以发现，前后两段文字在内容、语言上的相似之处。

在小说文本的叙述中，作家杨春风不仅有意识地引入地方志中的史实，而且借用了地方志中的史料。她在将地方志的纪实性历史引入小说叙事的同时，借小说实现对地方历史的一次文学再现。对于这艘沙俄沉船，伪满洲国时期的日本关东军司令部曾派出的"掘宝"分队，强征几百名中国农民挖掘出沉船。在小说中，1943年迫于"金属献纳"要求，田庄台也组织了一次沉船打捞，并且成绩斐

---

① 杨春风，杨洪琦：《辽宁地域文化通览·盘锦卷》，沈阳：辽宁人民出版社2014年版，第158页。

② 杨春风：《辽河渡1931—1945》，沈阳：辽宁人民出版社2020年版，第395页。

然，获得"黄铜三百多吨，铜一吨多，并从舱中起出黄金八公斤，白银十五公斤……"这次挖掘"使田庄台街的金属献纳取得了全县第一的好成绩"。①于是，大历史的背景、地方志的史实与小说中的故事又一次实现了吻合。可以说，正是由于作家有意识地运用了大量地方志中的史实，使得《辽河渡1931—1945》不再是以历史为背景的文学想象，而更倾向于以文学为手段与历史共振。

但值得注意的是，作家杨春风虽然用纪实性的历史，以编年体的形式展开自己的历史书写，但地方志史料的真实性与可靠性并没压制文学文本的创作。"文学毕竟是一个虚构领域，想象力毕竟还是文学的第一要义。"②在《辽河渡1931—1945》的纪实性历史叙事中，地方志作为小说创作的材料，有效地推动着情节的发展，但作品的文学性并没有因此降低。正是在历史与文学的共振中，文学的虚构与历史的真实做到了并行不悖又相得益彰。

二、社会纪实性：地方志与社会的空间聚焦及生活嵌入

《辽河渡1931—1945》的纪实性还表现在作家杨春风依据地方志内容对田庄台地区社会面貌的整体复原。这其中涉及山川地理、城镇布局、商业往来、地方风俗等诸多方面。这种社会纪实性能向读者真实呈现了沦陷时期的东北特别是辽河口地区的社会状况与人民生活情况。相较于同题材、同类型作品，正是这种纪实性书写让《辽河渡1931—1945》具有更加鲜明的历史价值。

在地理方面，作家杨春风力图复原辽河航道及周边的地理情况。辽河航道的"沿河码头从下游算起，分别是营口、田庄台、三岔河"。其中，"三岔河是外辽河、太子河、浑河的交汇处。走太子河

---

① 杨春风：《辽河渡1931—1945》，沈阳：辽宁人民出版社2020年版，第398页。

② 孟繁华：《新文明的崛起与城市文学》，《学习与探索》2013年第11期。

可至本溪湖，走浑河可至奉天，走辽河可至郑家屯。"①田庄台下游三里是曹家湾子，西北三十多里是贺家店，以北四十里开外是驾掌寺新民小学②。这些散落于文本中的地理信息看似细碎，却基本勾勒出了以田庄台为中心的辽河航道及周边区域的位置情况。而与地理信息相关，对于田庄台及周边的城镇建置变迁，作家也进行了考证与纪实性介绍，譬如1909年"田庄台划归营口"，1937年"营口县被荣誉地晋升为营口市，原属营口县第七区的田庄台则被划归了盘山县，盘山县随即设立了盘山街、田庄台街……田庄台街公所随之成立。"③这些内容与《盘锦地域文化通览》中"史上田庄台初隶海城，宣统元年（1909）改隶营口，民国二十六年（1937）又改隶盘山"④相关记述基本统一，这些真实地理信息的引入本身就让小说文本有了非常强的纪实性特征。

在遗址方面，《辽河渡1931—1945》中出现了田庄台一带有历史记录的诸多军事遗址与寺庙建筑。明代的烽火台遗址哈巴台、辽东苑马寺高平苑、明末清初的道观驾掌寺、田庄台外的崇兴寺、田庄台中心的老爷庙、俗称"鬼王庙"的道观保灵宫，以及1924年开凿的人工运河新开河，1932年建成的日伪时期警察局"小白楼"……这些在地方文物志中可以查到，在实地考察中可以看到的遗址、旧址，为历史小说的叙事有效地增加了真实细节。不仅如此，作家杨春风善于将伪满时期田庄台的故事与地方志中的遗址、旧址联系在一起，让实存的建筑成为故事的发生地。这也使小说的历史

---

① 杨春风：《辽河渡1931—1945》，沈阳：辽宁人民出版社2020年版，第394页。

② 杨春风：《辽河渡1931—1945》，沈阳：辽宁人民出版社2020年版，第91页。

③ 杨春风：《辽河渡1931—1945》，沈阳：辽宁人民出版社2020年版，第188页。

④ 杨春风，杨洪琦：《辽宁地域文化通览·盘锦卷》，沈阳：辽宁人民出版社2014年版，第315页。

演义带有了更多真实的成分。譬如1932年，哈巴台出现的异象与田小闹的清醒有关；1937年，鬼王庙的荒滩上抗日义士蛤蟆唐与双全等人被处决；1943年，崇兴寺中药王爷佛像的弃与还，为林开元引来了牢狱之灾；而1932年到1945年间，"小白楼"这座日伪警察局不仅关过小老红、张九爷、田九洲等三教九流，而且也见证了伪满政权的覆灭。正是作家对这些地方志信息的有效利用，不断强化了小说的历史纪实感。

在物产与饮食方面，作家杨春风并未进行刻意说明，而是在田庄台民众市井生活的细节处巧妙嵌入与地方志相关的内容。在小说中，我们读到了孤女坟旁的香瓜、辽东湾里的河豚、二界沟的蛤蜊……这些物产或是为当地人提供了食物，或是为当地人提供了生计，或浮现于当地人的回忆中，或出现于当地人的生活中。作家对这些内容的说明自然而然，又带有地方趣味。此外，作家还通过对田庄台古镇街市的描摹，在复原当地商铺、集市繁荣景象的同时，对当地特色物产与饮食进行了呈现。于是，一幅未被侵扰的、前现代社会东北城镇日常生活图景得以重现。在田庄台镇上，"席市在东，牲口市在西。牲口市是贩卖牲畜的集市，席市是苇席交易的场所，都是早市，天亮聚合，晌前即散。"[①] "往北是条俗称鱼市口的商业街，街上药堂、澡堂、饭馆等林立。"[②]往西南则是餐饮一条街"回民街"，田庄台的节令食品与日常点心基本都出自这条街。官码头的"水煎包"，"虾米庄"的毛虾，回民街的"王把切糕"和"周面边儿"……这些看似作家为创作而想象出的生活细节，其实都可以在盘锦地方志类的文献中找到对应。如此再配以作家对田庄台民间风俗的纪实性地呈现，东北沦陷之前辽河码头上人头攒动的繁荣景象

---

① 杨春风：《辽河渡1931—1945》，沈阳：辽宁人民出版社2020年版，第35页。

② 杨春风：《辽河渡1931—1945》，沈阳：辽宁人民出版社2020年版，第69页。

与田庄台人安定富足的生活状况，被生动地呈现于读者眼前。

然而，对辽河口地区田庄台镇及其周边地区社会生活的纪实性复原，不仅仅是为了地方志式的历史记录。作家杨春风要用这些真实的社会景象，让人们更加清晰地看到1931—1945年间，日本侵略者给东北民众带来的深重灾难，追述具体到了农、商、渔各个群体，"四大家族""国兵""国高生"及行商小贩等社会各个阶层。这使国人在伪满年间的屈辱生活不再空洞空泛，而是令人抬眼可见、伸手可触、感同身受。让人切实了解到了那个繁华古埠田庄台及其周边的宁静乡村如何在日伪统治下一步步走向凋敝与没落，那些曾经世代相传的活计、手艺与风俗如何因日寇的侵扰而中断，那些土生土长的中国人如何被杀害、被驱逐、被凌辱……却不仅仅是眼泪和忍受，而是有愤怒与反抗同时在场。事实是在还原这些令人疼痛的历史真相的同时，小说还呈现了日常生活被打破的反感逐步上升为民族意识的觉醒的整个过程，尤其是对那些盛气凌人的文化移植、文化打压等文化侵略所做出的有意识或无意识的顽强抵制与集体反抗。可以说作为历史小说，《辽河渡1931—1945》既借助地方志的内容为人们展现了历史的真实，也用地方志式的纪实性书写为人们记录了真实的历史，让人真切感受到了在那种异质的时代背景下，作为一个中国人的集体经历与最本真的文化反抗。

三、文化纪实性：地方志与文化的具象复原及创伤呈现

东北三省由于地理位置相邻、自然环境相似、生活习俗相近，三省的文化也习惯性地被人们整合于东北地域文化的概念之下。这是对东北三省文化相似性的认同，也是对其内在文化差异性的忽视。实际上，由于生活生产方式的不同，东北三省的文化也各有特色。从《辽宁地域文化通览·盘锦卷》中可以了解到，辽宁盘锦地区素以"九河下梢"著称。辽东湾长达一百一十八公里的海岸线，辽河

沟通东北与中原的"黄金水道",退海之地上浩荡无边芦苇塘与盐碱滩,这些自然地理条件孕育出辽河口地区多样的文化形态。从渔雁文化、渔猎文化,到湿地文化、帆船文化都丰富了辽宁的地域文化。作为辽宁籍作家,杨春风正是基于自身对辽河口地域文化的感知与体认,以地方志式的纪实性书写为人们复原了那些被历史淹没的文化形态。

首先,小说在人物群像的塑造过程中,将地方志中的文化记述与不同身份背景人物活动结合起来。借人物的职业与经历纪实性地复原了当地不同类型的文化形态。《辽河渡1931—1945》的核心人物为田九洲、林开元、庄元、张九爷等"四大多"家族成员,并借由他们牵扯出五行八作的三教九流,以一百多个形形色色人物的生活遭遇,描写了东北沦陷区的社会百态与人生遭际,其中的许多人物也都被作家赋予了特定的文化身份。例如,二界沟的木匠十二能可被视为二界沟古渔雁文化的体现者。曾是"游方匠人"的十二能与二界沟渔民们一样,过着"罢海"即归,"开海"而来的生活。这些人每年冬季随着渤海辽东湾的结冰封冻,各自返乡村,"到来年正月再从四面八方陆续赶回,年年如此"。这种候鸟式的生活形成了当地独特的"渔雁文化"。而十二能的候鸟生活也因"九一八事变爆发交通受阻"被迫停止。这与地方志所述渔雁文化"基本终止于20世纪30年代的伪满时期"[1]相符。

同时,二界沟的十二能、小诸葛牛天牧及三岔河的大盆儿他爹等又可被视为辽河帆船文化的体现者。"在辽河航运兴旺的历史时期,本境辽河、双台子河、绕阳河等河道都流动着帆船。"[2]但从清中期开始,"辽河中上游来沙愈丰,导致河道淤浅而航线愈来愈短。"

---

① 杨春风,杨洪琦:《辽宁地域文化通览·盘锦卷》,沈阳:辽宁人民出版社2014年版,第357页。

② 杨春风,杨洪琦:《辽宁地域文化通览·盘锦卷》,沈阳:辽宁人民出版社2014年版,第401页。

三岔河更是淤患严重，大小帆船通过往往需要纤夫协助，而大盆儿他爹正是纤夫中的一员。辽东湾内打鱼素以帆船为主要工具，负责造船的"掌作"是匠人十二能，负责掌船的"船把头"就是小诸葛等。他们一个要有令人信服的技艺与人格，一个要有丰富的渔事经验与技能。这些赖船维生的劳作者虽只是小说中的虚构人物，但作为当地帆船文化的体现者，他们的活动、规矩、遭遇却与地方志中的相关记载并无二致。

退海之地的自然条件又孕育了辽河口地区的湿地文化。芦苇、碱滩既是当地的自然资源，也催生出一批人以此为业。碱滩成就了张德庸家祖传的碱铺，而张家精到的熬碱技术也让他们的水碱远近闻名；浩瀚苇塘既养活了割苇人"刀工"，也催生了专事苇席生意的"席坊"，以及经营生意的"席商"，而老梁与田九洲就在其中。退海之地上"河流沟渎，随地时有"①，专事摆渡的曹大柱就以此维生。在这些人物身上，也呈现了濒海临河的辽河口地区之湿地文化的历史与兴衰。

其次，《辽河渡1931—1945》的文化纪实性还表现在，作家在文本形式上复原了当地渔雁文化的歌谣传统。一方面由于小说按编年体的形式撰写，作家在许多章节的结尾处，都利用顺口溜、打油诗等民间歌谣对每一年田庄台的时局变化、社会事件等进行点评。例如"1931·冬腊月"一章的结尾处是一首嘲讽田九洲受降的打油诗，"田台田收田九洲，没家没国没恩仇。今个收到大礼包，看你脸上羞不羞。"②"1934·绝尘"一章的结尾处是评价张九爷的短诗，"半世为人方端，一朝形毁神残。面见宗祖无颜，就地树下掩埋。"③如果说

---

① 杨春风，杨洪琦：《辽宁地域文化通览·盘锦卷》，沈阳：辽宁人民出版社2014年版，第307页。

② 杨春风：《辽河渡1931—1945》，沈阳：辽宁人民出版社2020年版，第29页。

③ 杨春风：《辽河渡1931—1945》，沈阳：辽宁人民出版社2020年版，第104页。

这类短诗还只是对个人德行的点评，那么随着时局的动荡，歌谣的内容也发生着变化。如"1936·都是病人"一章的结尾处，作家就借"三姑娘"之口说明了日伪统治下广大民众非人非鬼的生活状态，"我是鬼来就是鬼，你是人又不像人。我成正果你成鬼，人成鬼来鬼成人。"①另一方面在小说行文过程中，作家也时常插入一些歌谣，如"1935·瘟神"中对田焕章的评价，"怪事连连'满洲国'，人没脸皮也能活。狸猫九命田焕章，吹灯拔蜡关老爷。"②"1940·非我邻居"一章中的童谣则既有讥讽与不满，又透出时人对时局的洞察，"小鬼子放个屁，林开元唱台戏。耍横的大洋刀，软招子'协和会'。"从语言风格上，这些歌谣带有明显的东北地区语言粗犷、豪放的特征，但结合地方志文献对盘锦地域文化的记录可以知道，这种写作方式也是对辽河口地区古渔雁文化歌谣的传统复原。"在习俗上，二界沟一度流行鱼皮鼓，并念唱鱼皮鼓歌谣。"这些歌谣或用于儿童的启蒙教育，或记录渔民的生活状态，或反映特定的社会历史情境。可以说，小说中大量存在的顺口溜、打油诗、民谣、童谣正是对渔雁文化中这种民间习俗的具象呈现。

然而，《辽河渡1931—1945》书写的文化纪实性，并非是对地域文化的单纯展示，而是对"地方性知识"的"深描"。"地方性知识"的概念由阐释人类学者克利福德·吉尔兹提出。地方性知识是"一种新型的知识观念"。它不仅指特定地域的知识，"还涉及知识的生成与辩护中所形成的特定的情境"，包括特定历史条件下形成的文化与亚文化群体的价值观，和由特定利益关系所决定的立场和视域等。"③对于"地方性知识"的描述与阐释最有效的手段则是"深度描

---

① 杨春风：《辽河渡1931—1945》，沈阳：辽宁人民出版社2020年版，第157页。

② 杨春风：《辽河渡1931—1945》，沈阳，辽宁人民出版社2020年版，第134页。

③ 盛晓明：《地方性知识的构造》，《哲学研究》2000年第12期。

写"，可以说"民族志是深描，民族志学者是深描者"①，即用"文化持有者的内部眼界"②（马林诺夫斯基语）来观察地方性知识，细读相关的文本与文化行为，并力求呈现每种知识的形成与特定历史情境之间的关联。杨春风正是通过多年的田野调查，深入辽河渡口区域的文化现场。大量辽河航运资料的收集，几百位当地老人的走访，数次地方志的写作经历，使她得以从文化内部视角，去深描属于辽河口地区的地方性知识。而小说的纪实性书写模式，既为地方性经验提供了具体的文本记录，也借虚拟的人物与情节，实现了对辽河流域内的人文地理、生活形态和民俗风貌等深度描写，并在还原历史情境的同时，揭示出辽河口地区真实的生活逻辑。

同时，《辽河渡1931—1945》的文化纪实性并没有停留在对地域文化传统的复原上。对于东北人民而言，1931年至1945年是日伪统治时期。这期间日本在东北地区的殖民统治涉及政治、经济、军事、文化、教育等各个方面。作家杨春风以田庄台年轻一代的教育经历与思想变化，向人们纪实性地呈现了殖民统治特别是殖民教育给东北民众造成的文化创伤。小说中，"四大多"家庭的年轻人田畴一、林葱茏、庄研、张谨张诺兄弟正是在日本殖民教育下成长起来的一代。少年时，他们唱的是"'独立国家'已告成，东亚民族享和平"③，画的是日本地图，梦想是"去东洋留学，报考最好的东京帝国大学"④。进入国高时，他们已经习惯向"天照大神"行鞠躬礼，已经能说一口流利且纯正的日语，已习惯了日本木屐，喜欢上了

---

① ［美］克利福德·格尔兹：《文化的阐释》，纳日碧力戈译，上海：上海人民出版社1999年版，第19页。

② 转引自［美］克利福德·吉尔兹：《地方性知识——阐释人类学论文集》，王海龙，张家瑄译，北京：中央编译出版社2000年版，第5页。

③ 杨春风：《辽河渡1931—1945》，沈阳：辽宁人民出版社2020年版，第85页。

④ 杨春风：《辽河渡1931—1945》，沈阳：辽宁人民出版社2020年版，第87页。

日本军人的马裤。部分人在进入"满洲国"第一等大学"建国大学"后，面对依然无处不在的民族歧视与压制，他们已实事求是地规划好了各自的人生"蓝图"：拼命学习，考取"高等官"，纵然不能做"船之龙艏"，至少也要获得"人"的待遇，以跳脱"亡国奴""三等人"的范畴。在傲慢而又残酷的文化攻击面前，民族意识在他们心中越来越清晰，他们也越来越渴望以自身的"出类拔萃""飞黄腾达"来保障作为一个"中国人"的基本尊严，他们试图以一己之力，证明华夏民族并非"劣等"。细读文本我们可以发现，作家不仅仅以地方志的方式纪实性地再现了十四年间日伪政权殖民教育的历史，而且以文化反思的心态，纪实性地再现了殖民统治给人们带来的文化创伤。正是这种文化纪实性使得《辽河渡1931—1945》有了迥别于同类题材作品的思想观照。

四、纪实性历史书写：保卫历史的责任与想象历史的能力

新世纪以来，以伪满洲国为题材的历史书写并不缺乏。其中，迟子建的《伪满洲国》、刘庆的《唇典》与杨春风的《辽河渡1931—1945》在创作模式上有着较多相近之处，例如编年体的书写形式、日常生活的叙事视角、苦难叙事的精神立场。相比之下，杨春风的历史书写更加注重普通民众的日常性与纪实性。《辽河渡1931—1945》的核心空间背景田庄台并非虚构之地，所发生的故事也绝非完全出于文学想象。由于作家杨春风本身对这方土地的熟悉，其文本呈现出的是一个具有极高还原度的文学现场。这里的自然风物、四季流转无不带有辽河口的地域特色，散发着下辽河流域粗犷而豪放的气息；这里的风土人情、世态变迁无不渗透着辽河口地区多元文化的印迹，滋养出辽河口人侠肝义胆又淳朴宽厚的文化性格。这里的历史成为辽河口地区抗战时期的编年史，记录着辽河口区域底层民众在动荡岁月里愤怒与沮丧、犹疑与抗争的情感变化与精神

走向。正是文学想象与历史纪实的碰撞，使《辽河渡1931—1945》在浑厚的历史感之外又带有一种凝重的沧桑感，并在对地方性知识的深度描写中，复现出一个不可复制的辽河口地区的文化场域。

自20世纪八九十年代以来，受新历史主义影响，有的作家书写历史，过渡彰示创作主体解读历史的自由，而相对忽视历史的本来面向。这使得当下的历史叙事显现出不同程度的历史窄化与历史虚化的倾向。作为文学创作者，"保卫历史"就是要重塑辩证唯物主义的历史观，并且"寻找到自己独特的叙述维度"[1]。《辽河渡1931—1945》的地方志式纪实性历史书写，则表现出对历史应有的尊重。杨春风既掌握了大量的历史材料，又没有沉溺于历史细节。她站在现实立场，基于当下处境对特殊时期辽河口地区历史的书写，不仅还原了历史情境，又表达了历史关怀，更承担起了属于作家的历史责任与社会担当。《辽河渡1931—1945》的历史不只是对地方性经验的复原，更是对中国历史书写传统的复兴。作家在"保卫历史"的同时，也成就着新的历史。

《辽河渡1931—1945》向我们展示了一种历史书写的可能性。当我们努力为自己的文学想象填充历史细节，并力图以此再现历史的时候，是否意识到历史本身才应该是书写的主体。当我们无法借文学想象表现历史的时候，地方志实际上已经为我们提供了一种再现历史的可能。在中国，地方志素有"一方全史"之称。其所记内容涉及特定区域的"地理之沿革，疆域之广袤，政治之消长，经济之隆替，风俗之良窳，教育之盛衰，交通之修阻，与遗献之多寡（朱士嘉《中国地方志总录·序》）。"[2]由于地方志介于国史与家谱之间，其所记录的自然地理、政事旧闻、风俗民情、奇闻轶事，通常能在正史之外帮助我们补充历史细节，复原历史现场，这使地方志不仅

---

[1] 刘大先：《必须保卫历史》，《文艺报》2017年4月5日第3版。

[2] 转引自王丽娜：《甘肃地方志源流述要》，《西北师大学报（社会科学版）》1989年第6期。

具有史料价值，而且具有很强的文学价值。中国小说在源头处就与
"史"有密切联系，地方志更是当代作家历史书写时重要的创作资
源。它们不仅能充实小说的文本内容，而且借助地方志的地方性事
物，作家也能塑造出"众多铭刻着独异地方风情与生命气质的经典
空间意象。"①可以说，杨春风的《辽河渡1931—1945》正是一种将地
方志内容融入历史书写的有效尝试。

---

① 周保欣：《"史地之学"与当代小说的方志性问题》，《创作与评论》2019
年第3期。

抗争意识与改革精神

——论津子围的小说中的东北

◎陈祉如

　　作家津子围专注于东北往事的书写，立足当下讲述东北这片土地的历史记忆，他在历史叙事中挖掘和呈现东北的精神与品格，试图以文学的方式打破外界对东北的刻板认知，重塑外界对东北的想象。

　　国民政府的怯懦和退缩，让国人形成了东北人怯战、将大好河山拱手让人的既定认知，而在经济转型的过程中，东北经历了改革的阵痛，地方经济一度萎靡，给人留下了东北人缺乏改革精神、东北人因观念的保守和陈旧而不适应市场经济的印象。在津子围的作品中我们看到，国民政府的怯懦不代表东北人民的软弱，"九一八"之后，东北民间的抗战始终暗流涌动，东北人民在抗争过程中的巨大牺牲和不屈不挠的精神品格不应被历史忘记。而在经济转轨的过程中，很多东北人头脑灵活，行为果敢，在改革开放的大潮中书写了很多商界神话和经营传奇，这些改革的先锋也需要我们铭记。津子围的创作聚焦于东北人在抗战中的挣扎与觉醒，以及世纪之交东北改革的阵痛与拼搏，通过历史的重述还原东北真实的历史面貌，呈现了东北人的抗争意识与改革精神。

津子围对东北人抗日的书写，表现了东北民众在日本殖民统治下的痛苦挣扎以及精神的觉醒，从普通人的角度观察和书写这场战争，表现了战争的残酷，同时也凸显了东北军民在抗日战争中的坚定意志。津子围善于表现普通人在战争中的不幸遭遇，通过这样的书写，呈现抗日战争时期东北人苦难的处境以及反抗的艰难。在《老白家豆腐》中，老白和他的哑巴媳妇在当地知名度很高，人们总是调侃老白和他的媳妇。但是一切在日军入侵小镇之后改变了，当老白回到后沟，想把生了儿子的喜讯分享给大家时，发现小镇里的人变得十分冷漠。他们不再关心别人家的事，整个小镇都被殖民统治的阴霾所笼罩。老白的媳妇怕被日本兵欺负，忍住身体和心理的痛苦，用烧红的炉钩子烫了自己的脸。老侼子的父亲因为发烧，被日本人认为患有传染病，他们用火将老侼子的父亲活活烧死。侥幸活下来的老侼子目睹了父亲被大火吞噬，心中留下了难以抚平的伤痛，并种下了仇恨的种子。在《长在黑发的野花》中，父亲给凤子定了娃娃亲，凤子时常想象与二宝重逢的画面，二宝也给凤子留下礼物，承诺会来接她。但是凤子对于未来的美好想象被侵略者打破了，她被两个日本兵玷污了，并且事发之后还被日本侵略者以风化日军的罪名拘押，凤子从此变得疯疯癫癫。日本侵略者不仅侵占了东北的土地，也给这些东北人的心灵带来了巨大的伤害。

　　津子围书写抗战的历史，并没有止步于呈现战争带给民族的疼痛，也呈现了东北人经历创痛后的改变，表现了东北人的觉醒与抗争。在《长在黑发里的野花》中，凤子的悲剧给村民以巨大的精神冲击，让其认清侵略者的邪恶本质，并以眼还眼，给予敌人以致命一击。为了报复日本兵的恶行，有人挖空了桥的路基，颠覆了日本人运送弹药的火车。在《老白家豆腐》中，日本侵略者的野蛮行径让老侼子这个东北少年在心中埋下了巨大的仇恨，让他在心中燃起了复仇的火焰，使他在恰当的时候，对侵略者发起了勇敢的冲锋，老佟子在老白和日本移民比赛做豆腐的过程中，在豆腐中下药，试图毒杀这些恶魔，为父报仇。在《十月的土地》中，作者讲述了发生在从民国初年到抗战时期东北的历史，作品将章氏家族的命运与民族抗战史相结合，还原了东北大地的这段峥嵘岁月。章家从关内来到东北，披荆斩棘，开荒拓土，土地赋予了他们在艰难岁月中无惧无畏的底气。当日本关东军侵略东北时，不仅侵占东北的矿产，也占有东北的土地，这让章家失去了生存的保障，章家人对土地的坚守成为他们抗日的动力，家族的命运与国家的命运联系在一起，他们为土地而战，章家的孩子纷纷参加抗日的队伍，用生命捍卫自己的土地。

《裂纹虎牙》讲述了抗日战争时期东北的民间英雄的抗日传奇。小说中，日本人在围剿抗日队伍的时候，撞到了当地的猎户常佩祥，将他带回镇子上打断了他的肋骨。常佩祥奄奄一息，在被赎回来之后含恨而死。面对日本侵略者对亲人生命的肆意践踏，常佩祥的养子狗剩儿展开了他的复仇。他袭击日本兵营，将日本参军官在家中暗杀，在火车站击毙日本站长和伪满警察。日本宪兵队曾多次对狗剩儿进行围剿，但都失败了，并且损失惨重，狗剩儿的传奇事迹在山民间流传。后来五个神秘的日本狙击手来到细林河，他们设计了五套围剿狗剩儿的计划，经过三天的战斗，狗剩儿在给予敌方重创后英勇牺牲。小说以民间传奇的方式讲述了抗日英雄狗剩儿的抗日事迹，表现了东北民众在抗日战争时期的英勇反抗。

《在河面上行走》讲述了一群特殊的东北人的抗战。小说的主人公马麟是一个吸食大烟的落魄少爷，他在街上看到抗日救国军的队伍，被这种爱国精神所感染。马麟决定参军，并动员了一群烟友共赴国难，这些烟友纷纷响应，他们希望加入救国军去改变别人对他们的看法。之后"秧子"们也加入马麟的队伍，这支队伍中有街头上扎纸活的，还有卖豆腐的、算命的和要饭的……他们不是训练有素的抗日队伍，只是普通人，其中还有无所事事的烟鬼和乞丐，但他们在掩护救国军的过程中起到了十分重要的作用。"秧子"特别抗日队在与日军对战时，面对日军雨点般的炮弹时万分恐惧，但他们没有退缩，他们打红了眼，在战斗中慷慨赴死。津子围在抗日战争的书写中没有着意刻画正规军队，他将目光投注到那些普通人身上，还将目光放在那些曾经恶贯满盈的烟鬼身上。这些人参与抗日行动并不是出于个人的爱国觉悟，而是被社会上抗日氛围所感染，通过这样的书写，津子围表现了彼时东北大地上普遍的抗战意愿，表现了东北人守护家乡的勇气与热情。

近年来，在影视作品和文学作品中，东北在经济转轨过程中的失意与伤痛被反复书写和表现，这些反映东北落魄境遇的作品呈现了改革年代东北的疼痛与不易，为东北争取了很多的理解和同情，但这样的书写也在一定程度上加剧了外界对东北保守落后的想象，也让东北受到了很多的批评和质疑。实际上，东北人并不拒斥改革，而且乐于接受挑战，在改革开放之初，就有着众多的东北人勇敢地接受时代的召唤，积极地投身改革开放的浪潮，推动了改革开放的历史进程。津子围在作品中，就塑造了很多这样的人物，正是这些勇敢的人物，为东北的发展做出了许多探索，取得了很多成绩，书写了很多传奇，使东北的社会面貌产生了巨大的变化。

津子围的《我家的保姆梦游》，书写了机关处长林大辉的创业故事。原来在机关当处长的他，生活顺风顺水，波澜不惊，但他不满于机关古板单调的工作，希望到企业接受历练。在成功接手之后，他励精图治，积极清理工厂的债务，对工厂的生产和管理机制进行改革，并联络外商以建立新的销售网络，以图工厂销售业绩的更进一步。作为工厂的管理者，他顺应时代发展的趋势为工厂招商引资，采取一系列的措施，希望为重机厂注入新的活力。虽然最后工厂积重难返，他的改革无力回天，但他积极的探索精神和坚定的改革信念，给人留下了深刻的印象。

津子围的长篇小说《残局》，以机关科员吴文翼的下海经商为线索，以20世纪90年代的经济转型为大背景，描摹了在经济转型中普通人的生存状态和心理状态。在改革开放的背景下，主人公吴文翼不甘心在机关过那种无所事事的生活，毅然脱离岗位，下海经商，投身各种商业活动，对外贸易、"对缝儿"、海外投资，驰骋于改革的年代，遨游于莫测的商海，虽然主人公没有取得商业上的成功，但他的尝试与探索展现了东北人敏锐的商业嗅觉和敢为人先的气魄和胆量。当然，津子围的冷静和理性决定了他不仅表现了东北人在商场中的积极姿态，另一方面也揭示了商战的残酷和改革初期商界的混乱。一些人在商海中变得一无所有，一些人在商海中丧失了自己的良知，津子围对改革年代的呈现是全方位的，有激情蓬勃的一面，也有波涛汹涌的一面，有的人物对金钱痴迷般追逐，有的人物在生活中纵情声色，也有人在商海中积极进取，敢为人先。可以说，《残局》客观地记录了商品经济浪潮中东北社会的状态，以及东北人的生存状态，是东北改革年代的历史见证。小说在展示真实的商场生态的同时，也展现了东北人积极探索，奋勇向前的改革精神。

相比《我家的保姆梦游》和《残局》中主人公拼搏之后的惨淡收场，津子围的《残商》则表现了东北人在商场失利后的顽强与重新起航。《残商》以主人公曾思铭、杨萦等在改革开放时进入商海打拼的经历展开故事的叙述，他们以敏锐的商业嗅觉去发现商机，并且为之持续地努力，尽管在他们拼搏的过程中充满许多荆棘与坎坷，结局也不尽如人意，但他们始终没有放弃心中的梦想，小说结尾处，他们重整旗鼓，燃起了成功的希望。津子围在小说中塑造了在商海中奋力前行、百折不挠的东北人形象，并且在结尾表明了光明终将取代黑暗的美好愿景。

津子围以客观理性的眼光去记录和还原抗日战争时期和世纪之交改革过程中的东北大地，他以文学的形式呈现这片黑土地的落寞与荣光，不仅表现了抗战和转型时期东北的艰难与疼痛，更重要的是表现了东北人保家卫国的抗争意识和努力奋进的改革精神，塑造了众多在压迫中无所畏惧的反抗者形象，以及在商场中奋勇拼搏的奋斗者形象，展现了东北人在抗日战争中英勇奋战的一面，以及在经济转型过程中积极进取的一面，对重塑外界对东北的想象做出了积极的贡献。

镌刻记忆的"毛边"

——论双雪涛、班宇、郑执的东北叙事

◎梁　海

一

近年来，双雪涛、班宇、郑执三位东北作家的文学创作格外引人注目，他们在较短的时间内快速进入我们的视野。他们的作品在《收获》发表，斩获诸多文学奖项。李陀、王德威、孟繁华、张学昕、刘大先、黄平、丛治辰、刘岩等著名作家、学者纷纷撰文从不同角度对这些作家展开了研讨，甚至引发了学术争论。同时，他们的影响并非小众，《刺杀小说家》（双雪涛）、《我在时间尽头等你》（郑执）、《逍遥游》（班宇）、《平原上的摩西》（双雪涛）都被改编成电影，部分还在贺岁档上映，呈现出他们在纯文学领域和大众文化场域的双重影响。可以说，他们的文学创作在短时间内集中"炸裂"，无疑构成了一个文学事件。

在我看来，构建这一文学事件的根本原因在于，三位作家高密度的"同质性"。他们年龄相仿，均生于20世纪80年代的初中期；都是沈阳人，且出身于下岗工人家庭；与韩寒、郭敬明、张悦然、

笛安等早已成名的"80后"作家相比，他们的文学出道较晚，是在2015年之后散点状的集中爆发；他们创作的题材多为东北叙事，"甚至具体聚焦到沈阳铁西区下岗工人及其子女一代的故事"。①他们在创作手法上也有很多相似之处，比如悬疑叙事，比如"子一代"的叙述视角，比如现实主义底色与先锋叙事的杂糅，等等；这些"同质性"因素以不谋而合的方式"捆绑"到一起，形成了"形散而神不散"的奇妙组合。而黄平"新东北作家群"②的命名，更是对这一文学事件的持续热效起到了推波助澜的作用，在比照视域中让20世纪30年代那批用生命激情书写东北黑土地，书写铁蹄下人民抗争的"东北作家群"，为当下的"新东北作家群"奠定了不可忽视的高度。此外，这一文学事件也与发生在纯文学场域之外，如火如荼的东北叙事有着紧密的关联。近年来，以东北下岗群体为表达对象的影视作品频频出现，张猛《钢的琴》、刁亦南《白日焰火》、张大磊《八月》等，都讲述了发生在"锈化地带"的故事，并赢得海内外各类电影奖项。王兵执导的纪录片《铁西区》，更是在长达九个小时的时间里，向我们全方位展示了沈阳铁西区。而董宝石《野狼DISCO》和柳爽《漠河舞厅》两支火遍大江南北的单曲，再次将东北推向大众文化的核心。这些被称为"东北文艺复兴"的文艺创作，与三位作家形成了一种互文性的指涉。双雪涛曾谈到他的创作受到《白日焰火》的影响③。班宇也明确表示自己受到《铁西区》的影响，而董宝

---

① 刘大先：《东北书写的历史化与当代化——以"铁西三剑客为中心"》，《扬子江评论》2020年第4期。

② 黄平在《"新东北作家群"论纲》（《吉林大学社会科学学报》2020年第1期）一文中提出"新东北作家群"这一概念。指出"新东北作家群"，概指双雪涛、班宇、郑执等一批近年来出现的东北青年作家，称之为"群"，在于他们分享着近似的主题与风格。

③ 双雪涛，三色堇：《写小说是为了证明自己不庸俗》，《北京青年报》2016年9月22日。

石则坦承他的音乐受到班宇小说的启发。[①]由此看出，这一文学事件是在文学场域内外诸多因素的共同发酵下引发的。

如此说来，这一文学事件的确值得我们深入思考。为什么三位作家不约而同在题材、叙事手法上呈现出"同质化"的倾向？难道仅仅是因为他们以文学形式有意识地对"东北文艺复兴"做出呼应吗？我认为，并非如此。三位作家以"子一代"的目光去打量他们的父辈，去讲述他们父辈的故事，显然发出的是来自下岗工人阶层"共同体"内部的声音，这就有别于《铁西区》等东北影像叙事。王兵拍摄《铁西区》的初衷，是要以罗兰·巴特所说的"零度写作"方式为我们客观再现事实，即"写作，就是使我们的身体在其中销声匿迹的中性体。"[②]在此，只有镜头下的真实，除了真实，就是冷峻，没有任何评判，就是要单纯地呈现东北老工业基地在20世纪90年代苍凉的剪影。然而，高度真实却在另一层面，"以孤立封闭的工业生产及其简单再生产的空间"，塑造了"东北=老工业区"的认知谬误。[③]这种认知谬误，极易陷入消费社会景观化的泥沼，似乎锈迹斑斑的厂区、凌乱肮脏的艳粉街就是东北城市的全景画卷。从这一角度上来看，双雪涛、班宇和郑执的东北叙事便有了特别的意义。作为东北人讲述的东北故事，他们以共同体内部的视角，过滤掉了消费主义时代景观文化强加在东北工人头上的集体想象，以"子一代"的亲缘目光，去审视他们的父辈在国企工人群体面临瓦解的危机时刻，所遭遇的身份困惑和精神危机，钩沉出社会转型期政治经

---

① 《董宝石对话班宇：野狼disco不是终点，我要用老舅构建东北神奇宇宙》，GQ Talk，2019年10月9日。

② ［法］罗兰·巴特：《作者的死亡》，《罗兰·巴特随笔选》，怀宇译，天津：百花文艺出版社2005年版，第294页。

③ 参见刘岩：《双雪涛的小说与当代中国老工业区的悬疑叙事——以〈平原上的摩西〉为中心》，《文艺研究》2018年第12期。刘岩：《世纪之交的东北经验、反自动化书写与一座小说城的崛起——双雪涛、班宇、郑执沈阳叙事综论》，《文艺争鸣》2019年第11期。

济文化的样貌，提供给我们一个时代整体性的精神"档案"。

作为时代创伤亲历者的后代，三位作家所书写的集体记忆无疑是一种创伤记忆。关于创伤记忆，弗洛伊德曾指出其具有延迟性的特征。美国学者凯西·卡鲁斯进一步提出创伤代际传递的观点，即创伤亲历者的延迟性记忆，会通过各种途径传递给他们的"子一代"，由"子一代"代为讲述。玛丽安·赫什在此基础上提出了后记忆理论，"我发展的这个概念（后记忆）是有关大屠杀幸存者的孩子们的，但是我相信它也可以很有效地描述其他的文化创伤或者集体创伤事件的第二代人的记忆。"①实际上，无论是创伤记忆的延迟性，还是代际传递，抑或"后记忆"，都强调创伤记忆在亲历者身上的"休克式"体验在"子一代"身上的苏醒。从这一视角来看，双雪涛、班宇、郑执的东北叙事正是复刻他们父辈的创伤记忆。这是东北老工业基地下岗大潮时隔二十年之后的记忆复苏和冷静审视。双雪涛说："东北人下岗时，东北三省上百万人下岗，而且都是青壮劳力，是很可怕的。那时抢五块钱就把人弄死了，这些人找不到地方挣钱，出了很大问题，但这段历史被遮蔽了，很多人不写。我想，那就我来吧。"②班宇说："我对工人这一群体非常熟悉，这些形象出自我的父辈，或者他们的朋友。他们的部分青春与改革开放关系密切，所以其命运或许可以成为时代的一种注脚。"③郑执也说："故事里面写的，大多数也是我看到的生活的状态。"④由此看出，三位作家所谓"不谋而合"的东北叙事，恰恰印证了赫什等人的后记忆理论，

① Marianne Hirsch：Family Frames：Photograph，Narrative，and Postmemory，Cambridge，MA：Harvard University Press，1997，22.

② 许智博：《双雪涛：作家的"一"就是一把枯燥的椅子，还是硬的》，《南都周刊》2017年6月3日。

③ 朱蓉婷：《班宇：我更愿意对小说本质进行一些探寻》，《南方都市报》2019年5月26日。

④ 郑筱诗：《对谈郑执：东北往事里的父辈与迷信》，《三联生活周刊》2020年11月3日。

他们将父辈的创伤体验整饬为带有共通性的集体记忆。

20世纪90年代中后期，对于许多东北人是难忘的。商业化大潮席卷而来，市场扩张的重要内容表现为"非国有化"，那些曾经以国家主人翁自居的国有企业工人，忽然沦为了失业的边缘人。身份的置换和经济来源的丧失，给他们自身、家庭乃至整个社会带来巨大的伤痛，深刻地影响着他们的"子一代"。以至于二十多年后，延迟的创伤记忆开始在"子一代"身上发酵，引发了他们强烈的创作冲动。他们的记忆书写，不仅再现了那段历史，更重要的是，历史在记忆的修辞中呈现出道德和时代的内涵，让我们以当下的目光去审视那段历史。而创伤自带的强烈冲击力，使得作家们必须利用叙事艺术，在形式层面上反映创伤的后果，由此，他们的文本呈现出的便不单单是记住了什么，还有为什么记住，以及其中蕴含的相关政治、伦理和美学的问题。所有这些都让我们看到三位作家创作的现实意义，毕竟，承载着前代创伤记忆的"子一代"如何面对历史与未来，是我们这个时代最紧迫的话题之一。

二

法国精神病学家皮埃尔·贾内曾指出，记忆最擅长处理的并不是具体的事件，而是经历的内涵和与之相关的情感。[1]这一点，在三位东北作家的创伤记忆书写中得到了充分的印证。他们的东北叙事并不是要去再现那段历史，而是着力于呈现创伤发酵之后的情感。作为"子一代"，在所有的伤痛中，亲情的缺失是他们记忆中难以触碰的痛点。双雪涛《大师》《光明堂》和班宇《盘锦豹子》《双河》

---

[1] Van der Kolk, Bessel A., and Onno Van der Hart. "The intrusive past: The flexibility of memory and the engraving of trauma." Trauma: Explorations in memory. Ed. Cathy Caruth. Baltimore: The Johns Hopkins University Press, 1995. 158-82.

《渠潮》等都写到父母抛弃年幼的孩子，不顾基本的家庭伦理、亲情伦理，离家逃逸的不负责任行为。《盘锦豹子》中孙旭东的母亲打麻将成瘾，在他上小学三年级时与人私奔，到外地后还向家里借钱，开麻将社，结果赔得血本无归。为了生计，她又偷偷将丈夫的房子卖掉抵债，全然不顾孙旭东父子的死活。《光明堂》中，父亲丢下12岁的"我"离家出走。《蒙地卡罗食人记》（郑执）中老姨夫不仅骗取"我"的钱财，还为了争夺黄金，试图杀死自己的妻子。《大路》（双雪涛）中父母双亡的"我"只能投靠唯一的亲人——叔叔。但叔叔对我毫无关爱，经常拳脚相加，"我吃过拳头，挨过皮带，也曾经在冬天的夜晚在院子站过一整夜"[1]。我被送到技工学校，当16岁的"我"再次回到这个家时，叔叔的态度依然冷若冰霜。

> 当时叔叔正在看报纸，他抬眼看着我，看了半天，说："你壮了一圈。"我说："是，要干活。"他说："可能现在我都不是你的对手。"我说："有可能，但是没这个必要。"他想了想说："你有什么打算？"我说："到街上走走，看看有什么机会。"他点了点头说："你还愿意住在这儿吗？"我说："算了，我已经十六岁了，能自己照顾自己，只是需要一点儿本钱。"他说："本钱我没有，但是你可以在我家里拿点儿东西，你看什么东西你能用得上就拿走，不用客气。"……他自始至终没有说话，只是静静地看着我，在我走出房门后，我听见他站了起来，把门反锁上了。[2]

这是一段耐人寻味的对话。多年未见，叔叔对"我"没有丝毫关心，倒是有些许担心，害怕身强力壮的"我"会用暴力报复他。

---

① 双雪涛：《平原上的摩西》，天津：百花文艺出版社2016年版，第176页。
② 双雪涛：《平原上的摩西》，天津：百花文艺出版社2016年版，第177页。

当他得知"我"不再住在家里后，便如同对待一个乞丐一样，立刻反锁上门。亲情就像屋檐下的冰溜子，握在手里是透心的寒冷。当然，异化的亲情也并非全然表现为这样冷酷的绝情。有时，它会摇身一变为一种以爱之名的压制。《仙症》（郑执）中"我"患有严重的口吃，父母根本不考虑"我"的心理感受，用各种离奇的方式展开治疗，"舌根被人用通电的钳子烫糊过，喝过用蝼蛄皮熬水的偏方，口腔含满碎石子读拼音表，一碗一碗吐黑血。直到后来我已坦然接受自己背负终生的耻辱时，我爸妈却已经折磨我成瘾，或者他们是乐于折磨自己。"[①]由此，"我"的逆反更加深了与父母关系的紧张，"我恨这个家，恨我爸妈，恨我自己。我以后不会再回来了。"[②]在一定程度上，这种畸形的亲情伦理是由下岗带来的贫困与苦难所导致的，正如美国心理学家朱迪斯·赫曼所说："创伤事件造成人们对一些基本人际关系产生怀疑。它撕裂了家庭、朋友、情人、社群的依附关系，它粉碎了借由建立和维系与他人关系所架构起来的自我，它破坏了将人类经验赋予意义的信念体系，违背了受害者对大自然规律或上帝旨意的信仰，并将受害者丢入充满生存危机的深渊中。"[③]贫困是亲情异化的直接导火索，在以生存为第一要位的底层生存伦理中，亲情在苦难长期的煎熬下发生残酷的"病变"，深深地焊接到"子一代"的记忆中枢。

实际上，这种生发于家庭的精神痛苦并非最残酷的，来自外部世界的压力和歧视，造成了"子一代"心灵更加难以愈合的伤痛。"创伤事件的主要影响，不只在自我的心理层面，也在联结个人与社群的依附与意义系统上。创伤事件破坏了受害者对环境安全、正面

---

① 郑执：《仙症》，北京：北京日报出版社2020年版，第33页。

② 郑执：《仙症》，北京：北京日报出版社2020年版，第28页。

③ Herman, Judith Lewis. Trauma and recovery. New York: Basic Books, 1997. 57.

自我评价和天地万物合理秩序的基本认定。"①三位作家笔下的"子一代"多数正处于懵懂的青春期，他们不仅渴望家庭的呵护，更渴望社会的认可，这种正常的心理预期一旦被打破，必然会造成他们终生难愈的心理创伤。《聋哑时代》（双雪涛）中，"我"是一名在老师眼里"扶不上墙"②的初中生。之所以被老师鄙视，不是因为"我"有多么愚笨、多么顽劣，而是因为"我"的工人出身。为此，"我"加倍努力，为的是为工人阶级正名，"证明给她看，我有个工人阶级遗传的好脑袋"。③然而，命运并没有因此放弃对"我"的打击，"我"第一名的成绩在老师轻描淡写的几句话中被篡改，与此相关的新加坡留学资格也被剥夺。不公正的待遇让"我"的身心受到了极大创伤，又无法找到倾诉和倚靠的对象，即使是自己的父母。因为我知道向父母诉苦，只会"更加印证他们人生大部分时候都是无能为力的"。④而老师之所以敢明目张胆地剥夺"我"应得的权益，很大程度上也归咎于"我"家庭的无权无势。一个工人阶级家庭出身的孩子，在青春懵懂岁月便埋藏了源自身份认同的创伤记忆。这种记忆既是亲历，又来自代际传递。作为"后记忆"一代，文本中"我"受到的伤害，归根到底来自父母在体制改革后的身份缺失。毕竟，"历史和创伤一样从来就不仅仅属于某人自己，历史原本就是我们被牵连进彼此的创伤方式。"⑤从这一层面来看，《聋哑时代》书写的创伤记忆是国企工人群体及其文化被时代遗弃后的代际传递。

实际上，对于下岗工人群体在重构他们身份认同中的遭际，还有他们寻找情感和归属的意愿，被尊重的渴望以及自我实现的需求，

① Herman, Judith Lewis. Trauma and recovery. New York: Basic Books, 1997. 51.

② 双雪涛：《聋哑时代》，北京：北京十月文艺出版社2016年版，第32页。

③ 双雪涛：《聋哑时代》，北京：北京十月文艺出版社2016年版，第32页。

④ 双雪涛：《聋哑时代》，北京：北京十月文艺出版社2016年版，第165页。

⑤ Caruth, Unclaimed Experiences: Trauma, Narrative and History. Baltimore and Londen: Johns Hopkins University Press, 1996, 24.

始终是三位作家创伤记忆的书写主题。双雪涛的第一篇小说《翅鬼》虚构了一个长着翅膀的异类种族，他们不断地反抗压迫，希望有一天能够自由飞翔，最终用生命换来自由和尊严。文本开篇的第一句便是："我的名字叫默，这个名字是从萧朗那买的。"[①]以色列学者阿维夏伊·玛格丽特曾指出："记住她的芳名，不如说依赖于人害怕被遗忘而需要记住名字的事实。"[②]可以说，名字的意义便在于为了证明自身的存在，为了不被遗忘，为了在时间的长河里最大可能确认自我的意义。在《翅鬼》最初的创作构思中，"双雪涛在又大又薄的信纸上随意写着自己想到的词语，'井''峡谷''翅膀''宫殿'，但这些词语并没有产生有效的灵感启动，直到一个叫作'名字'的词语出现"[③]才打开了《翅鬼》的故事灵感。不仅如此，在《翅鬼》中，双雪涛还借小说人物之口，反复强调名字的重要性。

> 你有了名字，等你死的那天，坟上就能写上一个黑色的"默"字。走过路过的就会都知道，这地方埋着一堆骨头，曾经叫"默"，这骨头就有了生气，一般人不敢动它一动，你要是没有名字，过不了多久你的坟和你的骨头就能被踩成平地了，你想想吧，就因为没有名字，你的骨头就会被人踩碎粘在脚底，你不为现在的你着想，你也得为你以后的骨头着想。[④]

> 那个我和萧朗挖的出口，现在长出了一棵梨树，好大的一棵。我看到那棵树便想起来萧朗跟我说的两句话，一句是："你有了名字，等你死的那天，坟上就能写上一个黑

---

① 双雪涛：《翅鬼》，广西：广西师范大学出版社2019年版，第5页。

② ［以］阿维夏伊·玛格利特：《记忆的伦理》，贺海仁译，清华大学出版社2015年版，第17页。

③ 赵艺：《"80后"文学的变局——双雪涛小说论》，华东师范大学2019届研究生硕士学位，第12页。

④ 双雪涛：《翅鬼》，广西：广西师范大学出版社2019年版，第6页。

色的'默'字。"①

文本中的这些文字反复诉说着"名字"的重要性，"名字"是证明自身存在的依据，是维系死后尊严的"名片"。记住名字，不是对自身肉体或者灵魂不朽的企盼，而是对消失和被遗忘的恐惧。《翅鬼》中开篇以名字"出场"似乎具有了一定的预言性，预示了双雪涛的写作之路，是为无名者发声，寻求身份认同，捍卫生命尊严。正如他在《翅鬼》的再版序言中所说："到现在为止，这句话还是我写过的最得意的开头，因为它不但使我很快写完了这部六万字的小说，也使我写出了后来的小说，它是我所有小说的开头。"②可以说，对"名字"的思考建构了双雪涛写作一以贯之的叙事策略。

《跷跷板》是双雪涛短篇小说集《飞行家》中的第一篇，也是一篇关于东北老工业基地"下岗潮"创伤记忆书写的典型文本。这篇仅有一万余字的短篇小说被设置了双重叙事结构，外叙事层讲述"我"与刘一朵通过相亲相识，在刘一朵的父亲刘庆革临终之际，"我"在医院陪护刘庆革，意外得知了刘庆革的杀人秘密。内叙事层是刘庆革的讲述。二十多年前，在工厂体制改革之际，他将工厂的看门人，也是他的发小甘沛元杀死，埋在厂区幼儿园的跷跷板下。对于这段创伤记忆，刘庆革在讲述中进行了反复验证。"我上午一直在想当年我车间的那个看门人，怎么也想不起来他叫什么"，"我想起来了，那个人绰号叫干瞪"，"想起来了，他大名叫甘沛元"，③"上次跟你说到甘沛元，这两天我又想起点儿事情"，④"我一口气说完，害怕忘了"。⑤"想起来""想不起来""又想起点事情""害怕忘了"，

① 双雪涛：《翅鬼》，广西：广西师范大学出版社2019年版，第124页。
② 双雪涛：《翅鬼》，广西：广西师范大学出版社2019年版，第2页。
③ 双雪涛：《飞行家》，广西：广西师范大学出版社2017年版，第10页。
④ 双雪涛：《飞行家》，广西：广西师范大学出版社2017年版，第15页。
⑤ 双雪涛：《飞行家》，广西：广西师范大学出版社2017年版，第16页。

正是这些语句的不断反复交错，创伤记忆在叙述中自然地体现出来，记忆成了行为，它不断在重复，努力去恢复事件的全过程。在此，还有一个问题，那就是刘庆革作为事件的施害者，他的记忆是否属于创伤记忆呢？我认为，答案是肯定的。诸多创伤理论表明，创伤事件的施害者也极有可能是既往创伤的受害者。刘庆革是国企改制中少数的受益者，在当时的历史环境中，他的生命财产同样受到暴力威胁，正像他自己所讲述的，是下岗的甘沛元要杀他全家，他才不得已杀人自保。从这一层面来看，刘庆革的记忆无疑带有创伤性质。但是，内叙事层中刘庆革的记忆又充斥着不确定性。这一方面是因为刘庆革的肿瘤已经进入脑部，导致了他记忆衰退和思维混乱，另一方面，则是他要刻意隐藏真正的秘密：他杀死的并不是甘沛元，而是另一位不知名的工人。这一情节的突然反转暴露了创伤记忆特有的矛盾心理："既想要否认那些恐怖事件，同时又想要大声说出来。"[1]而这种矛盾恰恰潜藏着记忆主体潜意识中的记忆意愿，哪些是应该记住的？哪些是可以遗忘的？"历史是没有道德原则的：它只关心事件发生了。但是记忆是有道德的；我们有意记住的是我们的良心记住的内容。"[2]对于刘庆革而言，他记住了杀人的事实，却忘却了死者的名字。他难以忘怀的记忆，显露出他内心尚存的良知和忏悔的意愿；而他忘却的记忆，却在"子一代"身上得以苏醒。最终，"我"将跷跷板下挖出的无名工人的遗骸准备安置到南山的墓地，"居高临下，能够俯瞰半个城"，[3]似乎是在为逝者赢得他生前未曾获得的尊严。这种对无名者的关注，对身份认同的渴求，正是对下岗工人群体的一种缅怀和致敬。文本的最后，双雪涛让我们在东北寒

① Herman, Judith Lewis. Trauma and recovery. New York：Basic Books，1997. 1.

② ［英］安妮·怀特海德：《创伤小说》，李敏译，河南：河南大学出版社2011年版，第79页。

③ 双雪涛：《飞行家》，广西：广西师范大学出版社2017年版，第20页。

冷的冬夜感受到了温暖和被救赎的希望。

> 墓碑上该刻什么，一时想不出，名字也许没有，话总该写上几句。我裹着军大衣蹲在坑边想着，冷风吹动我嘴前的火光，也许我应该去门房的小屋里喝点儿酒暖暖，人生有时候就是这样，痛快地喝点儿酒，让筋骨舒缓，然后一切就都清晰起来了。[①]

记忆有着双重指向：过去和未来。双雪涛、班宇、郑执的创伤记忆书写，不仅回溯了下岗工人阶层的生存困境和他们为身份认同所做的努力和抗争，同时，记忆在"子一代"的延迟、重组中，唤起了一种在"记住"中继续前行的力量。

三

李陀在谈到班宇小说时曾指出，新世纪成长起来的一批青年作家，"很多人都在追求或者倾向于现实主义写作——互相没有什么商量，也没有什么约定，可他们是这样一拨人，这样一个写作群体：不约而同，大家一起拿作品说话，一起努力来改变自80年代以来形成的文学潮流；这形成了一个越来越清晰的声音，当代文学该出现一个新格局了。"[②]的确，双雪涛、班宇、郑执的写作都具有现实主义底色，正像李陀对《逍遥游》所做的分析，"分布和蔓延在小说里的大量细节，这些细节不但数量多，相当繁密，个个都有很高的质地和能量"，"有一种把一种难以分析、难以说明、十足暧昧的'原生

---

① 双雪涛：《飞行家》，广西：广西师范大学出版社2017年版，第20页。
② 李陀：《沉重的逍遥游——细读〈逍遥游〉中的"穷二代"形象并及复兴现实主义》，进步网，2019年5月16日。

态'生活'原封不动'地摆在了我们眼前的努力"。①从经典现实主
义理论来看，客观再现社会现实是现实主义最根本的意义，由此，
班宇们的努力显然是现实主义文学的一种表征。但是，在另一方面，
由于创伤记忆具有延迟性、重复性和不稳定性的特点，使得作家们
又必须使用现代主义、后现代主义的创作手法，也就是说，内容决
定了形式。班宇曾说："我倾向于将记忆也看作是技巧的一部分，它
本身也是加工的产物。"②由创伤造成的记忆编码错乱，会引发记忆的
闪回，甚至是不断重复的梦魇，使得创伤叙事往往"携带着一种使
它抵抗叙事结构和线性时间的精确力量"，形成"与传统的直线顺序
相分离的文学形式"，③由此看来，创伤记忆形式上的特点及其在叙事
中的转换，无疑丰富了现实主义文学的形式与内涵，引发现实主义
写作层面上的创新，"我们或许会有一个新的视野，新的面向，甚至
有一个关于现实主义的完全不同的地图。"④

　　基于创伤记忆的肌理特征，三位作家在写作手法上往往以碎片
化的空间叙事和互文性的叙述结构，作为打开创伤最主要的方式。
法国历史学家皮埃尔·诺拉就强调过记忆与空间之间的紧密联系，
他指出"记忆的空间构成了一部象征性的地形学的组成部分，对集
体身份的形成具有决定意义。……从某种意义上说，没有自然发生
的记忆，记忆的空间故意地或有意识地赋予了地点以象征意义。为
了将一个物质的地点转换为一个记忆的地点，必须有一种人类的

---

① 李陀：《沉重的逍遥游——细读〈逍遥游〉中的"穷二代"形象并及复兴现实主义》，进步网，2019年5月16日。

② 丁杨：《班宇：记忆也是写作技巧的一部分》，《中华读书报》2019年7月25日。

③ ［英］安妮·怀特海德：《创伤小说》，李敏译，河南：河南大学出版社2011年版，第5页。

④ 李陀：《沉重的逍遥游——细读〈逍遥游〉中的"穷二代"形象并及复兴现实主义》，进步网，2019年5月16日。

'记忆意愿'。"①也就是说，空间常常承载某种象征性的喻指，而这种喻指则是记忆主体有意识的选择，呈现着记忆主体见证历史的视角，以及重构当下的意愿。在双雪涛、班宇、郑执的东北叙事中，随处可见破败的工厂、凌乱的车间、肮脏杂乱的贫民窟，还有学校、歌舞厅、网吧、台球馆、麻将馆、体育场、教堂等空间坐标，他们将记忆的碎片重新组装起来，让历史的瓦砾讲述一代人的生存境遇。其中，工厂作为下岗工人"子一代"最深切的记忆符码，也成为他们小说中最常见的空间意象。在他们的笔下，"工厂"的含义远不止于生产货物的工业建筑物，而是工人阶级浮沉变迁的空间性表征。在计划经济时代，工厂是"铁饭碗"的代名词，是富庶与身份的象征。他们的小说里不乏对工厂辉煌剪影的追忆："厂内业务繁忙，气氛火热，日夜开工，各级工种福利待遇都有上调，勾兑的汽水随便喝，午饭天天都有熘肉段。"②计划经济制度下相对稳定的生产与人事机制，孵化出"工厂—家"两点一线的作息规律，以及"工民一体化"的居民生态模式。然而，这种稳定安逸的生存方式滋生了人的惰性，以至于当时代转型扑面而来之际，许多人被突如其来的变故搞得措手不及。"大家原本都觉得，工厂是自然而然存在的，但忽然之间，生活景观开始崩塌。"③班宇在《空中道路》的结尾以马尔克斯式的叙述语言描绘了变革降临前夕毫无心理准备的人们。"那时，他们都还没有意识到，这是一个多么悠长的夜晚，他们两手空空，陡然轻松，走在梦里，走在天上，甚至无须背负影子的重量。"④改革后的工厂不再是他们惬意而温馨的工作场所。"空旷的车间里，经常有

---

① ［英］安妮·怀特海德：《创伤小说》，李敏译，河南：河南大学出版社2011年版，第59–60页。

② 班宇：《冬泳》，上海：上海三联书店2018年版，第14页。

③《在铁西寻找班宇：易烊千玺和李健都是他的粉丝》http://www.inews-week.cn/people/2019–12–09/7958.shtml

④ 班宇：《冬泳》，上海：上海三联书店2018年版，第135页。

重物坠地的声音长久回荡，所有人比从前要更加沉默、辛苦"①。《梯形夕阳》（班宇）里，下岗职工漫无目的地绕着工厂骑行，厂区一片萧条，"电厂里遍布着清晰的废气味道……厂房锈迹斑斑，挂着木牌的锅炉车间和燃料车间紧紧相邻，两者之间只缺一条细细的导火索，便可以一并灰飞烟灭。"②偌大的工厂运转停滞，只有留守的大爷在谈天或扫地，那些扫帚所扬起的纸屑、烟头、尘土，甚至纸钱，宛如漫天的灰烬，"说是为工厂送葬，倒不如说是给自己出殡"。③面对巨大的变革，工厂承载了个体无处安放的焦虑与诉求，同时，也潜藏着一个时代的凋零和集体的阵痛。

除工厂外，以"工人村"等为代表的生活区域也是三位作家小说中重要的记忆空间场域。与规整划一的工厂相比，布局纷乱、鱼龙混杂的工人村，展现了特定时代背景下的下岗工人群体的日常活动。这里承载着他们的集体记忆，也成为作家们讲述这段历史的空间出发地。班宇就在今昔对比中，将工人村当下一系列破败的意象连缀起来，将物理空间的压抑内化为心理空间的异化。工人村"位于城市的最西方，铁路和一道布满油污的水渠将其与外界隔开。顾名思义，工人聚居之地，村落一般的建筑群，20世纪50年代开始兴建，只几年间，马车道变成人行横道，菜窖变成苏式三层小楼，倒骑驴变成了有轨电车，一派欣欣向荣之景。"然而，"进入80年代后，新式住宅鳞次栉比，工人村逐渐成为落后的典型。"④尤其是国企改革之后，工人村更显破败，临街旧楼里的一层大多租给做买卖的做门市，有烧烤店，卖司机盒饭的小餐馆，暗地里提供"特殊服务"的足疗店，还有兜售假古董的古董店。在这些阴暗的藏污纳垢的空间里，工人阶级光荣的历史与现实的落寞形成了巨大的反差，而物质

---

① 班宇：《冬泳》，上海：上海三联书店2018年版，第133页。
② 班宇：《冬泳》，上海：上海三联书店2018年版，第149页。
③ 班宇：《冬泳》，上海：上海三联书店2018年版，第140页。
④ 班宇：《冬泳》，上海：上海三联书店2018年版，第174页。

的匮乏更进一步导致了道德的沦丧。在工人村里开古董店的老孙，下乡收货时，被刁蛮的村民软硬兼施，花五百元收购了落款为"东沟村第一副食"的陶罐。受骗的老孙并没有气馁，而是很快完成了角色转换，由"受害人"转变为"施害人"，同样昧着良心，将陶罐推销给信任自己的老者。不难看出，这种人与人之间的相互欺诈，不仅来自生存的压力，同时，也是市场经济等价交换原则所引发的拜金主义所致。集体主义时代工人群体内单纯的生产关系被金钱关系所取代，为了钱可以不择手段。正如老孙发出的感慨，"我们也不怕，反正我们也是鬼，红了眼睛的穷鬼，谁能把谁怎么的吧。"①《鸳鸯》中刘建国和吕秀芬夫妇下岗后，先是推着铁皮车在街边卖水饺，后又加入直销团队兜售小商品，但两次创业均以失败告终。迫于生计，二人在姐夫赵大明的帮助下，开了一家可以提供"特殊服务"的足疗店。赵大明利用自己的警察身份，暗中帮助足疗店非法接客，事后却定期向吕秀芬夫妇索要高昂的"保护费"。在此，源于血缘与家族的亲情早已荡然无存，人与人之间的关系只剩下赤裸裸的等价交换，甚至是借助于权力资本的压榨。班宇以杂糅式的狂欢话语言，营造了与现实不和谐的错位感，由此所有的欺诈、狡黠，甚至卑鄙，都化作这个边缘化下岗群体在失去身份之后，以一种沉沦的方式发出的道德杂音，在嘈杂而变异的俗世生活空间里"发酵"，生发出卑微无奈的人生叹息。

除工人村外，艳粉街以及散落在铁西区的台球厅、歌舞厅、小学校、诊所、体育场等场所，为混杂聚居于此的下岗工人提供了情绪释放空间。《走出格勒》（双雪涛）中的地下台球厅"没有窗户，装有两个硕大的排风扇，里面每天烟雾缭绕，卖一块五一瓶的绿牌儿啤酒和过期的花生豆"。②人们在里面喝酒、打球、谈事儿，当然

---

① 班宇：《冬泳》，上海：上海三联书店2018年版，第182页。
② 双雪涛：《平原上的摩西》，天津：百花文艺出版社2016年版，第187页。

也会发生暴力冲突，肮脏、龌龊、刺鼻的气息混杂着血腥弥散在空气里，是那两扇硕大的排气扇永远无法排除的。《工人村》（班宇）中，隐藏在一个叫作"通天网苑"的网吧里的小赌场，同样也在地下，需要转过肮脏的卫生间，在黑铁门前用暗语沟通方可进入。赌场"看起来更像一个寒酸的游戏厅，陈旧衰败，散发出一点儿腐朽的味道"。①《森中有林》（郑执）里的"穷鬼乐园"与舞厅相邻，客户纷乱复杂，却一度成为奔忙于生计的人们暂时喘息小憩的角落。显然，这些"穷鬼"的娱乐场所都呈现出负向空间的特点：阴暗、污秽而向下纵深，似乎在言说那些无法晾晒在阳光下的生活。小赌场的那扇黑色大铁门像是一道防护栏，将那些无法融入其他群体的人与外界隔离开，让他们在属于"穷鬼"的场域里获得做人的尊严。

与上述娱乐场所不同的是体育场。体育场开阔、明朗，像一个载满阳光的椭圆形摇篮，也是下岗工人的精神家园。《肃杀》（班宇）中的下岗工人肖树斌，只要有沈阳海狮队的主场比赛，都要去体育场看球赛。体育场设有下岗工人的专门看台，在无数球迷组成的沸腾海洋里，肖树斌"挥舞着大旗，像茫茫大海上的开拓者，劈波斩浪，奔向前方"。②对于肖树斌而言，他已经丧失了所有的社会身份，唯有足球这种能够引发荣誉感和归属感的大型体育活动，才能让他重新找到心灵的归属。实际上，何止肖树斌，那些与肖树斌一样的下岗工人都将足球场视为一种类似精神图腾的存在。当车上的球迷看见肖树斌手中疯狂挥舞的旗帜，他们群情激愤，"有人开始轻声哼唱队歌，开始是一个声音，后来又有人怪叫着附和，最终变成一场小规模的合唱，如同一场虔诚的祷告：我们的海狮劈波斩浪，我们的海狮奔向前方，所有的沈阳人都是兄弟姐妹，肩并肩手把手站在你的身边。"③球场代替了工厂，重现了这个群体曾经拥有的热情、活

---

① 班宇：《冬泳》，上海：上海三联书店2018年版，第236页。
② 班宇：《冬泳》，上海：上海三联书店2018年版，第56页。
③ 班宇：《冬泳》，上海：上海三联书店2018年版，第69—70页。

力和对生活的希望，成为他们确立自我身份的场域，凸显出那些缺席的、消逝的、被排挤到边缘的东西，而正是这些东西让他们再一次凝聚成一个群体。正如在电影《钢的琴》中，制造钢琴成为工人们重温旧梦的一种方式。导演张猛说："陈贵林发起的失落阶级的最后一次工作，他们在工作的过程中找到了工作的快乐。"[①]显然，这种快乐不是来自工作本身，而是因为他们又变成了曾经的工友，获得自我身份的一次认同。

在我看来，三位作家笔下一个个貌似不起眼的空间，具有强大的指义性力量。一方面，这些空间是真实历史的见证；另一方面，这些空间又仿佛是一张张零散的照片，拉开了现实与虚构之间的缝隙。工厂、体育场、网吧、小酒馆、歌舞厅，它们与一个时代发生着内在的联系，将物体的现实转移到过去，从而在当下的语境中见证了历史。怀特海德曾指出，烟囱、铁路和火车站等与耶路撒冷、曼彻斯特和罗兹等城市有着隐秘的关联。在小说家的笔下，曼彻斯特被重新想象为一个"在烟囱下"的后大屠杀城市，而铁路则唤起了人们对犹太人被流放的记忆。[②]从这个角度看，三位作家正是在沈阳这座城市碎片化的空间里发现了记忆的隐喻家园。

可以说，三位作家的东北叙事是对碎片空间按照记忆意愿的重组，而"互文"则是他们进行重组的重要方式，他们在叙事结构的叠套、嵌入、平行中吸收和转移材料，生产出一种人物不可逃避的命运轨迹。同时，互文性的叙事手法也恰恰印证了重叠、重复等记忆的本体特征。班宇在《夜莺湖》中让人物的现实与梦境构成了互文，由此，长期被压抑的情绪浮到意识表面，将过去与现实纠缠到一起，在时间的错位与重叠里，寻找迷茫生活中的精神依托。《平原

---

①《〈钢的琴〉导演张猛专访：能坚持，就再坚持一下》http://cinephilia.net/7646。

②〔英〕安妮·怀特海德：《创伤小说》，李敏译，河南：河南大学出版社2011年版，第150页。

上的摩西》中七个讲述者以互文的方式拼贴出了社会转型时期东北老工业基地的样貌。《工人村》则在平行空间中将记忆碎片的马赛克转化为一个相互联系、相互渗透的航拍全景。此外，互文性还为三位作家的叙事提供了一种虚实相间的维度，营造出令人困惑的不确定性，让我们在对不确定性内在肌理的不断探索中思考存在的意义。为了表现这一维度，故事叠套的互文方式成为他们的首选，双雪涛的《北方化为乌有》《刺杀小说家》《跷跷板》《光明堂》《间距》，班宇的《双河》《枪墓》等都是如此。《双河》这部获得第五届华语青年作家奖的中篇小说，设置了内外两层叙事空间。外叙事层是一位落魄作家与前妻、女儿、女友之间的情感故事。内叙事层则是作家正在创作的一部小说，讲述了发生在多年前的一桩凶杀案。内外两个故事层将相似的人物、相似的场景相互纠缠在一起，"在某一时刻是重合的，交错之后，又逐渐分离，互为映像，在时间里游荡。"①由此，在虚实之间，将父辈所面临的困境延伸到下一代身上。正像《双河》颁奖词所写的："'书中书'的形式为时间、人物的联系提供了自然而又强大的支持。在巧妙、稳健的形式建构里，作者用一套人物讲出了人物命运错综复杂的几套故事。"②同样，《枪墓》在内外叙事的叠套中，让历史重新上演。文本中"我"向刘柳讲述了孙家父子故事后，刘柳说："我有一种感觉，孙程这个人，好像也认识，怎么好像你故事里的人我都认识。"③历史的痕迹成为现实的回声，让我们感觉到一个人正在沿着一种不可逃避的轨迹前进。《北方化为乌有》同样由内外两个故事层构成。外故事层是现在时的北京除夕夜，作家刘泳与出版人饶玲玲，两个无家可归的北漂对饮聊谈刘泳正在创作的一部长篇小说。在谈论中，饶玲玲发现刘泳的长篇与另外一部中篇惊人地相似。两个作者似乎不约而同地讲述一个发生在东北

---

① 班宇：《逍遥游》，沈阳：春风文艺出版社2020年版，第62页。
② 《班宇凭〈双河〉收获中篇小说奖》，新浪网，2020年9月5日。
③ 班宇：《冬泳》，上海：上海三联书店2018年版，第292页。

的"真实"故事。在饶玲玲的邀请下，中篇小说的作者米粒赶来，加入了除夕夜的对谈。于是，内叙事层便在刘泳和米粒的双重讲述下展开。可以说，外叙述层的功能就是完成对内叙述层的铺垫，或者说，外叙述层就是内叙述层的现实延展，而内叙述层中那个带有诸多不确定的凶杀故事，与外叙述层之间又有着千丝万缕的隐秘联系，爱情、悬疑、凶杀、复仇在互文中建构起一种奇妙的组合。这些通俗文学中惯常的元素并没有导向一个庸俗的故事，而是让过去时的东北和现在时的北京交错在一起，将一个时代沉重的记忆钩沉出来，让我们在文本最后除夕夜漫天绚烂的烟火中，去思考"北方化为乌有"之后，我们到底应该记住什么。

在一个文学式微的时代，一个文学事件的出现并非易事。双雪涛、班宇、郑执所营造的文学事件的确给我们带来了很多惊喜，也引发诸多思考。他们将从父辈那里承继的延迟记忆转化成一种叙事伦理，讲述了国企改革之际，东北老工业基地下岗工人的生存境遇，以及那个曾经的主流群体在被边缘化之后，对社会身份认同的强烈渴望。由此，我们不禁会想，今天我们是否还有必要去回忆，埋藏在跷跷板下那些无名者的名字？如果有，我们又应当以怎样的方式去记忆，去书写？同时，他们镌刻着记忆含混的毛边，用现代主义、后现代主义的叙事手法去努力呈现生活原生态的样貌，的确在很大程度上拓宽了我们对现实主义的理解。所有这些，都让三位作家的东北叙事传递出穿越时代的声音。

误读的"复兴"与"繁荣"的困境

——"东北文艺复兴"的话语解读

◎胡　哲

　　自《野狼DISCO》的作者董宝石于2019年提出"东北文艺复兴"这一口号后，东北文艺发展再一次受到人们的关注。其中既包括董宝石、梁龙等在音乐上的探索与尝试，双雪涛、班宇、郑执等东北作家对东北阵痛的勾勒与诉说，还包括《白日焰火》（刁亦男）、《钢的琴》（张猛）等影视剧的挣扎与突围，甚至还包括赵本山式、短视频式的东北幽默。然而，这些因口音、方言而被娱乐化、消费化、定型化的东北形象是否能够代表真实的"东北"？这些仅呈现"东北日常记忆"的文艺作品是否算得上"文艺复兴"？这些以"下岗"题材为中心的新世纪东北文学是否真的能够撑起"东北文艺"？同时，在东北经济正在面临全面振兴的历史时刻，"东北"如何通过"文艺"走向"复兴"？这些都是学术界亟待回应的问题。因此，本文试图在厘清"东北文艺复兴"提出背景的基础上，将这一命题置于东北文艺百年发展的历史现场中进行勘探，探究"东北文艺复兴"这一命题的真伪，并进一步探讨东北文艺目前面临的问题，以及何以走向"繁荣"。

一、作为一种口号和命题的"东北文艺复兴"

近年来,"东北文艺复兴"逐渐成为一个备受关注的文化口号和学术命题。2019年,"老舅"董宝石一首《野狼DISCO》火爆网络,播放量近十亿,并携手流量明星登台春晚。而他的《野狼DISCO》与其他网络歌曲不同,他在作品中映射的是疲乏的东北置身现代社会的尴尬与蒙蔽。歌曲第一段"大背头/BB机/舞池里的007/东北初代霹雳弟/DJ瞅我也着急/不管多热都不能脱下我的皮大衣",一个20世纪90年代装束的青年形象被"立"了起来,而这一形象正是曾傲立全国的东北的缩影。到了第二段,当自信乐观的青年靠近"小皮裙/大波浪"的"现代美女",却得到了"让我找个镜子照一照"的回应,正如当下经济疲软的东北置身高速发展的现代社会所面临的困境。然而面对"交好的拒绝",青年或是选择自我逃避,"手照摇/舞照跳/假装啥也不知道;没有事/没有事/我对着天空笑一笑";或是选择故步自封,"时时刻刻必须提醒你自己/不能搭讪",这正是以"说唱"的形式将东北的现状表现得淋漓尽致。董宝石和他的作品也被网友誉为"东北现实文学,工人阶级rapper,劳动人民艺术家"。

2019年10月8日,董宝石和作家班宇一同做客《智族GQ》报道团队制作的播客节目GQ Talk,因《野狼DISCO》而爆火的董宝石提出了"东北文艺复兴"这一口号。他认为,"东北本土没有那么多作家和歌手,所以一定要给我们打上东北这个logo……我们就是想让你们知道,这不是一个稀缺人才的地方,这不是一个文化贫瘠的沙漠。"[①]而后同年11月30日,董宝石在综艺节目《吐槽大会》上以

---

① GQ报道:《野狼disco不是终点,我要用老舅构建东北神奇宇宙》,2019年10月9日:https://m.thepaper.cn/baijiahao_4625157

"段子"和"调侃"的方式与摇滚歌手梁龙再次谈及"东北文艺复兴"，这一口号借由《吐槽大会》节目热度的攀升以及同期嘉宾李佳琦、吴昕等明星自带的流量传播，逐渐被大众熟知。"老舅"董宝石、"摇滚酵母"梁龙、"东北短视频博主"老四等也被称为"东北文艺复兴"的代表人物。

而将"东北文艺复兴"引入学术界的则是双雪涛、班宇、郑执三位东北"80后"作家的文学创作。这三位作家皆出身沈阳市铁西区，故并称"铁西三剑客"，他们聚焦重工业区下岗工人及其"子一代"的故事。然而，他们与其他"80后"作家的成名稍有差异，他们的作品先是得到了《收获》等官方文学杂志的承认。2015年第2期《收获》杂志发表了双雪涛的中篇小说《平原上的摩西》；2018年班宇的《逍遥游》在《收获》发表，并获得2018年"收获文学排行榜"短篇小说奖第一名；而郑执的《蒙地卡罗食人记》则在2019年第4期《收获》上发表。同时，三人的作品借由网络媒介迅速走进读者视野，微博、豆瓣等官方媒介成为他们发表作品的重要平台，且《刺杀小说家》（双雪涛，2017）、《逍遥游》（班宇，2018）、《生吞》（郑执，2017）等作品先后被改编成影视作品，他们的作品逐渐获得了纯文学场域与市场的双向支持。随后，刘大先、梁海、陈培浩、张学昕、周荣、吕彦霖等学者纷纷展开了对这三位作家的讨论，进而引发了有关"东北文艺复兴"的论争。

黄平对标20世纪30年代的"东北作家群"，最先提出了"新东北作家群"这一概念，阐明了新东北作家群"新现实主义"的审美风格。同时他结合东北影视、音乐、语言类节目等文化现象介绍了"东北文艺复兴"，他认为"这是一场不但包括文学而且包括电影、音乐在内的全方位的文艺复兴"。①而近日，黄平在《东北·文艺·复兴——"东北文艺复兴"话语考辨》一文中，对"东北文艺复兴"

① 黄平：《"新东北作家群"论纲》，《吉林大学社会科学学报》2020年第1期。

进行了进一步阐释，他认为"东北文艺复兴"，比起致敬"老东北作家群"，或"勾连起'十七年'时期的东北文艺"，更应是"东北通过文艺而复兴"，进而"重塑我们对于东北的想象和认知"①。江怡从《野狼DISCO》和"铁西三剑客"的"子一代"书写入手，厘清了"东北文艺复兴"这一命题的深层内涵，他认为"东北文艺复兴"并非要复兴曾经有过的某种文艺，而是意图通过文艺创作找回东北的主体地位以及文化历史的阐释权。②杨晓帆、李陀等从作品与读者间的关系解读了"东北文艺复兴"现象生成的原因。而丛治辰、杨丹丹等则从双雪涛等作家的东北书写出发，对"东北文艺复兴"这一命题提出了质疑，丛治辰认为"东北文艺复兴"口号的兴起是置身东北老工业基地振兴的现实背景下的巨大焦虑，③杨丹丹则认为"东北文艺复兴"是一个伪命题，她认为东北文艺虽有低潮但始终在场，也从未衰落。④此外，还有大量硕博论文展开了对"铁西三剑客"和"东北文艺复兴"的讨论，足以证明这一命题备受关注。

二、"东北文艺"：与转型历史相连接的文艺发展

东北文艺的转折与东北历史的发展密切关联。20世纪30年代，"东北作家群"和"东北文艺"在反殖民的革命抵抗中坚强崛起。九一八事变后，家破人亡、流离失所的东北文学青年相继入关，却无

① 黄平、刘天宇：《东北·文艺·复兴——"东北文艺复兴"话语考辨》，《当代作家评论》2022年第5期。

② 江怡：《论"子一代"的东北书写——以董宝石和"新东北作家群"为例》，《文艺理论与批评》2020年第5期。

③ 丛治辰：《何谓"东北"？何种"文艺"？何以"复兴"？——双雪涛、班宇、郑执与当前审美趣味的复杂结构》，《中国现代文学研究丛刊》2020年第4期。

④ 杨丹丹：《"东北文艺复兴"的伪命题、真问题和唯"新"主义》，《当代作家评论》2022年第5期。

法忘怀故乡沦陷、亲人离散的痛苦和愤懑，在"左翼"文坛的推动下，相继创作出《八月的乡村》（萧军，1935）、《生死场》（萧红，1935）、《科尔沁旗草原》（端木蕻良，1939）、《战地》（舒群，1938）等作品，他们带着沉重炽热的乡土眷恋描绘着生命流亡的历程，记述着白山黑水间的苦难，发出了东北人民奋勇抵抗的呐喊。这一时期东北作家始终站在民族主义文学思潮的潮头，他们将个人流亡的命运与民族国家的命运紧密相连，其执着坚毅的性格也与民族解放的使命息息相关。他们的作品极富革命的张力，常引起人们的强烈共鸣；而他们的精神更似东北人民的生命脉息，更具恒久的魅力。

而当代东北历史及文艺涉及三次关键性的转折。第一次转折发生于解放初期。曾被剥削、压迫的工人阶级成为文艺服务的对象，并一跃成为国家的领导阶级。同时，1949年3月，毛泽东在党的七届二中全会中指出，要"使中国稳步地由农业国转变为工业国，把中国建设成一个伟大的社会主义国家"，[①]将工业化目标与社会主义理想紧密结合。于是，党领导工人阶级迅速恢复大规模的工业生产建设。而东北作为中国工业发展的急先锋，工业发展的迫切需要和火热沸腾的建设场景，吸引了大批作家来东北、在东北进行工业题材创作。草明的《原动力》（1948）、《火车头》（1950）、《乘风破浪》（1959），艾芜的《百炼成钢》（1957），萧军的《五月的矿山》（1957）以及程树榛的《钢铁巨人》（1966）等小说再现了东北现代工业生产的新人物、新气象与新成就。此时，反映工业战线的繁荣场景和工人阶级沸腾生活的文学创作，不再仅仅是艺术的、生活的需要，更是政治的、意识形态的要求。而这一时期更为瞩目的是东北工人文艺的繁荣，周扬在全国文学艺术工作者代表大会上的报告中便着重赞扬了工人群体惊人的创造能力，他认为工农群众"在艺术创造上也能发

---

① 毛泽东：《在中国共产党第七届中央委员会第二次会议上的报告》，《毛泽东选集》（第一卷本），北京：人民出版社1966年版，第1438页。

挥出无穷的精力和能力""今后工人的文艺活动必将获得迅速的更大的开展"①。于是，东北政府和文化界通过开展识字班、文化夜校等方式进行文化扫盲；创办工人文艺学习班，加强老作家对业余工人作者的写作指导；并通过通讯员网络搭建工人自己的文艺阵地。据不完全统计，截至1949年10月，东北地区就招募各级各类通讯员289名②；截至1950年7月，建立文化夜校和识字班3874所③；同时，草明开办工人文艺学习班九年④。《东北日报》的文艺副刊中就刊载了大量工人创作的诗歌、歌词、剧本等，他们或抒发翻身的喜悦："我们离开了铁路、矿山、工厂，／来到了沈阳，／进了大学。／我们很小就听资本家讲，／受罪的是你们，／上学校是我们的事，／这和你们无关。"或记录工业建设的盛况："发电厂，真能干，／日日夜夜不停歇。"⑤或歌颂工人的奋斗品德："木工又把活来做，／油匠油好明又亮。／工友们万能的手，／硬把死车给整活。"⑥李云德、王维洲、王世阁等皆是这一时期成长起来的工人作家，他们与草明、艾芜等专业作家一同铸就了十七年时期东北文艺的繁荣。

到了20世纪80年代，尽管东北文艺氛围不似十七年时期繁盛，但邓刚、程树臻、金河等的改革小说，马原、洪峰的先锋小说，徐敬亚的朦胧诗等都为中国文学史留下了值得珍视的足迹。而东北文艺的第二次转折发生于市场经济转型的20世纪90年代，当"计划"走向"市场"的改革考验冲击着无力的东北工业，并触及每一位普

---

① 周扬：《新的人民的文艺——在全国文学艺术者代表大会上关于解放区文艺运动的报告》，《中国新文艺大系（1949—1966）理论史料集》，北京：中国文联出版公司1991年版，第100页。

②《十个月来工人通讯工作概况》，《东北日报》1949年11月1日第4版。

③《东北工人识字教育发展》，《东北日报》1950年7月18日第2版。

④ 草明：《乘风破浪》，《草明文集（第六卷）》，北京：中国青年出版社2011年版，第174页。

⑤《工人诗歌辑》，《东北日报》1949年5月1日第4版。

⑥ 祁醒非：《东北列车》，《东北日报》1949年7月3日第4版。

通人的生存现实时，李铁、津子围、孙春平等作家对东北工业的历史退场投去了悲悯、焦灼的观照，这种观照并非单纯的艺术言说，而是被现实境遇卷入后无奈的领会与挺进。合资公司总经理孙兆伟带领工人日夜兼备尝试机组满负荷运转，竭力在工厂转制的合资谈判中赢得筹码（李铁，《我们的负荷》）；工会主席赵吉积极筹划"梦想工厂"，解决下岗职工生存问题，却发现领导的支持不过是"甩锅"的"陷阱"（李铁，《梦想工厂》）；下岗女工张小兰为向老同学温局长给爱人谋得一份工作不惜牺牲自己的肉体（津子围，《上班》）……负债累累、腐朽衰败、困难重重，是这一时期东北工业题材小说所呈现的东北工业生态；生不逢时、惶惶不安、悲苦无奈则是被历史变革甩出原有轨道的底层工人真实的生存写照。然而，李铁、津子围、鬼金等作家聚焦国企改革下的东北并未引起大的轰动，东北的辉煌也在作家的低沉叹息中走向迟暮。90年代真正使东北文艺走向转折的是"俗"文化的兴盛。如统治春晚舞台二十余载的赵本山小品、《马大帅》《刘老根》等农村题材电视剧以及遍布90年代东北大街小巷的二人转，以直白辛辣、俏皮打趣的东北方言，以戏拟、戏耍、戏谑的表演方式，颠覆着精英文化和传统美学。然而，在"俗"文化的浸润中，"东北"逐渐被娱乐化、消费化甚至低俗化，并在尴尬的"笑剧"和"闹剧"中无可奈何地走向了真正的边缘。

当代东北的第四次转折便是融媒体时代的当下。随着喊麦、短视频、直播等流行，东北和东北人再一次成为人们关注的焦点，这些现象也在20世纪90年代赵本山式幽默的基础上，进一步加深了外界对东北形象（粗鲁、野蛮、庸俗）的误读。与此同时，经济衰落的东北亦是文艺关注的焦点。正如双雪涛、郑执、班宇三人尽管不约而同关注了东北衰败的老工业区和下岗工人的生存境遇而备受瞩目，但被市场化、大众化、城市化浪潮推搡着的他们无暇思索与解决东北创伤，无意勾勒与挖掘新东北精神，只想在迷失中走向堕落甘于贫困。在他们笔下，东北人民经受巨大心理落差后走向无所适从和自我催眠，底层工人及后代的命运在一桩桩命案中展开，历史的延宕凄冷而决绝。脏乱破败的"棚户区"、纸醉金迷的"麻将"、震惊社会的沈阳"3·8"惨案，成为他们笔下新世纪东北文化的符码。而这样的东北元素在电影《钢的琴》《白日烈焰》等中亦有体现。

上述梳理中，我们可以看到东北文艺在百年发展历程中从未退场，并在不同阶段呈现出形态各异的发展面貌。然而，当下东北文艺的繁荣是否是一种"真性"繁荣，如今的东北文艺是否能够体现东北及东北文艺深层的精神内核，才应是当前学术界应当解决的问题。

三、"文艺复兴"：命题的辨伪与东北文艺的繁荣

目前，学界对"东北文艺复兴"这一命题的探讨重点，在于"复兴"命题的真伪。事实上，从上文的论述中可以得知，百年来东北文艺始终在场。但不能否认的是，当下东北文艺或停留于低俗搞笑的内容输出，或沉溺于东北衰败的伤痛书写，所带来的文艺繁荣是一种"假性"繁荣，毋宁说这也是东北文艺、东北文化窄化、衰落的表现。而相比于"东北文艺复兴"，笔者认为"东北文艺振兴"这一命题更为贴切。因为当下东北文艺并非要回到曾经发展的某一阶段，或向流亡时期的革命勇士致敬，或向建设时期的文艺战士献礼，而是在东北经济日益衰退的当下，在"东北老工业基地振兴"的政策推进下，意图通过"文艺"重塑"东北"、振兴"东北"，逐步找回经济话语权和文化话语权的一种焦虑和愿景。

文化自信的缺失是东北文艺发展的深层障碍，"舔舐伤口"与"低俗泛滥"皆是精神匮乏的表现。这就需要东北文艺重返历史，在丰富的历史蕴藏中挖掘"东北"走向"振兴"的精神源泉。从历史

发展上来看，东北在康熙初年便被视作"龙兴之地"被封禁，因故有了"闯关东"的历史；十月革命后，百万白俄溃兵流亡东北，东北被迫接受了丰富的域外文化；抗战年间，东北地区最先沦陷，却也有着铁血铮铮的东北抗联；抗美援朝时期，东北地区作为"大后方"全力支援；而后，沸腾的工业建设、惊心动魄的国企改革和纷纷扰扰的下岗大潮中无不蕴藏着丰富的东北故事、东北精神和东北情怀。当下，如若我们仅将东北文艺局限在"下岗"这一历史事件，或在几位东北青年作家、艺术家，甚至是网络红人身上，那必然是对东北文艺和东北文化的误读和窄化。

近年来，东北文坛不乏有一些作家开始向历史纵深，在历史与现实的对照中重塑着东北文化。《额尔古纳河右岸》（迟子建，2005）、《唇典》（刘庆，2017）、《十月的土地》（津子围，2021）等小说以"东北"为记忆场域，将对生于斯长于斯的童年记忆，知识经验和情感蕴蓄积聚成一种超越代际的文化认同，凝视东北的历史创伤与生活肌理，于历史的褶皱中张扬东北独特的气韵。《工人村》（温恕，2012）、《锦绣》（李铁，2021）、《圣地工人村》（张瑞，2021）等东北工业题材小说将宏大叙事与微观视角、顶层设计与生产场景、工业历史与现实生活相结合，既展现了东北工业从兴建到变革，从衰落到崛起的建设历程，也勾勒了一幅饱含烟火气的东北生活全景图。这些作家在回顾历史的过程中，不仅注视了东北的"痛"，更挖掘了东北的"魂"；他们不龟缩于生存的"困境"，而是着力追寻精神的"突破"，为东北振兴提供精神资源，为正在被误读的东北形象正名。

此外，东北文化中饱含着非常丰富、独特的民间文艺资源。我们应当深度挖掘并适度改造民间文艺，以在大众化、市场化的当下获得重新繁荣的动力。民歌、秧歌、高跷等皆是东北代表性的民间艺术，这些艺术形式虽在其他区域亦有发展，在东北却自成一格。东北地处边陲，置身大江大河、大风大雪；位于关外，远离礼教束缚、中原管控。粗犷的自然环境和相对自由的人文环境使东北民间文艺整体上呈现出一种强悍、率真、热烈、淳朴的审美风格，如东北秧歌大张大合、东北二人转活俏浪逗、东北高跷节奏鲜明，而这种表现形式也正呈现出东北刚柔并济、热情洋溢、泼辣风趣的精神状态和文化性格。值得注意的是，东北是多民族聚集的区域，带有北方民族特色的多元文艺兼容共生，如赫哲族的"依玛堪"，满族的"乌勒本"，蒙古族的"乌力格尔"，朝鲜族的"盘索里"等说唱艺术，原在少数民族内部口耳相传，后有一些改用汉语讲唱承袭。而这些埋藏在东北的民间艺术资源已成濒危状态，亟待抢救。

东北的民间文艺资源借由大众文化的兴起曾在20世纪90年代获得过短暂的繁荣，饱含东北民间特色的小品、电视剧、二人转等在全国红极一时。而如今，老一代"小品王"已经退出历史舞台，新一代"小品王"却靠肤浅的戏耍博得观众廉价的笑声；乡村题材连续喜剧仍在依靠往日的灿烂余晖闪亮，但所谓的"情怀"早已被消费殆尽，这与消费主义的文化逻辑密切相关。首先，东北民间文艺，尤其是小品、二人转等表演形式本身就带有鲜明的娱乐化属性，与大众审美间有着天然的契合，自然能够快速受到大众的青睐。但消费主义的介入，使自由、野性的东北民间艺术以"剧场化"的形式呈现，于是为迎合市场和受众，民间艺术不断消解"诗性"和"崇高"，并在不节制地"丑化"和"低俗化"中最终走向了艺术本质的放逐。除此之外，如今越来越多披着"东北民间文艺""东北民间特色"外衣的影视剧、歌曲、文本甚嚣尘上，而这些作品早已失去东北民间文艺的精神内核，留给受众的只有感官上的快感和冲击，也造成了外界对东北形象的误读。因此，如何在消费主义的文化语境中寻找东北民间文艺的发展路径，让民间文艺既能免受"物"的挤压，又免于遮蔽流逝，合理借助商业运作的理念，推动民间艺术以丰富、本真的姿态信步于文化全球化的激流中，应是传承民间文艺、繁荣东北文艺的应有之义。

结　语

　　传统意义上的"文艺复兴"，强调文艺精神的重新挖掘和重新塑造。然而，近年来，董宝石、梁龙等人所提出和践行的"东北文艺复兴"，更多的只停留在了对东北日常生活记忆的复苏与缅怀上，或是东北文艺曝光度的提升上，并未进入到人文精神和历史逻辑等纵深层次。而双雪涛、班宇、郑执等作家尽管以自身生活经验为基点深入到了东北历史，却无意实现对东北人、东北社会以及东北文化精神的再造。加之，东北文艺从历史发展上看，从未"衰落"，就更谈不上"复兴"。因此，这场"东北文艺复兴"就更像是媒介营销下的"报团取暖"。尽管"东北文艺复兴"这一命题不恰当，但不代表东北文艺不需要反思。随着东北地域经济的衰落，东北文化也逐渐走向了边缘化。尽管当下这种带有娱乐性质的"曝光"，还在维持着东北文艺的"繁荣"，但这种"繁荣"不是长期的、健康的"繁荣"，东北文艺必须找到一条适合的路径实现自我精神的重塑，进而推动东北地域的"繁荣"。事实上，在消费主义盛行的文化语境下，东北文艺应当以何种形态、何种方式复兴，其实答案并不明确。但明确的是，这一关键时刻，更呼唤文艺家和文艺批评家有责任和义务始终"在场"，不断"发声"。

底层人物的怨与怒

——万胜对底层群体精神世界的文学呈现

◎张维阳

　　改革开放使中国的经济得到了突飞猛进的发展，这是我们有目共睹的事实，然而，经济的高速发展在为社会快速积累财富的同时，也造成了社会阶层急剧的分化，财富的重新分配在创造了众多财富神话的同时，也迅速分离出了一个庞大的社会底层群体。底层群体为中国经济的高速增长做出了重要的贡献与牺牲，然而在文化的意义上，他们难有自我表达途径和能力，是一个沉默的群体。新世纪初期，文学注意到了这个群体，作家们无法忽视正在发生巨大变化的社会现实，开始集中表现和关怀底层群体的遭遇与命运，出现了被命名为"底层文学"的文学思潮。然而"底层"是一个社会学的或者是政治经济学的概念，是以对社会财富和社会资源占有的多寡为依据，对社会群体进行的类别划分和身份确认。用"底层文学"的概念标识这段文学思潮，表明了这些作品更多地关注底层群体物质生活状况以及遭遇的社会问题，对底层生活的书写展现文学对人的现实关怀，以及基于现实的政治反思，而对底层群体精神世界的表现，是其薄弱环节。之所以存在这样的现象，和从事"底层文学"创作的作家有着密切的关系，"底层文学"的代表性作家，大多是知识分子或者作协系统的专业作家，如曹征路、刘继明、王祥夫、胡学文、陈应松、罗伟章等人，他们不属于底层群体，底层圈层的生活经历也并不丰富，其对底层经验的表现多集中在可观可感的物质层面，与底层群体的精神世界，始终存在隔膜。"底层文学"的社会属性过于显著，如何通过书写底层人的精神世界而突出其文学性，是作家和文学研究者一直在思考的问题，正如洪治纲所说："作家作为现代知识分子中的一员，对社会内部存在的各种问题，尤其是对普通民众的生存困境，当然要给予积极的关注。只是这种关注不应该是社会学的，而应该是文学的；不应该是对现实困境的表象式书写，而应该深入人物的精神内部，从艺术的丰富性上激活他们的生命质感。"①他对底层文学的评价，现在仍然有效。对底层群体的讲述，作家万胜具有特殊的优势。万胜中学毕业后，做过很多行当，在建筑队做小工、烧锅炉，走街串巷卖水果，和朋友贩鱼卖菜，制卖装饰画等等②，长时间游弋于社会底层，对底层群体的生活境遇和精神处境都更为熟悉，他笔下的可归类为"底层文学"的作品，在很大程度上摆脱了知识分子讲述底层故事时的"代言"模式和俯视姿态，展现出一种"共情"的特征，在对底层人物的精神世界的书写中，这一点尤为明显。对于底层人物精神世界的书写，知识分子式的写作普遍采用批判、关怀或者同情的方式，展现启蒙立场，标榜人道关怀，底层人物真实的心灵感受和心理需求并不是其关注的焦点。而万胜的写作与之不同，他着力于通过底层人物的经历与遭遇呈现其精神状况与情感逻辑，他抓住"感受"和"情绪"这些走进底层群体内心的通道，表现他们的精神状态与生存状态，其中刻骨的生命体验与逼真的亲历感给人留下了深刻的印象。

万胜的小说表现了底层群体面对生活现实的迷茫感和无力感。

① 洪治纲：《底层写作仅仅体现了道德化的文学立场》，《探索与争鸣》，2008年第5期，第34页.

② 万胜：《鱼儿也歌唱（创作谈）》，《海燕》，2016年第9期，第25页。

万胜在创作中塑造了很多老去的工人、下岗工人、退伍军人、工厂的临时工、企业的保安等形象，他们都很认真努力地生活，但难以适应时代的变化，无法捕捉社会的动向，长期处于社会的边缘，越来越无望地脱离这个时代的主流生活，缺乏对生活的希望感，只有艰难而苦闷地维持生计。时代的变化以及命运的无常让他们心力交瘁，又无从改变，他们无法把握自己的命运，寻找未来的出路，面对生活的无物之阵，他们只能在岁月中忍受漫长的疲惫与落寞。在《十面埋伏》中，工厂早已被拆了盖商品房，厂建的公园也将被拆除，平日里在公园里活动的退休工人们即将失去他们的乐园，公园里的弹琴和歌唱、喝茶和聊天都将成为往事，那些公园里安静幸福的时光将彻底烟消云散。这些习惯在公园里活动的老工人对此无可奈何，即使他们反对和抗拒也无济于事，他们只能眼看着开发商的推土机彻底抹平工厂最后的痕迹，他们的青春记忆与荣耀过往随之被彻底埋葬。在《飞翔的酒瓶》中，工作认真负责的保安孔学武在火灾中抢救出午睡的老板，但老板有裸睡的习惯，他把老板背出来时老板一丝不挂，虽然他救了老板的命，但也让老板出了洋相，公司并没有因为他的英雄行为而提拔他，反而逼走了他。他调到电线厂后，继续认真负责地工作，严格执行厂里的安保制度，扣下了监守自盗的司机。然而他不了解，厂里的领导也参与了监守自盗的活动，在他因立功而将被提拔时遭人算计，提拔的事不了了之。他为了禁止工人偷厂里的铜线，每天下班堵在厂区大门对工人挨个搜身，得罪了工友，挨了闷棍，还被领导认为是小题大做，把他调去了环境最差的单位。他的认真负责没有让他得到应有的嘉奖，反而让他的处境一步步下沉，他不知道其中的逻辑，只能默默承受。在《月光爬满楼道》中，有八年汽车维修经验的修车师傅李云平下岗了，有技术有经验的他对下岗并不恐惧，但当他去修车厂应聘时，发现需要修理的都是新型的轿车，之前自己在厂里修那些过时车型的经验毫无用武之地。老板竟然让他去给修车小工当徒弟，而且这个小工正是他徒弟的儿子，这让他感受到了极强烈的耻辱感。他最笨的徒弟因为转行给老板当司机而混得风生水起，他最不情愿向这个徒弟开口求助，但面对生活的胁迫，他只能一次次请徒弟帮忙。徒弟日益冷漠的态度让作为师傅的他颜面扫地，但他只能忍受，他的生活并没给他其他的选择。下岗带给他的不仅是生活的窘迫，还有尊严的碎裂，师徒之间的辈分秩序在新的环境中被颠覆和重置，为了生存他不得不苟且和妥协。

在万胜的叙述中，勤奋面对命运的单薄与脆弱，憧憬面对宿命的无力与无奈，都分外真切，他笔下的这些底层人物难以通过自己的努力改变不堪的生活，他们仿佛置身某个坚固的容器，拘囿其中，无处逃遁。他们甚至越努力就越不幸，他们感受到生活中的一股强大的压抑性力量，但他们并没有能力辨识这力量来自社会的不公还是命运的无常，更不知道如何抗拒或是对抗，他们只能隐忍，好像这就是生活的常态。万胜写出了底层群体的沉默坚忍、困惑迷茫，以及对尊严生活望而不及的惆怅。

在万胜看来，底层的失望、落寞与惶惑不只是底层群体承受的精神苦难，这些压抑性情绪的堆积可能演化为怨恨与愤怒，使表面风平浪静的社会生活暗流涌动，底层的愤怒犹如海底的火山，幽暗处积蓄着惊人的力量，这些情绪虽然可能不会定向地转化为某种颠覆性的力量，可是一旦被触发和点燃，可能会随机地释放，将会波及众多的无辜者，带来无差别的伤害，这样，万胜将关乎底层人精神世界的文学问题和社会问题有效地衔接起来，表现了他对社会问题鲜明的介入意识。马克斯·舍勒曾对怨恨进行过系统的分析，在舍勒看来，怨恨源于报复冲动，而即时的以眼还眼不能称为报复，只有郁结于心、择时而发的举动才是报复，而报复的行动越难完成，越容易滋生怨恨。同时，怨恨是一种特定的情绪，但并不是纯粹的主观性的产物，而有其社会性的来源。对于社会来说，"群体的与宪政或习俗相应的法律地位及其公共效力同群体的实际权力关系之间的差异越大，怨恨的心理动力就会越聚越多。"他认为，在平权的社会中，社会怨恨是最小的，而在等级固化、阶层森严的社会里，怨恨情绪也不会大，忍无可忍、一触即发的怨恨往往产生于这样的社会语境之中："随着实际权力、实际资产和实际修养出现极大差异，某种平等的政治权利和其他权利（确切地说是受到社会承认的、形式上的社会平等权利）便会不胫而走。"在这样的社会中，阶层间存在着流通的可能性，然而对于大多数底层民众来说，被许诺的权利难以兑现，期许的愿景难以达成，如此，"即使撇开个人的品格和经历不谈，这种社会结构也必然会积聚强烈的怨恨。"[①]万胜的作品印证了舍勒的判断，他具体展示了底层人对美好愿景的期待，以及梦碎之后的惶惑与失落，值得注意的是，万胜并没有停留在对底层人物心态进行展示的层面，他注意到受挫的心态并不是静止的，而是随着时间的堆积会发展为一种内在的怨恨，这怨恨会在一定条件的触发下演变为某种激烈的情绪，呈现出巨大的破坏性力量。他通过写作呈现了底层人物怨恨的生长与发泄，呈现了底层情绪激烈的一面。《响亮的刀子》书写了底层人在受到权力倾轧后怨恨的生长。小说的情节并不复杂，老皮抱回一只优质的狗崽，想养在身边，不想村主任相中了狗崽，不由分说就夺其所爱，将狗抢走。老皮窝火，却又无可奈何。再遇这只狗时，老皮想和其亲近，不想狗易主之后便忘了旧主，并不理他，老皮不满，于是便打了狗，不想却因此触怒村主任，村主任为了狗而打了他，还当着村里人的面羞辱了他，这让老皮怒不可遏，他决心复仇。但他复仇的对象不是村主任，而是原来属于他的那条狗，他将对村主任的恨与愤怒迁移到了狗的身上，处心积虑要将其诱杀，用这种更安全与稳妥的方式宣泄自己的愤怒。但他的犹豫和软弱让他频频失手，屡屡的失败让他灰心丧气。小说

---

① ［德］马克思·舍勒：《道德意识中的怨恨与羞感》，刘小枫主编，罗悌伦、林克译，北京：北京师范大学出版社2017年版，第12-13页。

写到这里，好像是在批判农民软弱与自欺欺人的劣根性。但紧接着万胜笔锋一转，村主任自己要杀狗吃肉，恶狗垂死挣扎，村主任悬赏半扇狗肉雇人杀狗。老皮面对被激怒的恶犬，虽无胆量应承这个差事，却阴差阳错地将狗杀死。老皮亲手杀死了自己的狗后，悲从中来，仿佛内心中的一部分也被杀死了。当村主任耍赖，不想交付约定的半扇狗肉时，老皮被压抑的怨恨迅速升级为愤怒，露出凶狠的一面，他手持利刃，说杀狗和杀人都一样，威胁要将愤怒化作行动，取村主任的性命。小说完整地呈现了底层人物老皮内心怨恨的生长过程，村主任因为老皮老实，肆无忌惮地对其欺辱，不断强化老皮的屈辱感，最终让老皮忍无可忍，将屈辱化为愤怒，喷薄而出，老实人被逼成了一个可能的凶徒。与之类似的，有陈应松的《马嘶岭血案》，这部小说讲述了两个老实的挑夫蜕变成杀人暴徒的过程。小说中，勘探队员们为了寻找金矿，增加地方的财政收入，远赴深山，风餐露宿。九财叔和治安是勘探队雇用的两个临时的挑夫，这两个挑夫从经济的层面打量这些勘探队员，嫉妒他们优渥的生活条件，心有不平。两个挑夫冒着生命危险为勘探队员们服务，却只能得到零星的回报，这让他们越发不满，但勘探队员们认为他们只值这些许的报酬。随着了解的深入，他们与勘探队员们巨大的收入差异一次次地刺激着他们，让他们对自己的生活感到绝望，最终孤注一掷，杀人抢劫。通过对比我们发现，对于底层人怨恨的累积，陈应松认为关键在于经济的失落，而万胜更强调尊严的践踏，九财叔非常在意自己的工资以及勘探队员们对自己的罚款，而老皮更敏感于作为权力化身的村主任对自己的态度。也就是说，对于"底层"的表现，陈应松关注底层之穷，以及城乡间难以跨越的经济鸿沟，而万胜更加注意底层之困，也就是政治上的忽视和歧视带来的社会底层在精神层面的压抑与愤懑。他们关注社会底层的侧重点不同，但他们都清晰地意识到，底层的经济之穷和精神之困都会导致底层怨恨情绪的堆积，产生难以预料的后果。

如果说《响亮的刀子》描述了底层人怨恨的生长，《倒悬》则表现了底层人愤怒的释放。小说的主人公叫古远，少年时代最爱他的父亲捕鱼溺水身亡，母亲因为他的手长了六根手指而不喜欢他，使他生长于一个缺失关爱的环境。后来他进了厂，做了保安，木讷古怪，与同事格格不入。他为了不成为别人眼中的异端，就自己劈下自己右手多余的手指，在那之后，他的右手变得力大无穷，成了强悍的武器，并且仿佛有了自己的意志，不再由他控制。当有人激怒他时，他的右手就会死死掐住对方的脖子，即使对方不能呼吸也不松开，多次差点儿置人于死地。被他抓捕的小偷以及与他要好的同事都经历过他的锁喉，险些丧命。他的右手最终制造了悲剧，他爱的女工小甜并不爱他，向他坦白，对他表现出来的善意只是出于对他的怜悯，这让他恼羞成怒，恍惚间残忍地掐死了小甜。作为古远愤怒的载体，他的右手不定时地释放他对社会的不满和愤恨，且这种释放是非理性的，不受控的，制造无差别的伤害。类似的还有《飞翔的酒瓶》，积极认真对待工作的保安孔学武，不断地遭受单位不公正的待遇，工作越努力，境遇就越糟糕，加之女儿的不幸让他怀有强烈的负罪感和内疚感，积郁的怨气终于在一次偶然的冲突中爆发，他用酒瓶失手打死了一个和他本不相关的青年，从一个积极肯干的劳动者变成了一个凶徒，怨恨的迸发摧毁了一个青年的生命，也摧毁了他自己。《倒悬》和《飞翔的酒瓶》让我们看到了底层人长期被孤立、忽视和打击后心中的压抑与苦闷，积郁的怨恨与愤怒会随着时间的堆积而形成对外部世界的冷漠与敌意，导致人的变态与疯狂，经由触发进而转化为某种毁灭性的力量。万胜笔下的底层人物对这种愤怒并没有理性的自觉，这导致这种力量会在某种不确定的契机下不受控制地迸发出来，造成灾难性的后果。

　　《讲个故事给你听》描写了另一种底层人物愤怒的释放，这种释放不是爆发式的，而是长期的、持续的、肆无忌惮和变本加厉的，同样具有强大的破坏力。小说中，牛大秧的父亲当年在洪水中下河开闸，牺牲了自己，救了整个村子。这让牛大秧耿耿于怀，觉得既然父亲为全村而死，那全村都亏欠于他，加之上级领导经常来村里慰问他，他觉得自己获得了官方的承认，便对村里人颐指气使，肆意妄为。村民对他长时间的忍让让他更加胆大起来，竟然夜间潜入民宅，去掀留守妇女的被子，图谋不轨。在这里，通过万胜的叙述，我们应该注意到底层人物怨愤情绪生成与构成的复杂性，牛大秧单纯地从个人利益的角度出发去评价父亲的去世，道德绑架其他的村民而为自己牟利，自私而狭隘，万胜对于如此的底层情绪表现出了足够的审慎和警惕。这表现了万胜并没有简单地站在底层的立场上，依仗莫名的道德优越感控诉社会的不公，而是以冷静的态度观察底层群体所遭遇的困境，以及底层群体自身存在的问题，借此对社会底层人物的精神状况和情绪状况做出理性的分析。万胜类似的小说还有《坝里》，小说中，小锤儿的父亲贪财，习惯在发水的时候下河捞一些上游冲下来的"浮财"，村主任多次劝阻也无济于事，后因此而丧命。但小锤儿认定父亲的死与村主任有关，认为所有的村里人都是杀害父亲的帮凶，于是想毁掉村里的堤坝，让河水淹没村庄，让所有的村民都为他的父亲殉葬。女孩小水由于知道了他的计划，被他残忍杀害。小锤儿自我的偏执的认知让他对自己所处的环境形成了强烈的非理性的恨，万胜让我们看到，这种非理性的恨是坝上悲剧的元凶。

万胜以其自身的经历和体验，通过小说理性地呈现了他所了解的底层人物的精神世界，他对底层人物的所思所想感同身受，这使他小说的心理描写尤其值得重视。在《响亮的刀子中》，他细腻地呈现了一直受村主任欺负的老皮的情绪变化的过程，由委屈和怯懦到盛怒和无所顾忌，村主任对他习以为常的对待对老皮来说是一步步的嘲弄和逼迫，对这个过程表现得详细而充分，从而使结尾处老皮愤怒的喷薄而出合情合理，丝毫没有显得违和突兀。在《倒悬》中，万胜成功地描绘了一个精神分裂的底层人物的精神世界，小说中，在外人看来木讷怪异的古远，内心有着和其他年轻人一样的对爱的悸动和向往，但他的卑微和脆弱让他异常敏感，被喜欢的人拒绝，对别人来说只是一次情感的颠簸，对他却是一次致命的打击，这使他的意志失去了对身体的控制，他好像一个局外人，眼看着自己的身体行凶，杀死了自己心爱的姑娘。在《月光爬满楼道》中，万胜表现了一个下岗工人自信被摧毁的过程。刚下岗时，技工李云平因手里有技术而信心满满，不料市场的一日千里使技术的革新突飞猛进，他掌握的技术早已是明日黄花，不再中用，曾经骄傲的技术工人连养家糊口都成了问题。遇到了难事，还得去求曾经最看不上的徒弟，他不愿如此，却不得已一次次妥协，委曲求全。小说没有大段的心理描写，却通过一件件具体的小事，还原了主人公的自信和尊严崩溃的过程。

万胜同情底层人物的心灵苦难，也审视底层人物的精神顽疾，感同身受那些失败者灵魂的创痛，也对那些因压抑而生发的怨恨和暴力表达了深切的忧虑，他笔下的"底层文学"不再是社会问题的文学形态，他对底层人物精神世界的关注与呈现为"底层文学"写作打开了新的思路。

东北城市文学的特质及思考

◎党秋月

东北是现代经验的辐辏点，它地理位置优越、历史渊源深厚、精神内核独特，是个有"故事"的地方，在文学作品中也是充满传奇色彩的地缘坐标。20世纪30年代，"东北作家群"的萧红、萧军、端木蕻良、骆宾基、舒群等作家的出现使东北文学在中国大陆乃至国际上产生了深远影响，取得了现代东北文学具有标志性意义的成就。新中国成立后，尤其是新世纪以来，东北文学不断成长壮大，涌现了诸如迟子建、刁斗、张抗抗、王阿成、马加、张笑天、孙春平、孙惠芬、金仁顺、津子围、双雪涛、班宇、郑执、老藤等一批杰出的作家，他们根植于东北历史文化深处，融构了地域文化、民间文化和民族文化纵横交错的复杂关系，又对改革开放大潮中大众文化心理与生活经验进行了某种观照，形成了蔚为壮观的东北城市文学景观。

一、东北与文学

城市是文学重要的主题，从城市文学研究的进程来看明显地受着我国当代城市化的进程以及当代城市文学本身发展程度的制约。

东北是工业文明的产物，尤其是 19 世纪末、20 世纪初铁路的修建，将东北三省的区域范围联结成一片，今天"东北"的概念亦由此生成。同时，东北也曾经是全国最重要甚至唯一的重工业基地，是亚洲地区工业最为发达的地区，东北的工业集团是新中国的工业命脉，承担起全国大部分重工业产品制造，支援带动着全国的经济建设。这些辉煌灿烂的过往也被作家们不断书写，如草明的《原动力》《火车头》《乘风破浪》、雷加的《潜力》三部曲、艾芜的《百炼成钢》、周立波的《铁水奔流》、萧军的《五月的矿山》、李云德的《沸腾的群山》等。但随着社会主义市场经济体制建立，我国的经济体制经历了从计划经济向市场经济转型，在这个过程中，整个东北告别了过去的辉煌与荣光，面临着经济低迷、人才流失、资源枯竭的困境，伴随着国有企业大规模改组、兼并、破产、重组和下岗潮，原本安稳有序的生活秩序陡然坍塌，千千万万的小人物身陷旋涡、拼力挣扎却无能为力，逐渐成为社会的边缘。历史巨变中，李铁、商国华、邓刚、胡小胡、孙春平等作家，用复杂深厚的情感去书写改革阵痛中发生在这块土地上的沧桑巨变，构成独具特色的城市文学图景。进入新世纪以来，更多的东北作家立足东北的城市特色，创作视野更加开阔，使东北城市文学赓续传统、佳作不断。

"东北"，既是有形的，也是无形的。东北大地，面对着相似的难题，共享着相近的风格，自然会化育出相通的文艺。东北以其特殊的自然环境和历史文化积淀，滋养了东北作家的创作，形成了东北作家独具个性的，并具有共同地域特色的丰富内容。

二、城市形象与城市意象

中国的城市文学早在 20 世纪二三十年代就已经展开，"海派"和"京派"两派作家对于城市的抒写，使北京、上海的城市形象愈见鲜明、清晰，也使中国现代文学有了别样色彩。进入 20 世纪 80 年代以后，城市开始再度受到写作者的重视，1983年，在我国首届城市文学理论笔会初步界定了城市文学概念"凡以写城市人，城市生活为主，传出城市之风味，城市之意识的作品，都可称作城市文学。"①城市作为彰显文化内涵、饱含情感依托的载体再一次进入作品空间，走进读者的视野。在东北城市文学中，有两个城市成为主要的描写对象——沈阳和哈尔滨。

沈阳既是有着厚重历史文化的古城，也是国际化大都市，中国发展的历史脉络中，沈阳这座城市和沈阳人在不少重要时间节点上，均做出了突出贡献，这些为文学创作提供了养料和灵感。生于斯长于斯的"铁西三剑客"，以亲身经历作为创作基础，书写自己的童年记忆、父辈的痛苦体验，直面群体创伤，形成了独特的城市叙事。

曾经的铁西区是沈阳工业文明的象征和精神的承载。沈阳人曾一度以生活在铁西为荣，那里的厂房鳞次栉比，烟囱高耸林立，自行车组成的车流浩荡穿梭……每天，人们两点一线，往返于工厂和住处，安稳、舒适而又无上荣光。铁西区的工人村在当时是全市乃至全省关注的焦点。作为全国最大的工人居住区，工人村率先引领了时代潮流，但自20世纪90年代以后，东北作为曾经的"共和国长子"逐渐走向衰落，往日的"工业重镇"成为落后的代名词。铁西作为大型国有企业的聚集地，也在国企倒闭大潮中成为东北没落的缩影，国有企业开始搬迁改造，标志性的大烟囱被拆除重建，铁西区逐渐冷清下来。铁西和整个东北都经历了从辉煌到没落的断崖式发展历程。班宇、双雪涛、郑执同为"80后"，他们在童年和少年时期经历和见证了父辈艰难的生活历程，在成年后回溯往事，不仅是对青春的缅怀，更有对社会转型期历史和社会问题的体察与反思。他们以熟悉的城市意象为落脚点，书写了一段伤痛的集体记忆。

班宇的写作所呈现出的诸多城市意象和城市内涵，不仅映射了

---

① 幽渊：城市文学理论笔会在北戴河举行，光明日报，1983-09-15。

现实意义上的沈阳，还在想象层面构造了一个文学的沈阳。他通过对城市意象的重复、堆叠和变换，寻找城市意象中持久不变的要素，探寻两代人之间的深层关系，在父辈记忆和子辈记忆的缝隙中寻找并固定着城市的细节。城市的形象往往会与一些典型意象联系在一起，而这些意象从物质和记忆中提取，成为城市的重要品质。在班宇的小说中，某些特定性的城市意象，如铁路、火车、游泳池、广场、医院不断出现，它们带着相似的气质逐渐丰富着小说中的城市整体。班宇常常会将沈阳的铁西区作为小说的叙事地点，因而铁路/铁道/火车成为其小说中最为常见的一组意象。在《逍遥游》里，许玲玲租住的房子就在铁道边，她乘坐火车与好友一同前往山海关旅游也是小说的关键情节。这家园，同时承载着梦想和远方。许玲玲乘坐绿皮火车，一路观赏窗外陡峭怪异的石山来到山海关，虽然身体不好，但她坚持独自一人爬上了澄海楼。类似的，在《空中道路》里，班立新和李承杰乘火车去疗养院旅游，这是他们工人生涯中少有的闲暇时光。在火车上，他们吃饭、聊天、打牌，甚至阅读《日瓦戈医生》。但旅行结束后，等待他们的却只有解散和下岗。《冬泳》《双河》和《渠潮》里，铁道从城市中穿过，铁道分割城市，同样也分割时间与生活。艳粉街是双雪涛成长的所在地，也是他作品想象的原型，承载了双雪涛最深刻直接的生命体验。在日复一日的嘈杂和喧嚣中，他感受到这些底层小人物的艰辛和煎熬，并试图赋予这些人物以生命的价值和尊严，希冀能在真善美中消解苦难，获得心灵的救赎。郑执的长篇悬疑小说《生吞》中提到的鬼楼既是凶案的案发地，也是汇集众多流民的废墟，现实中"鬼楼"是位于艳粉街以北、因经济纠纷而空置的烂尾楼。在"铁西三剑客"作品中出现的艳粉街、工人村、"鬼楼"、铁路、街道、火车等意象，把特定时期城市的衰颓与凋敝展现得淋漓尽致。

哈尔滨有"东方莫斯科"和"东方小巴黎"的美誉，由于在20世纪初接纳了大量的俄、欧移民，饱受异域文化的影响，中西合璧，洋气十足。东北作家阿成的小说更充分地展现了哈尔滨这座城市中的殖民文化印迹，汪曾祺曾评价说："看了阿成的小说……我才知道哈尔滨是怎么回事。阿成所写的哈尔滨是那样真实，真实到近乎离奇，好像这是奇风异俗，然而这才是真实的哈尔滨。可以这样说：自有阿成，而后世人始识哈尔滨。"[①]阿成是这座城市文化的书写者。阿成的文学书写是建立在对"在地经验"的深入挖掘的基础之上的。通过对哈尔滨这座城市以及生活在这座城市中的小人物的独特的生命体验的阐释，显示出一种对生活世界的理解、宽容与呵护。阿成笔下的哈尔滨的自然风光和生活场景是有声有色、有温度的。另一位作家姝娟女士的长篇小说《摇曳的教堂》以20世纪初年国际化都市哈尔滨为背景，抒写了生活在那个特殊时代的人们，在特殊交往中的恩爱情仇。它的故事情节十分简单，一个有钱的绝色美人———陈苏儿，和一个同样有钱的白俄军官安德列，两人在本书开篇松花江冰上洗礼时不期而遇，一见钟情。此后小说两人总是阴差阳错，无缘再遇，一段长久的寻觅和破碎的爱，扑朔迷离推动小说情节发展，将冰城20世纪二三十年代开放、引进、发展的历史，贯注其中。作家笔下的冰城，不仅是北国风光四季优雅的环境美，还有那些宁静尖顶的欧式小楼，悠远空阔的教堂钟声，石头被马车轮磨得光滑的小街道，都被作家以细腻的手法，历历展现在读者眼前，令人心驰神往。

哈尔滨曾是一座移民城市，在时间上这段历史已经成为过往，但在空间上仍然留下当年俄国人修建的铁路、街道、楼房、教堂、花园，其中掺杂少许日式建筑。城市空间的基本面貌没改变，并随着岁月的发酵，这些地理景观所呈现的城市文化的异质性特点，升腾出独属于这个空间的地域特色和文化特征，为作家提供了更为多

---

① 汪曾祺：《年关六赋：序言》，《汪曾祺全集：卷五》，北京：北京师范大学出版社1998年版，第123页。

元的阐释空间，为文学提供了巨大的意义表现空间，使文学具有了无限的可能性。在阿成看来，这些具有历史依存、情感依存的建筑，在老一代人心里，是当时生命中的激情和过去生活际遇的结合，从这个意义上，建筑是活的历史，这些建筑，为因战乱而流亡至此的异国人提供了精神的庇护所。中央大街是哈尔滨的地标性街道，哈尔滨人把它看成这座城市的灵魂，承载着哈尔滨的历史。面包形状的方块花岗石铺成的石头街面，街道两侧巴洛克风格、折中主义风格、新艺术运动风格的建筑，有着浓郁的欧陆文化特色。街道作为城市的脉络联通着城市大大小小的建筑和处所，在迟子建的笔下，街道是她比较钟爱书写的对象，在她的作品中街道除了本身的用来交通的功能外，更成为承载人们日常生活的重要载体，在这个东北的极寒之地升腾起燎人的烟火气。在迟子建的小说《起舞》中，作家并没有用更多的笔墨描写这条著名老街的辉煌和气派，仅是对沿街几个西洋建筑作以简略介绍，随后一如往常地，将视野落在普通人琐碎的生活上，写一处棚户区内带有百余户破旧房屋的狭长旧街"老八杂"，写生活在这里的普通人的遭际和命运的起伏。以中央大街作为地理背景，围绕蓝蜻蜓、傅丢丢和齐如云等几位不同年代女性的生活轨迹展开，赋予女性人物以丁香一样的精神气质和超越现实的希冀，将城市与个体连接起来，用街道的变迁串联起人物的命运。这是一种揉在普通人生命历程中的烟火气，并没有什么重大深刻的瞬间绽放，只是平淡的缭绕，这些升有缕缕烟火气的街道，是人们的生活之地，沟通之所，有着抚慰人心的力量。这些描写哈尔滨这座城市的文学作品，通过文学艺术上的加工和想象，刻画和塑造出哈尔滨这座城市文化的鲜明特点。

三、历史记忆与城市品格

作为一个相对永久的、大型的人口集中场所，城市不是一成不变的，而是一个不断生长和变迁的综合体，城市的发生、发展以及兴衰是一个统一而且紧密联系的漫长过程。理查德·利罕在研究西方文学与城市历史之后指出，"城市是都市生活加之于文学形式和文学形式加之于都市生活的持续不断的双重建构。"①这鲜明地指出了城市与文学之间的关系，快速推进的城市化进程与文学之间是一种复杂的双向建构关系，即城市化对文学创作的影响与文学对于城市的表征。城市化的进程带来种种社会变化，这些变化为文学创作提供了丰富的资源，也深刻地影响文学创作的形式，同时，城市文学创作在展现城市面貌的同时，也是作家通过文学建构城市与想象城市的一种方式。因此，作家们在创作中不仅仅把握城市的当下，展现城市未来，还要刻画城市的历史以及变迁。

作为中国首位获得三次鲁迅文学奖、一次茅盾文学奖的作家，迟子建始终坚持将历史书写贯穿于文学创作，她的文学创作不仅仅立足于当下，更深深扎根于历史的土壤中，在现实与历史的双重滋养中绽放出鲜艳夺目的文学之花。迟子建的作品中有许多哈尔滨城市历史的渗透，这座城市的历史相比他处也拥有更多的地域特色。哈尔滨的历史与中东铁路密切相关，1896年，清政府与沙俄签订《中俄密约》，密约规定清政府准许俄国在华修建中东铁路。中东铁路以哈尔滨为中心，分成东、西、南三条线相向施工，从我国的吉林省和黑龙江省穿越而过，并向西连接西伯利亚大铁路。中东铁路的修建，不仅使处于交会处的哈尔滨成了集居住、商务、娱乐等功能于一体的聚集区，也给哈尔滨带来了数十万侨民。这些侨民身份各异，既有沙俄旧贵族、企业家，也有日本侨民、犹太人以及朝鲜和波兰侨民，他们的到来加速了哈尔滨从小渔村到大城市的演进。交通的便利和人口的丰富使哈尔滨在20世纪初期拥有了强劲的金融

---

① ［美］理查德·利罕：《文学中的城市：知识与文化的历史》，吴子枫译，上海：上海人民出版社2009年版，第3页。

实力，在一众东北城市中处于领先地位。来往的人口也为哈尔滨带来了各地的文化，从语言到外貌，从文字到居所，他们对哈尔滨的影响渗透在文化、建筑等方方面面，让哈尔滨成为一座拥有异域气息的多元化的城市，充满了传奇和奇幻的色彩。从20世纪90年代开始，迟子建就在哈尔滨这座城市生活，作为一位有着敏锐眼光的女性作家，她很自然地就注意到了哈尔滨这座东北城市独特而又悠久历史，她常常在人物和情节的设计上或有意或无意地串联着哈尔滨的城市历史，最后将之完美地融入了自己的文学创作当中。

《伪满洲国》和《白雪乌鸦》是迟子建在哈尔滨历史纵深处的初步试探。《伪满洲国》创作于1999年，篇幅长达六十万字，是迟子建创作以来体量最大的文本。在这部小说中她采用相对严正的历史观念对真实的历史图景进行描绘，其中包括"伪满"政权下的哈尔滨，它与长春、沈阳共同组成了大时代背景下的从庙堂到江湖的众生相。如果说其他有关哈尔滨文本写作的目的是构建城市、表现城市，那么《伪满洲国》当中的哈尔滨书写则是作为"编年体"中"国"的历史题材大背景存在。在满足历史题材相对真实的前提之下，以历史真实为基础，以文学想象为表现方式，呈现出这片黑土地上人们的生活状态。另一部长篇小说《白雪乌鸦》同样以百年前发生在哈尔滨的真实历史事件为原型。1910年11月9日，鼠疫由中东铁路经满洲里传入哈尔滨，随后一场大瘟疫席卷整个东北。这场大瘟疫持续了六个多月，席卷半个中国，造成了六万多人死亡。《白雪乌鸦》以这场灾难为背景，在叙述中涉及大量的历史史实和历史细节，但不同于以往历史题材小说的创作模式，在小说中我们找不到大写的英雄人物，也没有绝对的中心人物，作者着力书写的是鼠疫暴发后人的群像，通过底层小人物来描写底层世界，透过底层世界来呈现哈尔滨百年前的那段鼠疫灾难，书写雪白大地上人性的光辉与污浊，伟大与自私。尽管《伪满洲国》《白雪乌鸦》的重点并不在城市本身而在于历史烽烟，但在阅读时读者仍然能强烈感受到这座城市的异质性。

　　除历史题材小说外，迟子建其他有关哈尔滨城市书写的文本也同样与历史时间勾连在一起。在迟子建看来，历史首先是"生活"，然后才是后人眼中的历史，日常生活就是历史的"过程"。既然历史是由无数的碎片组成的，那么要想还原历史状态，就必须要从底层的日常生活写起，单纯描写波澜壮阔的历史事件和宏大的历史场景并不能真正地呈现历史，时代的悲痛存在于底层人民的喜怒哀乐之中。因此，在书写哈尔滨城市历史的时候，她经常有意地弱化重大历史事件，将这座城市的历史化作背景，渗透到芸芸众生的庸常生活中去。《黄鸡白酒》《起舞》《晚安玫瑰》《烟火漫卷》都将时间设置于当代哈尔滨文学叙事，迟子建巧妙地利用人物回忆或追忆的叙述视角，把哈尔滨城市的历史烽烟融入现代生活的烟火气中。在中篇小说《起舞》中，迟子建把目光投注在城市日常中，通过对日常生活细致入微的描写，描摹了哈尔滨底层民众的日常生活，再现了哈尔滨的百年沧桑历史，刻画了蕴藏于哈尔滨这座城市的精神品格。在《起舞》中，开篇映入读者眼帘的不是熟悉的哈尔滨城市符号——清隽巍峨美的圣·索菲亚教堂和繁荣气派的中央大街，而是哈尔滨市区内的一处棚户区——老八杂。"八杂"是俄语"集市"的音译，哈尔滨有很多像老八杂这样有着鲜明俄国色彩的街名，在这里，作者没有赘述任何史料，只是将老八杂名字的来历娓娓道来，就自然而然地交代了哈尔滨开埠的历史。在迟子建的小说中，也随处可以看到她对"宏大叙事"的不经意或刻意的回避，她可以将重大的历史事件或宏大的历史主题，转化到、具体到日常生活中去，因为日常生活的点点滴滴，才汇聚成波澜壮阔的历史长河，历史事件再重大，在漫长的人类发展中不过是沧海一粟。在《起舞》中，有两段文字，一段是领导找齐如云谈话，给她调换住房，让她搬到四辅里的一座俄式小楼，另一段是齐如云被区革委会的人揪出来，说成苏修特务，是因为齐耶夫来历不明的身世。这看似日常生活中的偶发事件，其实关涉的是中苏关系恶化、"文革"等重大历史事件。迟子建巧妙地从微小的日常视角进入宏大历史，并独具匠心地架起一座桥梁，这座桥不仅连接了现实和历史，也大大拓展了文学的思想空间。正是通过这种"生活式"的切入、日常化的书写，迟子建才能成功地把哈尔滨众这座拥有百年传奇历史的城市生动、形象、饱满而又切实可感地展示给读者。

此外，作家马加在《北国风云录》写出了20世纪30年代饱受欺凌的沈阳城市形象：邮政总局高高挂着日本的太阳旗，日本人开的店充斥着沈阳的老道口，城墙上到处贴着日本的画报，南满株式会社，南满医科大学，三井、三菱的洋行随处可见。"铁西三剑客"呈现的对时代的回望，阿成对于哈尔滨殖民史的书写，赵松《抚顺故事集》漫游式的反刍，梁晓声《人世间》中人生史与社会变迁史的总体性交织……无论在题材主题与美学风格上都差异颇大，共同构成了当代东北城市书写的丰富景观。

四、生命形态与生活形式

如果说，对一座城市外在风貌的描写，仅是外观上的区别，东北的地域精神，则是超越了地理空间建筑风貌，成为东北城市的文化特征和精神个性。城市化使城市文明不断提升，但快速的城市扩张并没有销蚀掉农耕文明的痕迹，也并未抹掉一个地域的文化类型差异。洪治纲在谈及小说地域文化时说道："地域风情不仅可凭自身激起作家想象的升华和诗意的领悟，成为作家生命情怀的一种折射，从而拓宽小说的审美意蕴，还可为人物的性格和价值观念的塑成以及人物命运的发展提供切实可信的文化基因，并在此基础上完成一种社会性格或民族精神的凸现，成为一种人文精神的补充。"[1]对东北

---

① 洪治纲：《论小说中的地域风情》，《山花》1994年，第68页。

的地域精神、地域文化的展现，对于东北社会转型之痛，对于东北市井生活进行诗意想象与文化反思，都凝结于一个又一个鲜活、生动而又独特的人物形象中。

虽然常写普通平民，但班宇的小说并不是"底层写作"，他笔下的人物拥有更加复杂和暧昧的城市身份，形成了新的贫困形态，是一种温饱基本得到保证之后的贫困，一种很容易被社会尤其是被富人和中产阶级有意忽略的贫困。在小说《逍遥游》中，许玲玲连续遭遇不幸，父母离异，自己身患重病，母亲去世，只能依靠并不亲密的父亲许福明骑"倒骑驴"拉脚赚钱治病。《于洪》里的三眼儿，母亲重病，姐姐没有工作，自己则在商场门口管理自行车。这样的角色常在班宇的小说里出现，他们不至于挨饿受冻，但是依然在贫困线上苦苦挣扎。徐坤的《沈阳啊沈阳》以主人公陈刚的视角写出了东北老工业基地工人生存的艰难与困境，写出了国企改革中的人的命运。孙惠芬《吉宽的马车》通过吉宽写出了老工业基地的"下岗"风潮。槐城最有名的造船厂是大家都艳羡的单位，可是，谁也不会想到，十几年过去，在人们心里那么了不起的工人还会下岗，这里有对曾经辉煌的工业的遗憾、惆怅。在《江边的游魂》中，阿成记述了哈尔滨所独有的老年妇女生活的景观，每天准时到松花江游泳晨练，阿成撷取这一凡俗人生的生活片段，体现了哈尔滨人对死亡的直击本质的朴素的理解。这些老人面对死亡，悠然、淡泊、平易，超然物外，他们不是哲学家，却能以自身成熟世故、练达稳健的人生实践，精炼出人生的哲理，实现精神的升华。作家以其细致入微的观察与鞭辟入里的思考相互融合，展示出哈尔滨人面对死亡不矫情，没有被生活磨平了棱角，千帆过尽，油然而生的不是人世沧桑的悲凉感，而是在人世的喧嚣和苦难中捕捉宁静与欢乐。

辽宁籍作家津子围是近年来的高产作家，其小说多次入选当代中国文学排行榜和全国年度小说排行榜，并斩获辽宁文学奖等多项奖励，被称为"辽宁文艺之星"。津子围的创作，经历了先锋，经历了写实，但自20世纪90年代社会转型以来，津子围更加贴近现实，以东北城市作为写作背景，把目光聚焦于城市小人物身上，关注他们的生存现状和精神困境。他始终充满温情和关怀，并运用圆熟的创作技巧和艺术感染力书写他熟悉的城市，展示东北文学独特的艺术魅力。

津子围是熟悉都市生活的，他在都市中摸爬滚打、饱尝艰辛，这些经历都成为他创作的活泉之水。他曾经"下海"，亲身经历商海的浮沉，也熟悉机关的生活，他深切地关注都市小人物的生存现状和精神困境。他写小公务员的机关生活，写他们身份意识的焦虑和迷失；他写都市普通市民，写他们的被忽视、被冷落，挖掘出他们生活中的悖论和荒谬；他写被忽视的边缘人，写他们的精神孤独和饱受煎熬。津子围用自己独特的叙事方式、成熟的叙事技艺和独特的想象虚构塑造了一个不一样的都市小人物的世界。

普通机关职员的形象在津子围的作品中占较大比例。《一顿温柔》里的宋文凯，身为小科员，没有什么实权，收入微薄，过着精打细算的生活。他每天第一个到单位，不仅拖自己办公室的地板，也自觉地把整个走廊的地板拖干净，不辞辛苦、任劳任怨，一干就是三年。但机关工作机械单调，他的工作热情也被消耗殆尽，开始了一杯茶水、一张报纸过一天的生活。面对同事的各种闲言碎语，面对升迁无望的职位，他无力而又无望。在家庭中，他的工资要全数上缴，还要承受妻子的埋怨，心情郁闷而又压抑。为了维护在同学眼里有地位、有权势的形象，他小心谨慎、委曲求全，苦苦等待被提拔。津子围笔下的机关人物几乎都默默无名，看似比普通人多了一点点的权力，然而一旦想用这仅有的些许权力为自己谋利时，他们就高度紧张、寝食难安、夜不能寐，最终他们并没有走入权力之外，作者用善意的笔调让他们又回到了正途，让他们心中的人性一次次地被唤起。回到正常的生活轨道上，这些小人物终于可以放下心来，畅快呼吸。

教师的形象也多次出现在津子围的作品中。这一群体注重修养，收入稳定，基本素质较高，心思细腻敏感，自尊心强，看似让人羡慕，但现实境遇和职业身份的交织，使他们也有无法言说的痛楚，他们往往将苦闷积聚于心，得不到发泄，处于焦虑和内耗中。《合同儿子》中，小董在酒后驾车撞死彭大威后逃逸，经过种种对自己脱罪最有利的分析后，他去投案自首，并跪求大威父母的原谅，承诺要以儿子的责任为两位老人尽孝。小董最终被判处有期徒刑六个月，监外执行。但故事此时出现了反转，大威的父亲彭家澍之所以会放过小董并原谅了他，真正的目的是想要报复小董，因为他看到小董身上有着人性中致命的弱点：自私、狡诈、怯懦、没原则的底线。他预测小董肯定会因为自己的弱点而得到更大的不幸。果然彭家澍的预测实现了，小董又因欺诈欠款被送进了监狱。在小说中，彭的内心极其复杂矛盾，在无奈和痛苦中，掏钱救小董，和小董签订父子合同，教育小董学知识，但实际并没有效果。彭家澍的行为看似怪诞，但其实和人性深处的幽微息息相关，另外他想要快意恩仇、为儿子复仇，但职业带给他的烙印——努力向善宽恕，还是让他举棋不定、犹豫再三。《昨日之雨》中的教授朱聆赶赴学生的邀约，在等公交的时候被莫名其妙地误会成小偷，带到派出所审问。本来朱聆理直气壮，自己清白问心无愧，但当警察问到他等车准备去干什么的时候，朱聆却撒了谎，因为他担心被误解，不能说自己要去和女学生约会一起去温泉中心。当警察提出要去他的单位、家里调查时，朱聆却担心万一查出自己其他的事情，只好违心承认自己偷了钱。后来失主找到钱证实了朱聆的清白，他却丝毫没有豁然开朗、如释重负，而是回到卧室，把头蒙在被子里。同样，《小温的雨天》里，中学教师小温同情父母双亡、跟姐夫一起生活的学生姚丽，当她发现在公交车上侵扰自己的色狼很可能就是姚丽的姐夫时，很是愤怒郁闷，但仍坚持为姚丽补课。在作品中，津子围刻画出了作为知识分子的教师的两难，本应是社会的精英和栋梁，但在现实面前，作为普通人，他们同样无法排解烦恼，同样难以做到精神上的独立与自由。可见，不同的职业制约影响着人的身份意识和人的心理行为，在职业意识和与之相应的身份意识不能达成认同时，便会产生身份焦虑现象，甚至导致人物身份意识的迷失。津子围笔下有不少人物在现实社会中处于这种状态。米兰·昆德拉说："小说家既不是历史学家，也不是预言家，他是存在的勘探者。"①津子围立足于自身的生活体验与东北的社会现实，将对转型时期东北城市的思考融入对小人物的刻画中，他的小说不仅提供了沈阳这个文学地标，还给当代中国的城市书写提供了新的元素与观察维度。

中国的土地辽阔广袤，地貌千变万化，气候千差万别，风情千姿百态。正所谓一方水土养一方人，一方人创造一方文学。一地区的共同语言、共同地域、共同的经济生活以及共同的文化心理素质会造就一地区的总体文学基调。同样，现代城市在带给人们新的生存体验的同时，也改变着大众的伦理意识，重构着民族的文化构成。曾经，中国当代文坛出现过异彩纷呈的城市文学景观，如王安忆的《长恨歌》描写开放多元、光怪陆离的上海，贾平凹的《废都》表现旧城新城相映生辉的西安，王朔《顽主》《玩的就是心跳》写北京的机智油滑、雍容大气，陆文夫写苏州的《美食家》等等。这些作品通过城市生活的变化都集中体现了城市发展中历史进程的步伐，社会环境风尚习俗的变化以及城市中人们的生存状态和城市中的人文景观等等，这些城市文学作品也都在人们的脑海中塑造出这座城市的文化特色，使之根深蒂固，向往留恋。然而，当下的城市文学出现了诸多问题，如缺少宏观视野与宏大格局、观念大于实际、主题模式的雷同与重复等，这些问题都是城市文学发展亟待解决的问题。中国文学要在当下快速城市化的时代有所作为，吉林大学文学院张

---

① ［捷］米兰·昆德拉：《小说的艺术》，孟湄译，上海：生活·读书·新知三联书店1995年版，第43页。

丛鸣教授的观点能够带来一定启示，他认为："不仅要勇于直面快速扩张的城市和不断建构的城市文化，善于发现和书写城市文化崛起过程中的人的各种精神征候与心理动向，还要乐于表现城市给社会历史带来的进步与给人民生活带来的福利。只有这样，城市文学才能真正树立起自己的文学史界碑，才能成为当下现实主义文学创作的主流。"①

---

① 李永杰：《亟须引领的创作场域》，《中国社会科学报》，2016-04-29。

新时期以来辽宁儿童小说的
主题叙事意义研究

◎王家勇

当辽宁儿童小说作家们面对由"成长"母题生成出的情节结构时，他们会动用各自的生活阅历、知识储备等来为这一情节结构添上血肉，一个个不同的完整的故事便呈现在读者面前。由于读者存在差异，因此，即使面对同一部儿童小说，也可能会被解读出不同的主题意义来。历史新时期以来辽宁儿童小说大多有着一个共同的主题，那就是"成长的崇高"，这种"崇高感"虽然是由小说的"悲剧性情绪"（即悲情）所引发的，但其中还隐含着一个深刻的叙事内涵，这个内涵就潜藏在辽宁儿童小说独特的叙事结构中。

一、带有原型化倾向的叙事结构

情节结构是一部小说的核心骨架，当作家在确定了要书写的原型之后，为整部作品建立一副结实的结构骨架就显得十分重要了。阅读新时期以来的辽宁儿童小说，我们不难发现这类故事的情节发展具有一定的相似性。尽管每个故事都不完全按照相同的方式发展，但几乎所有的小说都包含主人公成长的背景、成长的困惑、离家出走或寻求出路、遭遇考验、陷入困境、获得醒悟和拯救等相似的经历。也就是说，在以"成长"为原型创作儿童小说时，作家们有意无意地都会采用一种相似的结构模式。那么，这种叙事结构模式究竟是什么样的呢？

下面我们就通过一些作品来进行具体的分析。比如常星儿的《走向棕榈树》，在这部小说中，诱惑几个少年的是远在南国的棕榈树和那个未知的繁华世界，春玲曾经写过一篇散文来表达自己对这种诱惑的向往："我只在书刊中读过你，只在电视里看到过你，只在朋友寄来的照片上抚摸过你——哦，你这南国的普通一木！你绿得轻漫，绿得浓郁，绿得叫人惊叹。……是因为你生在南国，还是因为你常绿？我想走近你。我真想走近你，棕榈树！一睹你的风采，领略你的神韵！"不难看出，诱惑对于生长在茫茫沙原里的孩子来说是不可阻挡的。鸣山、春玲和根旺离家上路了，可根旺却为此付出了生命的代价。当鸣山和春玲抹去伤痛继续上路的时候，他们成长了，他们知道了自己身上的担子有多重。最后，春玲放弃了在深圳的发展，回到了生她养她的八百里沙海，在她的心里有一个信念支撑着她，那就是深圳既然能从一个小渔村变成现在的繁华都市，那么，她的沙原小村也可以。鸣山留在了深圳，他要在那里完成自己的成长。在这部小说中，诱惑—出走—磨难—醒悟—成长的情节结构脉络十分清晰。另如车培晶的《野鸽河谷》，诱惑小主人公哑娃子的是上学的渴望，他为讨铜灰叔的欢心，出走野鸽河谷，"卧底"在柳尖爷的身边，伺机偷走能够召唤野鸽群的紫铜唢呐，但在与柳尖爷朝夕相处的日子里，哑娃子被柳尖爷的善良感化了，他终于醒悟了，决心不再做铜灰叔的帮凶。最后，铜灰叔被野鸽群啄瞎了双眼而变得疯疯癫癫，哑娃子则获得了精神上的健康成长。再来看薛涛的《空空的红木匣》，主人公"我"所面临的诱惑就是姥姥那神秘的红木匣，当姥姥讲述了自己的童年记忆并将红木匣借给我时，我如获至宝。后来，为了偿还阿毛三十元的游戏费用，我把红木匣里所有的漂亮贝壳都卖给了小伙伴，债虽然偿完了，但我每天放学回家都不得不像做贼似的绕开姥姥的阁楼。其实，这就是我对姥姥感情的一种背叛和"出走"。最后，姥姥的病逝唤醒了我的良知，我经历了一次精神上的成长。综观以上的例子，我们发现它们都有一条相似的叙事结构脉络，即诱惑→出走→考验或磨难→醒悟→成长。

芮渝萍在研究美国成长小说时，也注意到了这类作品具有相似的结构模式。她通过对大量美国成长小说原文的阅读，将这一结构模式用图表的形式表现了出来：

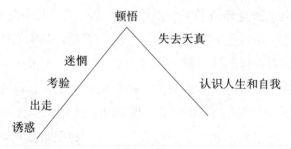

芮渝萍指出："这个基本情节模式是以人类成长的基本模式为原型的。由于艺术的使然，这个结构原型必然努力寻找具有个性的表现形式，从而形成了各种结构变体。"[①]这就可以用来解释为什么都是"成长"原型，也具有相似的情节结构模式，而会出现如此千差万别的儿童小说文本的这个问题了。

说到这里，可能有人会提出这样的疑问：既然成长小说都有着几乎相似的情节结构模式，那么辽宁儿童小说又有什么特别之处呢？由于东北独特的地理地域特点，恶劣的生存环境成了这些儿童小说所无法回避的现实，苦难、死亡、残缺伴随着少年人的成长历程。也就是说，辽宁儿童小说的结构模式还有着一个让任何人都感到沉

---

① 芮渝萍：《美国成长小说研究》，北京：中国社会科学出版社2004年版，第84–85页。

重的底座，那就是包含苦难、死亡和残缺等在内的恶劣的现实环境。这种环境是生活在北京和东南沿海地区的作家和孩子们所不可能经历的，我想这正是辽宁儿童小说的一大特色吧。

综上所述，历史新时期以来辽宁儿童小说的独特叙事结构就是：苦难、死亡、残缺→诱惑→出走→考验或磨难→醒悟→成长。当然，这个叙事结构仍然是对古代神话中"成长"的叙事结构的回归，但恰恰是这种回归才使得辽宁儿童小说的叙事结构具有了自己的独特性。这个独特性是相对于同时期中国其他地域的同类作品而言的，像彭学军的少年成长小说，其中的一些主人公甚至只是因为一件事就突然醒悟而成长的，她省略了少年人成长中的很多过程，这与辽宁儿童小说是有着极大的不同的。当然，并不是所有的辽宁儿童小说都有这样的情节结构模式，有的作品缺少其中的某环或几环，有的作品甚至与基本的原型结构相比区别很大，这种变异性是由很多原因导致的，因其不占多数和限于篇幅，本文就不再论及了。另外，近年来，随着社会的发展，辽宁的现状已不容关内任何一个省份小觑，尤其是东北的两座中心城市沈阳和大连，在走向国际大都市的进程中，作家们的创作风格开始多样化，时尚与古典的碰撞、融合成为文学的主旋律，因此辽宁儿童小说渐渐与全国其他地区的同类作品走向趋同。这是进步还是倒退，我不敢断言，但可以肯定地说，辽宁特色不能丢，这是我们在文学史上留下一笔的重要保证。

二、颂扬人性善："崇高"的叙事内涵

在上文中我们提到，历史新时期以来辽宁儿童小说大都有着一个共同的主题，那就是"成长的崇高"，这种"崇高感"虽然是由小说的"悲剧性情绪"（即悲情）所引发的，但悲情并不一定都能引发崇高感。根据"崇高"的美学定义，"崇高"是在主人公争取"真和

善"的过程中才出现的，因此，在新时期以来辽宁儿童小说的"崇高"背后，还隐含着一个深刻的叙事内涵，那就是对人性善的颂扬。少年人在与苦难、死亡、残缺做斗争的成长之路上所表现出的强大的人性魅力，才是辽宁儿童小说给人一种崇高感的根本原因。颂扬人性善是儿童文学的本质任务，每一位儿童文学作家都是以这样的目标来进行创作的，但辽宁儿童小说作家们做得更为深刻。由于东北独特的地理、文化和历史等原因，使得辽宁作家有着最接近生活本真状态的心理积淀，他们对叙事结构中的这个"苦难、死亡、残缺"的底座的理解更为透彻，因而对少年人人性善的颂扬也就更有深度和力度了。在对人性善的揭示中，辽宁儿童小说的叙事结构与主题达到了完美的统一。

关于"什么是人性"，在这里，我只想拿出一个被公认的结论，那就是马克思关于人性的理解，他说："首先要研究一般本性，然后要研究每个时代历史地发生了变化的人的本性。"[1]也就是说，"人是一切社会关系的总和"，这样才是一个完整的发展的人性概念。进入当代社会后，人性探掘成为世界潮流，各国文艺家都自觉以人性为核心进行艺术活动，中外文学史表明经典作品无一不以揭示人性为矢的，因为"文学的存在方式最终取决于人的存在方式，文学艺术领域任何根本性问题都可归结为对人的理解，任何文化都必然表现出创造者对自我的认识。人们按照何种方式生存与审美，必然与如何认识自己相一致"。[2]可以说，"人性是文学之核心"[3]。在成人文学中，对人性的理解和挖掘是十分复杂的，但儿童文学就单纯得多。朱自强在《儿童文学的本质》一书中，将揭示与颂扬人性善作为儿

---

① ［德］马克思：《资本论》，《马克思恩格斯全集（第23卷）》，北京：人民出版社2006年版，第669页。

② 裴毅然：《二十世纪中国文学人性史论》，上海：上海书店出版社2000年版，第14页。

③ 裴毅然：《二十世纪中国文学人性史论》，上海：上海书店出版社2000年版，第14页。

童文学的一个本质规定，这一观点也已得到儿童文学业内人士的一致赞同。辽宁儿童小说在颂扬人性善上做得十分到位，我们可以通过车培晶的两部作品来进行印证。首先是《墨槐》，主人公哑巴石是一个哑巴孩子，父亲放石炮崩死了，母亲疯了，他魂也丢了，变得很孤独很凶，并且失去了与他相依为命的红脖儿狗。善良的北山子装成哑巴来安慰他，他仇恨北山子，但终因北山子也是哑巴，最终还是接受了他，向他透露了自己心中最大的秘密。在这个故事里，北山子用善良的心滋润了哑巴石干涸的心灵，哑巴石也用善良来回报北山子。再看《野鸽河谷》，这个故事的基本结构与《墨槐》很相似，只不过主人公换成了柳尖爷和哑娃子，他们也是用善良感化和回报着对方。除车培晶外，其他辽宁作家同样都对人性善做了尽情的书写。他们从生存于苦难、死亡、残缺这样艰难环境中的少年人身上挖掘出人性的闪光点，这比描写那些生活安逸富足、学习条件优越的少年人的某些善良行径要更具震撼力，这些作家对人性善的颂扬自然就更有深度和力度了。

有人可能会存在这样的疑问，那就是在国内知名儿童文学作家的创作中，与辽宁儿童小说类似的作品并非没有，比如曹文轩的《草房子》《青铜葵花》等，那么，辽宁特色又在哪里呢？辽宁特色不在于对少年人人性善的颂扬上，因为这是每一位儿童文学作家进行创作的终极目标，辽宁儿童文学作家与曹文轩等做到了这一点，说明他们对文学规律、人性尺度等把握得高明，而真正的辽宁特色在于他们以群体优势从苦难、死亡、残缺这一叙事结构的底座出发，去观照人性这一个问题，自然就会把它看得更为透彻了。在这里，辽宁作家将叙事意义与叙事结构完美地融合在对人性善的颂扬中。曹文轩说过："儿童文学界正在形成一个共识：只有站在塑造未来民族性格这个高度，儿童文学才有可能出现蕴涵着历史内容、富有全新精神和具有深度力度的作品；也只有站在这个高度，它才会更好地表现善良、富有同情心、质朴、敦厚等民族性格的丰富性。"①可以说，辽宁儿童文学作家已经站在了这个高度上并做到了这一点，因为他们已经发现"成长的崇高"的真正内涵了。

三、儿童是成人之父："崇高"的现实叙事

辽宁儿童小说中那种成长的"痛快"可以让少年读者们受到极大的震撼，也会警示他们慎重应对自己成长路上的顺境或是逆境。当然，成长路上的痛苦也许并不是辽宁儿童小说中所独有的，曹文轩、梅子涵、班马、董宏猷、张之路等儿童小说作家的笔下都不曾让成长中的痛苦和迷惘缺席过，但是以一个群体来凸显恶劣生存环境所造就出的浓浓的悲情氛围中的少年成长却是辽宁所独有的，也只有辽宁才能孕育出这样的群体来。

少年，是一个模糊的年龄地段，王泉根教授的儿童文学三层次说将为十一二岁至十六七岁的儿童服务的文学称为少年文学；张美妮教授在《幼儿文学概论》中将少年界定在13～15岁；蒋风教授对"少年"也有大致相当的分界，可见，13~18岁这一时间段是儿童阶段和成人阶段之间的一个过渡期，即少年期。也就是说，少年与童年和成年都不同，却兼具两者的特点。当我们谈过辽宁儿童小说对少年读者的影响之后，有人又会提出这样的疑问：这些作品在现实中是否只对与作品中的少年主人公同龄的读者产生心理共鸣呢？答案是否定的。这群粗犷的东北汉子用他们细腻的心思创造出来的这些少年人的成长故事同样也影响着成人，因为"儿童是成人之父"。

最早发表"儿童是成人之父"见解的是英国湖畔派诗人华兹华斯，在他的一首名为《彩虹》②的诗中，他这样写道：

---

① 曹文轩：《中国八十年代文学现象研究》，北京：作家出版社2003年版，第359-360页。

② 刘晓东：《儿童精神哲学》，南京：南京师范大学出版社1999年版，第381页。

The Child is father of the Man; 儿童是成人之父；

And I could wish my days to be 我希望在我的一生里

Bound each to each by natural piety. 每天都怀着（对

儿童）天然的虔敬。

　　继华兹华斯之后，文化人类学的创始人和文化进化论的首创者泰勒、著名心理学家和心理复演说的倡导者霍尔以及著名的意大利儿童教育家蒙台梭利都曾说过"儿童是成人之父"。如泰勒在《原始文化》一书中指出："我们越是把各种不同民族的神话虚构加以比较，并努力探求作为他们的相似的基础的共同思想，我们就越确信，我们自己在童年时代就处在神话王国的门旁。儿童是未来的人的父亲，这种说法在神话学中说，比我们平时说具有更深刻的意义。……蒙昧人是全人类的童年时代的代表。"①而蒙台梭利在《童年的秘密》中则表述得相对通俗一些，她指出："事实上，母亲和父亲对他们子女的生命有何贡献呢？父亲提供了一个看不见的细胞。母亲除了提供另一个细胞外，还为这个受精的卵细胞提供了一个生活环境，以便使它能最终成长为一个充分发展的小孩。说母亲和父亲创造了他们的孩子，那是不对的。相反的，我们应该说：'儿童是成人之父。'"②那么，为什么"儿童是成人之父"？蒙台梭利是这样回答的，她说："人一旦获得生命，在人最初创造时所发生的事情在所有人的身上都会再现出来。因此，我们可以不断地重复说：'儿童是成人之父。'……就儿童的活动领域而言，我们是他的儿子和扈从，正如在我们的特殊工作领域他是我们的儿子和扈从一样。在一个领域

----

　　① ［英］爱德华·泰勒：《原始文化》，连树声译，上海：上海文艺出版社1992年版，第285页。

　　② ［意］玛丽亚·蒙台梭利：《童年的秘密》，马荣根译，北京：人民教育出版社1990年版，第59页。

成人是主人，但在另一个领域儿童是主人。"①根据这些论断，我们可以做如是理解：儿童时代是人类童年的缩影或是复演，原始的人类童年时代的一切都可以通过遗传等方式进入现代人的思维中，影响着现代人。那么，儿童也会如此影响着成人。中国新文化运动的旗手鲁迅早在百多年前就提出了这一思想，他指出："以幼者弱者为本位，便是最合于这生物学的真理的办法……后起的生命，总比以前的更有意义，更近完全，因此也更有价值，更为宝贵……"②可见，鲁迅是在建立一种"以儿童为本位"的新的儿童观，后世中国儿童文学百年的发展也证明了鲁迅的观点是正确的。

那么，我们在此以如此大的篇幅来说明儿童对成人世界的重要影响与本文有何关系呢？在本节开头我提到过辽宁儿童小说对儿童读者的影响是不言而喻的，但通过我们上述的理论分析，可以断言，这些作品对成人亦有着不可低估的作用，"儿童是成人之父"给了这个问题最好的解答。尽管我们要把儿童小说推向成人读者是有难度的，但当成人一旦面对这些小说时，就很难对此无动于衷。他们会震惊于少年人艰难的生存环境，钦佩于少年人为成长所付出的努力和代价，反思于自己成长路上的点滴，净化着自己的心灵以规划一个更美好的未来。另外，我们还可以通过一个方法来印证这一观点，那就是通过作品中的少年主人公的成长对其周围成人的影响，来体味一下"崇高"的现实叙事意义。比如常星儿的《棕榈树》，村主任喜泉叔本来是要到沙原边拦住离家出走的鸣山、根旺和春玲的，但当他看到三个孩子那坚毅的面庞时，他咽下了要挽留他们的话，还给了他们一些盘缠。喜泉叔之所以会这样做，是因为他被三个孩子这种改变家乡落后状况的努力所感动了。另如于立极的《龙金》，两位少年主人公金娃和金锁人虽小，但已经在龙神爷的调教下成为姬、

① ［意］玛丽亚·蒙台梭利：《童年的秘密》，马荣根译，北京：人民教育出版社1990年版，第191页。
② 鲁迅：《我们现在怎样做父亲》，《新青年》，1919年第6卷第6号。

姜两家耍龙灯的逗宝（即耍龙灯时，在龙头前耍宝的人，是龙灯好坏的关键）。当两家为争夺龙金的保护权而进行龙灯比赛时，两个孩子的勇猛表现感染着各族里的每一个成年人，他们使尽全力去争取胜利。再如肖显志的《神曲"唢呐"》，明子不图金钱，举报封建迷信活动；他不计前嫌，吹了一天一夜的唢呐"神曲"，终于唤醒了韩大肚子。明子这种高尚的品格给身边的成人做了一个很好的榜样。还有盲琴师、欣兰等，无不用自己的成长经历和崇高品格影响着周围的成人，以此类推，在现实的读者接受中，少年人的"成长的崇高"也必然会对成人产生影响。

邓少滨在评价刘东的《轰然作响的记忆》时说道："刘东笔下的'轰然作响的记忆'中讲的都是大家非常熟悉的，却常常被成年人忽略或者不屑一顾的故事，读过之后你会认为故事的主人公就生活在自己的周围……"①的确是这样的，我曾把一些辽宁儿童小说，如《走向棕榈树》《自杀电话》《轰然作响的记忆》《砂粒与星尘》等推荐给我身边的师长、同学和朋友，他们读过之后留在脸颊上的泪痕就说明了一切。恰恰是这些被他们"成年人"忽略或者不屑一顾的故事深深地感动了他们、影响了他们。刘厚明把儿童文学的功能概括为"染情、益智、导思、添趣"，这对儿童自不必多言，而对心智成熟的成人来说，这四大功能的表现也许会更为突出，因为成人会想得更深、做得更多。"儿童是成人之父"，这一辽宁儿童小说对成人世界的现实的叙事意义不容忽视，这种群体的力量是单个儿童小说作家所无法抗衡的，其在读者世界中的反响会更大。

---

① 刘东：《轰然作响的记忆》，北京：中国少年儿童出版社2003年版，第263页。

增进童年书写的广度与深度

——近年来辽宁儿童文学创作的新视野

◎何家欢

　　新中国成立七十年来，辽宁儿童文学创作一直保持着持续的创作生命力，特别是随着20世纪90年代"棒槌鸟丛书"的出版和新世纪"小虎队丛书"的出版，辽宁儿童文学作家凭借两次集体亮相，让东北大地上的童年生活以高调的姿态进入国内读者的视野，同时也在人们心中树立起"辽宁儿童文学作家群"的品牌形象。近年来，辽宁儿童文学中青年作家在创作上持续发力，在增进儿童文学艺术表达的深度与广度上做出了积极的尝试与努力。

　　儿童文学是以童年书写作为自己的核心艺术内容的。什么是好的童年书写，在创作中又该如何去抵达儿童文学写作的艺术目标，这是许多儿童文学写作者正在努力探索的方向。进入新世纪以来，一些围绕儿童校园生活和家庭生活展开的系列小说以贴近儿童生活、富含儿童情趣的日常化书写赢得了小读者的喜爱，但是与此同时，这类作品也因取材相仿和叙事手法的雷同而呈现出类型化的创作态势。从中很难再找见像黑柳彻子笔下的"小豆豆"和戈西尼笔下的"小尼古拉"那种令人耳目一新、印象深刻的儿童形象，许多小主人公都是千人一面。这样的儿童文学不仅与我们所追求的难度写作相去甚远，更难以成为读者心中认可的"优秀"和"经典"。文学创作源于生活，而又高于日常生活本身。那些美妙的童年故事或许是从纯真的童年生命中流淌出来，也或许是从成人温柔的童年回眸中生发出来，但童年成长终将是指向未来的，所以好的童年书写应当适当地从平庸、琐碎的日常书写中脱离出来，引领儿童进入一个更为广阔的生命空间。这里所说的生命空间，既是外在的生活空间、文化空间，也是儿童内在的精神空间、成长空间，好的童年书写能让儿童在阅读中拓宽视野，丰富对生活和生命的感知力。

近年来，辽宁儿童文学作家从未间断对儿童文学创作视野的开拓，他们纷纷从历史、文化、民族、心理等多重维度突入儿童生活，通过叙事题材的开拓将广阔的社会图景呈现在读者面前，极大地丰富了儿童文学的创作内容。这种对童年生活的多元化书写并非是对某类题材的简单植入，而是越来越趋向于对生活细部的发现和对文化精神的融入，这显示出作家在儿童文学难度写作上所做出的尝试与努力。

一两琴音的短篇小说《策马少年》借助蒙古族少年的视角和口吻，将我们的目光引向了辽阔的内蒙古草原。故事中，十四岁的哥哥是家族中的相马好手，受雇主所托为其挑选参加那达慕大会的赛马。一匹野性未驯、满身伤痕的小矮马被哥哥选为训练对象，最终在那达慕大会上一举夺魁。当雇主厚着脸皮前来讨要小矮马时，哥哥却没有将小矮马交给他，而是把它放回了大自然，因为在哥哥看来，野性未驯的小矮马属于广阔的天与地，属于山川、河流，而不属于任何人。哥哥和小矮马的身上都流淌着内蒙古草原桀骜不驯、自由不拘的血液，可以说，小矮马正是哥哥精神与灵魂的化身，而哥哥最终将小矮马放回大自然，也意味着他将自己的心与灵魂放归到自然之中。在大自然中寻觅肉身与灵魂的自由、和谐，人与自然合而为一，这正是蒙古族牧民崇高的精神信仰与生命态度。作者在以少数民族儿童生活题材拓展儿童文学叙事空间的同时，也表达了自身对民族精神和民族信仰的见识与体认。

马三枣的短篇小说《鸟衔落花》则将佛家智慧和处世哲学融入儿童小说创作。这篇作品曾荣获2017年陈伯吹国际儿童文学奖。作品中的小和尚慧宽有着异于同龄人的处世智慧，他不仅聪颖过人，而且性格圆融通达、与人为善。通过两次赛棋，慧宽巧妙地帮助有绘画才华却不善交际的男孩融入集体之中。慧宽虽然是个12岁的小和尚，但是一言一行都显露出超凡的人生智慧，仿若一位智者的化身。这种智慧不像来自孩童自身，更像源自成人，体现着成人的处世哲学和对成人对儿童的睿智关怀，这不免让慧宽这一儿童形象的塑造看起来略有些失真，但从作品的立意和思想内涵来说，《鸟衔落花》让我们看到了作家在丰富儿童文学创作的文化内蕴和引领儿童精神成长等方面所做出的积极尝试，这样深厚的文化情怀和开阔的创作视野是值得重视和关注的。

于立极的小说《美丽心灵》面对当下社会广为关注的青少年心理健康问题，进行了小说形态和内容的实践探索。小说中，因车祸失去双腿的少女欣兰本想结束自己的生命，却在意外接到一个求助电话之后，受到启发开办了一条义务中学生心理热线。在一次次的心理疏导与拯救中，欣兰的内心发生了剧变，她不仅开始直面人生的波折与痛苦，更在帮助他人的过程中找到了自我价值实现的途径，梦想让她找回了生的勇气与担当。遭遇命运变故的欣兰没有让自己一直停留在阴影中，而是积极勇敢地穿越逆境，并像一束光一样照亮了那些和她一样在黑暗中徘徊的心灵。《美丽心灵》让我想起了创作于20世纪80年代的另一部关于少女心灵的小说作品——陈丹燕的《女中学生之死》，小说里，聪慧而孤高的中学女孩在家庭和学业的双重压力下结束了自己刚满15岁的年轻生命。两部作品同样书写了黑暗中年轻生命的挣扎与徘徊，但陈丹燕的叙述更为精巧和隐蔽，她在叙事过程中有意打破时空界限，让寻死的女孩和懊悔的家长、困惑的老师实现了一场跨越时空与生死的精神对话，试图以此在青少年狭小的自我空间和广阔的外部世界之间搭建起一条桥梁。而《美丽心灵》中对青少年心理的引导方式则是正面而直接的，它直面青少年成长中存在的各类心理问题，做出积极而有效的回应。该作品曾被誉为"中国首部写给孩子的心理咨询小说"，这意味着作品在兼具文学性的同时，更注重心理咨询的实用意义。于立极曾在1990年初接触过心理咨询，并产生了浓厚的兴趣，在他的心中一直有通过文学艺术疗治少年儿童各种心理困厄的希望，而欣兰正是作家心中的一个美丽梦想——所有残缺和荒芜的心灵终将穿越生命的困苦，寻得一个理想的归宿。

和儿童自己的创作相比，成人作家的优势在于他们能运用自己成熟的思维来对搜集的各种创作素材进行整合，从更高的维度去构思和立意作品，从而实现对童年的观照和对成长的引领。对于一个儿童文学作家来说，"矮下身子"和儿童说话并不难，难的是在取悦儿童的同时，还能带给他们深层次的精神愉悦，并对童年成长有所助力。相较于以粗浅滑稽的幽默故事去娱乐儿童，取悦儿童，这样有深度有力量的成长故事更能体现作家对童年成长的真诚关怀，也更具有恒久的文学魅力。

辽宁作家不仅将广阔而丰富的童年面貌带入儿童文学创作中，同时也积极地将笔触探入儿童生命世界的深处，去发掘儿童精神的独特性，表达对生命的哲学思考。

童年，是人类精神的原乡，英国诗人华兹华斯曾写下"儿童是成人之父"的名句，寓意着儿童精神之于人类精神的根基关系。"童年之于成年，童心之于精神世界，如同根之于大树。"[①]儿童文学之美与童年之美是密不可分的。童年时代经常被人们寄予一些美好的想象，人类对童年的美好想象一方面源自对童年时代的不舍与留恋，另一方面也因为童年成长总是指向未来，所以被赋予了更多美好的

---

① 刘晓东. 儿童文化与儿童教育［M］. 北京：教育科学出版社，2006：54.

想象与期待。一部优秀的儿童文学作品应该是建立在这样一种对童年精神的追寻之上的——它信仰童年，并且坚定地相信童年的快乐美好是可以永恒地存在于人类的精神世界之中。在一些经典的儿童形象上，我们可以找见这样一种童年精神的存在，如圣埃克苏佩里笔下的小王子，他一个人游走在成人的星球上，心中却惦念着B612号小行星上的那朵玫瑰花，最终以死亡实现了对爱和本心的回归。又如巴里笔下的彼得·潘，他带领孩子们在永无岛上建立起一个充满游戏和冒险的童年国度，宣示着对成人社会的逃离与对抗。他们是童年世界的守护者，是埋藏于成人心底的"永恒男孩"，象征着人类内心深处对于童年的深深留恋。还有林格伦笔下的长袜子皮皮和小飞人卡尔松，他们的出现让儿童自由、贪玩的天性得到了最大的张扬和释放，让儿童对游戏生活的渴望获得了极大的认可和满足，可以说他们的存在正是人类心灵深处童年精神的显现。

在近年来的辽宁儿童文学创作中，我们同样看到了作家对童年精神的深度开掘与诗意书写。女作家王立春一直在以诗的方式探求儿童生命本真的状态，她的儿童诗充满了灵动的儿童情趣。"王立春不是在用语言写诗，她创作全部的动力与资源在童年的精神感觉，一个特别的内宇宙世界，那是抵达童诗想象力的本源。"（李利芳语）在孩子的眼中，世间万物皆有生命，而王立春正是借助孩童泛灵化的目光去抚摸世界。透过童年纯真的滤镜，她看见电线在冬天里冻得直搓手指，看见春雨用它的乳牙轻轻嗑开了花瓣，当诗人透过儿童的心灵和视角去感知世界，通过儿童的思维去想象世界，大自然中的一切都成了诗，而童年生命的诗意也从这灵动的诗句中源源不竭地流淌出来。童年的诗意和诗人心中的诗意彼此交织，融汇成清新动人的诗篇。

车培晶的童话常有富于游戏性的幻想情节出现，这让他的童话呈现出一种新鲜而欢快的独特气质。短篇童话《西瓜越狱》中，不甘心被人吃掉的西瓜逃出瓜园，遇到了一心想被人吃掉的南瓜。两瓜结伴而行，为了帮南瓜圆梦，西瓜使尽浑身解数却终究没能如愿，最终南瓜在日复一日的等待中变得衰老、溃烂，而西瓜也没有逃脱变成瓜皮的命运。世间万物有其生长运行的轨迹和规律，从不因个人的意志而改变，由此观之，这则童话有很深的人生哲理和生命体悟在里面，但是引人深思之余，更令小读者忍俊不禁的可能还是一路上两瓜"互帮互助"的友爱之旅，西瓜为了帮助南瓜，带上别人的太阳镜和凉帽，装成胖太的模样，非要厨师煮南瓜粥给自己。被发现后，两瓜因偷窃被拉去审讯，情急之下又在乘警和想吃西瓜的小猪面前演出了一场闹剧。整个旅途就像是一场欢乐的童年游戏，充满了笑料和欢愉，深刻而又不失欢脱，尽显儿童趣味。意大利小说家卡尔维诺在他的讲稿中曾经说过："一部经典是一本从不会耗尽它要向读者说的一切东西的书。"以此观之，车培晶童话正是拥有这样一种文学经典的气质，它可以读得很浅，也可以读得很深。

如果说车培晶童话在以幻想的方式建构着童年的游戏世界，那么薛涛的长篇小说《孤单的少校》则是将这个幻想的游戏世界直接移植到了儿童的日常现实生活之中。小说中的太阳镇很容易让人联想起巴里笔下的"永无岛"——在那个远离成人社会的小岛上，孩子们依照他们自己拟定的秩序生活、游戏和冒险。太阳镇的孩子们也有着自己的小世界，他们本来在电子游戏中享受着虚拟的快乐体验，可是游戏厅在一夜之间关闭了，一时间孩子们失去了让他们精神驰骋的场所，于是，网络中的战事便被搬到了现实生活之中，由此，一个写实版的永无岛呈现在我们面前。在这个世界里，孩子们有模有样地制订着交战的规则，认真地扮演着各自的身份角色，一切看上去都是那么煞有介事。但是所有的秩序只是默契地存在于孩童之间，在大人眼中，所有的一切都不过是孩子们玩闹的把戏罢了。在游戏与现实的虚实对比映衬之下，童年的精神世界与生命状态以其独特的姿态呈现在我们面前：这是一个充斥着想象和幻想的空间世界，一切不合现实逻辑和成人要求的想法、念头都可以在这里肆无忌惮地穿梭驰骋。即使成人一再动用"霸权"将他们拉回现实生活，但是他们仍然依靠强大的大脑为自己打造了一个可以暂时逃离成人束缚和现实秩序的避风港。这或许正是童年精神的本质，它始终是指向自由的，是不为任何外在力量所束缚的。相较于《长袜子皮皮》《淘气包埃米尔》这类偏于热闹张扬的顽童型作品，薛涛对于童年精神的书写倾向于冷静与节制，有时甚至还带点儿冷峻和戏谑的味道，他更喜欢让故事的趣味性通过轻描淡写的讲述从现实世界与游戏空间的夹缝中溢散出来。作品中童年书写的深度在于，它不仅表现了童年精神快乐至上、自由不拘的一面，更挖掘出隐现于人类心灵深处的孤独意识，从而使作品流露出深邃的哲学意味。作品以"孤单"为名，正是对这样一种孤独意识的表达。童年生活往往会给人一种快乐无忧的感觉，但是在薛涛看来，现实中的童年时常与孤独为伴。这种生命的孤独感似乎与生俱来，并牵绊每个人一生，虽然其间个体总是为摆脱孤独而做出各种尝试，却又因深层性的隔膜而导致悲剧的发生。小说中的长白狼和女孩小行星正是因不理解对方内心的真实需要，而将彼此送进万劫不复的深渊。这似乎正印证了萨特的那句名言——"他人即地狱"。正是因为自我与他者之间的隔膜无法消融，生命才会被永恒的孤独意识所包裹，即便在看似无忧无虑的童年中亦是如此。由此，在自由不拘的生命诗意和快乐至上的游戏冲动之外，作家又发现了童年书写的新向度——对生命存在的哲学思考。长久以来，中国的儿童小说大多是指向现实之维的，却很少在作品中表达形而上的思索。但是薛涛很乐于在作品中表达对存在价值、生命意义、孤独意识等问题的理解和体认，并将这种思索融化于看似风轻云淡的文学讲述中，这让他的故事读起来卓然不群，又富有深刻的寓意。与此同时，他的故事也会带给读者一种新鲜而陌生的阅读体验。

从叙事题材的开拓、多元文化精神的融入，到童年精神的诗性采掘和哲学思考的表达，近年来辽宁作家在增进儿童文学艺术表达的深度与广度上做出了积极的探索与努力，这体现了辽宁儿童文学作家的使命感和社会担当。他们在创作中不断对自己提出高的要求，是因为他们始终都将关怀儿童成长视作促进自己写出好作品的根本动力。他们的创作是指向童年成长的，他们看重的是儿童生命空间中有待开发的种种可能性，这种使命感和责任感是保证辽宁儿童文学创作质量的根源。梅子涵先生曾说，平庸的儿童文学作品就像是一个个低矮的土丘，它只能让孩童短暂地驻足，却难以收获成人满怀欣喜的回望，而优秀的儿童文学作品就像是一棵棵蓬勃生长的大树，无论经过多少岁月砥砺，当人们抬起头去仰望它的时候，仍会感到枝繁叶茂、郁郁葱葱。我们的愿望是创作出更多像大树一样的儿童文学作品，让它们化作片片浓荫，汇入童年的生命成长。这是我们对辽宁儿童文学未来发展的真诚期待。

图书在版编目（CIP）数据

2023辽宁文学. 评论卷/李海岩主编. —沈阳：
春风文艺出版社，2023.10（2024.8重印）
ISBN 978 - 7 - 5313 - 6545 - 7

Ⅰ. ①2… Ⅱ. ①李… Ⅲ. ①中国文学 — 当代文学 —
文学评论 Ⅳ. ①I217.1

中国国家版本馆CIP数据核字（2023）第181827号

北方联合出版传媒（集团）股份有限公司
春风文艺出版社出版发行
沈阳市和平区十一纬路25号　邮编：110003
永清县晔盛亚胶印有限公司印刷

责任编辑：孟芳芳　　　　　　　责任校对：赵丹彤
封面设计：雷　宇　　　　　　　幅面尺寸：155mm × 230mm
字　　数：185千字　　　　　　印　　张：13.75
版　　次：2023年10月第1版　　印　　次：2024年8月第2次
书　　号：ISBN 978-7-5313-6545-7
定　　价：78.00元